우리 땅 독도를 지킨

안용복

우리 땅 독도를 지킨 안용복

초판 인쇄   2018년 1월 26일
초판 발행   2018년 1월 31일

지은이   권오단
발행인   권윤삼
발행처   도서출판 산수야

등록번호 제1-1515호
주소   121-826 서울시 마포구 월드컵로 165-4
전화   02-332-9655
팩스   02-335-0674

ISBN 978-89-8097-424-5   03810

값은 뒤표지에 있습니다. 잘못된 책은 바꾸어 드립니다.

이 도서의 국립중앙도서관 출판시도서목록(CIP)은 e-CIP
홈페이지(http://www.nl.go.kr/cip.php)에서 이용하실 수 있습니다.
(CIP제어번호: CIP2017033582)

우리 땅 독도를지킨

안용복

권오단 역사소설

대활자본

울릉도와 독도의 영유권을
되찾아온 조선의 어부

안용복의 도해渡海는 대마도주의 오랜 흉계를 세상에 드러낸 하나의 사건이었다. 첫 번째 도해 때
대마도주는 안용복이 막부로부터 받아온 문서를 압수하였고, 외교적으로 노련한 다다 요자에몽을
파견하여 울릉도를 자국 영토에 편입시키기 위하여 몇 차례의 협상 끝에 외교 분쟁을 일으키기에 이
른다. 일촉즉발의 상황에서 일본은 1696년 1월 28일 막부의 중신인 네 명의 로중老中들이 서명하여 울
릉도와 자산도 도해를 금지하는 봉서를 내린다. 그럼에도 불구하고 울릉도와 독도에서 일본 어부들의 어
로 행위가 그치지 않자 안용복은 근본적으로 문제를 해결하기 위해 다시금 도해를 결심하게 된다.

산수야

작가 서문

흔히 역사를 현재를 보는 거울이라고 한다. 과거에 비추어 현재를 바라볼 수 있기 때문이다. 그러나 인간의 행태는 언제나 과거의 교훈에 비추어 더 나은 방향으로 나아가려기보다 같은 행태를 반복하곤 한다. 여기 독도에 얽힌 과거와 현재의 이야기가 또한 그렇다. 『조선왕조실록』을 찾아보면 흥미로운 자료가 보인다.

태종 13년1407 3월 15일 대마도 수호守護 종정무宗貞茂, 소오 사다시게가 평도전平道全, 히라미치 젠을 보내와 토물土物을 바치고, 잡혀갔던 사람들을 돌려보냈다. 이때 종정무가 울릉도에 여러 부락을 거느리고 가서 옮겨 살고자 한다는 청을 하였다.

히라미치 젠은 태종의 호위무사로서 오랫동안 대마도주 소오 사다시게의 밀정 노릇을 하다가, 세종 1년1419년 대마도 정벌 때 죄가 발각되어 귀양을 간 인물이다.

　　역사를 살펴보면 울릉도와 독도를 자국 영토로 편입시키기 위한 일본의 노력은 조선이 개국한 이후부터 시작되었다고 할 수 있다. 다행히 정치·문화·군사적으로 우월한 위치에 있던 조선 초기에는 울릉도와 독도를 자국 영토로 단호히 선포하였다. 그러나 임진왜란과 병자호란을 겪으면서 조선의 울릉도와 독도의 지배력이 약화되자, 왜인들은 두 섬의 이름을 다케시마와 마쓰시마로 부르며 자신들의 영토로 만들려 했다. 안용복의 도해渡海는 이러한 왜인들의 오랜 흉계를 세상에 드러낸 하나의 큰 사건이었다.

　1693년숙종 19 일본 어부들에게 납치되다시피 끌려간 안용복은 에도 막부가 일본 어민들의 울릉도와 독도 도해를 금지한 문서를 요나고 번주로부터 받았지만, 조선으로 돌아오는 길에 대마도주에게 압수당하고 말았다. 대마도주는 외교적으로 노련한 다다 요자에몽橘眞重을 파견하여 울릉도를 자국 영토에 편입시키기 위하여 몇 차례의 협상 끝에 외교 분쟁을 일으키기에 이른다. 섬의 소유권을 놓고 전쟁 직전까지 간 상황에서 1696년 1월 28일, 막부의 중신인 네 명의 로중老中막부 및 번에서 정사를 돌보는 직책들이 서명하여 울릉도와 독도 도해를 금지하는 봉서를 내린다. 그럼에도 불구하고 울릉도와 독도에서 일본 어부들의 어로 행위가 그치지 않자 안용복은 근본적으로 문제를 해결하기 위해 다시금 도해를 결심한다. 1693년의 첫 번째 도해가 일본 어부들에게 끌려간 형태라면, 1696년의 두 번째 도해는 확실한 목적을 가지고 스스로 찾아간 것이다.

안용복의 두 차례 도해로 말미암아 조선 조정은 외교적으로 울릉도와 독도의 소유권을 분명히 했다. 이듬해 일본 막부는 울릉도 근처의 출어를 금지하겠다는 사실을 대마도주를 통해 조선 측에 공식적으로 통보하였고, 이로써 울릉도와 독도에 대한 분쟁은 종결되었다.

이제 현재를 살펴보자. 2011년, 일본은 모든 초등학교와 중·고등학교 교과서에 독도를 '일본 고유의 영토'로 명기한다는 방침을 결정하였다. 과거의 망령이 되살아난 것일까? 자국의 국민들에게 잘못된 역

사를 가르치려는 기가 막힌 일이 지금 이 순간 벌어
지고 있는 것이다.

　역사적으로 독도는 대한민국의 주권 회복의 상
징이었다. 독도는 제국주의 일본의 패망과 함께 되
찾은 우리의 땅이며, 일본의 일그러진 침략주의를
상징하는 섬이다. 지금 일본이 독도에 대한 권리를
주장하는 것은 자국의 침략주의와 자신들이 저질
렀던 식민지 범죄의 역사가 정당하다고 주장하는
것이다.

　독도는 또한 경제적으로 큰 가치가 있는 섬이다.
일본과 대한민국 사이에 위치한 독도는 예전부터
배타적 경제수역의 문제 한가운데에 있었다. 국제
법상 배타적 경제수역이란 자국 연안으로부터 200
해리까지의 모든 자원에 대해 독점적 권리를 행사

할 수 있는 수역을 뜻한다. 독도로 인해 대한민국 바다의 영토가 넓어지는 것이다. 일본은 독도의 풍부한 어류자원과 막대한 지하자원을 빼앗기 위해 동해를 일본해로 표기하고, 독도를 자기들의 땅이라고 억지를 부리는 것이다.

우리의 역사 자료와 일본 내부에서 발견되는 지도에서조차 독도는 대한민국의 영토라는 증거가 명확하게 발견되고 있지만, 일본은 역사적·경제적 가치 때문에 독도에 대한 미련의 끈을 놓지 않고 있다. 이런 시점에서 일본 학생들이 여과없이 독도를 자국의 영토라고 배우며 자라날 것을 생각하면, 자국의 부끄러운 역사에 대한 최소한의 양심도 없는 일본의 행태가 어처구니없고 놀라울 따름이다.

반세기가 지난 지금 우리의 현실은 당시와 너무

도 흡사하게 닮아 있는 듯하다. 독도에 대한 일본의 야욕과 도발은 과거 대마도주가 그랬던 것처럼 시간과 세대를 초월하여 끈질기게 이어져 내려오고 있다. 일본이 조직적으로 감행하고 있는 독도와 동해 명칭에 대한 도발에 대항하는 이들은 또한 유감스럽게도 정부가 아닌 제2, 제3의 안용복들이다. 그들은 과거의 안용복과 그 동료들이 그랬던 것처럼 동해바다 끝머리에 외롭게 남겨진 섬 독도를 지키기 위해 끈질긴 투쟁을 하고 있다.

이 책은 영웅의 이야기가 아니다. 이 땅을 사랑한 민초들의 구구절절한 이야기다. 안용복은 어디에서나 볼 수 있는 힘없고 평범한 민초일 뿐이었다. 그러나 누구보다 이 땅을 사랑한 뜨거운 가슴을 간직한 사람이었다.

안용복이 일본으로 건너가기까지는 수많은 난관을 겪어내야 했다. 일이 성사된 이후에 조선 조정에서 받게 될 죄과도 생각했을 것이다. 한 가정의 가장으로서 자신이 가진 모든 것들을 포기하고, 앞날이 빤히 보이는 고행의 길을 그는 무엇 때문에 극구 가려 했던 것일까? 도해의 주체가 되는 안용복뿐만 아니라 그와 함께 고행의 길을 갔던 민초들 역시 역사의 주인공이다. 그렇기 때문에 현재를 살아가는 우리와 미래를 살아가야 할 후손들이 반드시 알아야만 하는 자랑스러운 역사다.

　안용복과 독도에 관한 많은 자료들이 있었지만 그의 생애나 삶의 기록은 찾아볼 수가 없었다. 때문에 소설이라는 장르를 빌어 그의 삶의 행적을 따라가보았다. 도해 이후에 안용복 일행이 돌아와 양양현에 갇히고, 안용복이 동래현까지 내려갔다가 사로잡혀 의금부에서 국문을 당하는 암울한 이야기는 쓰지 않았다. 이 땅을 사랑했던 민초들의 자랑스러운 행적을 암울한 정치사의 덧칠로 폄하하고 싶지 않았기 때문이다.

이 땅의 제2, 제3의 안용복들에게 경의를 표하며…….

권오단

일러두기__

안용복『성호사설』에는 동래부 수군에 예속된 전함의 노꾼이었다고 기록되어 있다. 왜관에 자주 드나들어 일본말을 익혔으며, 1693년(숙종 19년) 울릉도에서 고기잡이를 하던 중 일본 어민이 침입하자 이를 막다가 박어둔과 함께 일본으로 끌려갔다가 돌아왔다. 이때 에도의 도쿠가와 막부로부터 울릉도가 조선 영토임을 확인하는 서계를 받았으나 귀국 도중 대마도에서 대마도주에게 서계를 빼앗겼다. 같은 해 9월 대마도주는 예조에 서계를 보내 울릉도(일본명—다케시마竹島)에서 조선 어민의 고기잡이를 금지시킬 것을 요청했다. 이에 조선 정부는 울릉도가 조선의 영토임을 분명히 밝히고 외딴 섬에 왕래를 금지하는 공도정책空島政策에 일본도 협조할 것을 요청한 예조복서禮曹覆書를 보냈다.

1696년 안용복은 울릉도에서 고기잡이를 하던 중 다시 일본 어선을 발견하고 독도(일본명—마쓰시마松島)까지 추격하여 영토 침입을 꾸짖었으며 스스로 울릉우산양도감세관鬱陵于山兩島監稅官이라 칭하고 백기도주로부터 영토 침입에 대한 사과를 받고 귀국했다. 귀국 후 사사로이 국제 문제를 일으켰다는 이유로 사형을 당할 위험에 처했으나 영의정 남구만의 도움으로 귀양을 가는 데 그쳤다.

1697년 대마도주가 울릉도가 조선땅임을 확인하는 서계를 보냄으로써 조선과 일본 간의 울릉도를 둘러싼 분쟁은 일단락되었다.

1

　울긋불긋 물이 든 울릉도의 산정 위로 눈이 부시게 흰 갈매기들이 유유히 날고 있었다. 가을 기운을 담뿍 담은 푸른 바다 물결은 쏟아지는 햇살에 반사되어 마치 수만 개의 은비늘을 떨어트린 것 같았다. 울릉도라는 이름이 무색하지 않으리만큼 아름다운 광경이었다.

　후우!

　갑판 위에서 울릉도를 바라보던 용복은 깊게 숨을 들이마셨다.

　계유년1693에 왜국으로 끌려갔다가 천신만고 끝에 돌아와 근 3년 만에 다시 찾은 울릉도이기에 용복의 감회는 남달랐다. 3년이라는 시간 동안 울릉도는 세월을 잊은 것처럼 물빛 한 점 하늘빛 한 점 달라진 것 없이 용복을 맞아주었다.

　한창 물이 오른 낙엽과 푸른 물감을 풀어놓은 것 같은 바다, 밝은 햇살에 깊은 바닥까지 훤히 보이는 맑은 물, 그리고 그 아래에서 노니는 수많은 물고기

떼. 용복은 정신없이 울릉도의 가을 정취에 마음을 빼앗기고 있었다.

그때였다. 물고기 떼가 갑자기 흩어지면서 푸른 수면 위로 한 사내의 머리가 불쑥 올라왔다.

사내는 능숙하게 자맥질을 해서 가까운 배로 다가왔다. 갑판 위에 서 있던 까무잡잡한 사내가 손을 내밀었다. 헤엄치던 사내가 그 사내의 손을 잡고 날렵하게 배 위로 올라와선 허리춤에 차고 있던 망태기를 갑판 위에 던져 놓았다.

"아따, 그득하구먼."

광목 조각으로 머리를 질끈 동여맨 선원이 망태기 안에서 싱싱한 해삼과 전복을 꺼내어 도마 위에 올려놓고 두툼하고 넓적한 식칼을 놀려 큼직큼직하게 썰어놓았다.

능숙한 선원의 손놀림에 순식간에 도마 위에 먹음직스러운 상이 차려졌다.

"성님, 드셔 보시우."

사내가 사발에 탁배기를 부어 용복에게 건네었다.

갑판 상석에 앉아 있던 용복은 사내가 부어 주는 술을 벌컥벌컥 들이켜곤 해삼과 전복 한 점씩을 손으로 집어 입에 넣곤 질겅질겅 씹었다.

"어! 좋다. 역시 해삼과 전복은 울릉도에서 나는 것이 제일 맛나단 말이야."

엄지손가락을 치켜세우고 감탄을 연발하던 용복이 둘러앉은 선원들에게 잔을 돌렸다.

"성님, 고생 많으셨죠? 풍문으로 성님 소식은 들었습니다. 곤장을 백 대나 맞았다면서요?"

"소문이란 놈이 날개가 달렸다더니 흥해 사는 자네 귀에까지 날아간 모양이구먼. 왜국에 끌려가서 고생을 한 것보다 이 나라에 돌아와서 고초가 많았지. 천한 것이 나랏일에 참견했다고 괘씸죄로 곤장을 백 대나 맞았으니 엉덩이 살이 남아났겠어? 장독 때문에 죽다가 살았지."

"말이 나왔으니 말인데 왜국에 잡혀갔던 이야기나 좀 들어봅시다."

"왜국?"

용복이 껄껄거리며 웃다가 입을 열었다.

"계유년1693 봄에 내가 박어둔하고 왜인의 배에 올라가서 울릉도가 우리 땅이니 너희는 너희 땅으로 돌아가라고 했다가 왜놈들과 함께 사실을 확인하려고 왜국 땅으로 가지 않았더냐. 그때 너희도 있었지?"

"그거야 우리가 봤으니 잘 알지요. 그놈들은 이 섬이 자기네 섬이라고 하고, 성님은 이 섬이 우리 섬이라고 하면서 한동안 옥신각신하다가 왜놈들에게 끌려가신 거 아닙니까?"

"그 다음 이야기 말이냐?"

"예."

"내가 울릉도에서 이틀 동안 왜놈들의 배를 타고 가서 도착한 곳이 옥기라는 섬이다. 그곳에서 엿새 정도를 머물다가 백기주佰耆州라는 곳으로 잡혀가서 백기도주를 만났지. 내가 도주를 만나서 울릉도가 조선의 땅이라고 말하고 다시는 왜인들을 오지 못하게 하라고 하였더니 알겠다고 하면서 떠날 무렵에 은화 한 꾸러미하고 막부에게 받은 문서 한 장을 주더라고. 왜인들이 울릉도에 가지 못하게 하는 문서라고 하면서 말이야. 그런데 그 문서를 가지고 돌아오다가 대마도에서 은화와 문서를 빼앗기고 갇혀 있다가 천신만고 끝에 돌아와서 죄 없는 볼기만 죽도록 맞았지."

용복은 코웃음을 치다가 술을 들이켰다.

"참, 요즘에도 왜놈들이 울릉도에 오느냐?"

"여기는 우리가 떼로 몰려와 있으니 자주 안 오는데 자산도엔 왜놈들 배가 종종 오가곤 한답니다."

"자산도에?"

용복의 짙은 눈썹이 삐죽 올라갔다. 자산도는 울릉도에서 동쪽으로 한나절 거리에 있는 돌섬이었다. 식수는 없지만 소나무가 울창하고, 그 섬에서 전복과 물범이 많이 잡혀 왜인들이 자주 찾아왔다.

"막부가 울릉도와 자산도에 가지 말라는 명을 내렸는데도 왜놈들이 온단 말이야?"

"예. 작년에도, 올해도 왜놈들이 떼로 왔다 간걸요?"

"그래서 자넨 그걸 보고 가만히 있었는가?"

"물범 잡는다고 불총을 가지고 다니는 놈들을 상대하기가 쉽습니까? 말이 나왔으니 말이지, 나라에서 울릉도로 가지 말라는 데도 기를 쓰고 오는 것이니 우리도 법을 어기긴 마찬가지 아닙니까?"

"그래서? 보고도 못 본 척한다는 말이냐?"

"좋은 게 좋은 거죠. 울릉도는 물이라도 있으니 상관없지만 자산도에는 물도 없는데 어떻습니까? 그놈

18

들도 먹고살려고 찾아오는 것이고, 우리도 먹고살려고 가는 것인데 그리 야박하게 대할 것도 없잖습니까?"

용복이 버럭 소리를 질렀다.

"정신 차려! 좋은 게 좋은 것이 아니야. 우리 것은 우리가 지켜야 하는 거야. 우리가 하나둘씩 양보할 때에 왜놈들은 야금야금 이 땅을 저희 것으로 만들고 있다는 것을 왜 몰라!"

"성님도, 설마 그런 일이 있을라고요?"

"이보게, 일부. 내 말 좀 들어봐. 자네 집 옆에 빈 땅이 하나 있는데 자네가 관리를 하지 않는 땅이란 말일세. 옆집 주인이 그 빈 땅을 놀리기 아깝다고, 콩이며 팥을 심어 먹었어. 수십 년 동안 말이야. 그런데 자네가 죽은 후에 그 자가 낯빛을 달리해서 자네 자식들에게 그 땅이 오랫동안 부쳐 먹던 자기 땅이라고 내놓으라 하면 자네라면 어쩔 텐가?"

"관가에 끌고 가서 밝혀야지요."

"이 사람아, 내 말 잘 듣게. 자네가 죽었으니 그 땅이 자네 땅이라는 것을 밝힐 길이 없고, 수십 년 동안 그 땅을 옆집 주인이 경작하던 것을 동네 사람이 보아왔네. 더구나 이웃집 사내가 돈이 많아서 관아와 동네 사람들에게 인정을 베풀었다면 관아에 가더라도 자네 자식에게 유리한 판결을 내려줄 것 같은가? 명백하게 자네 땅이지만 나중에 그걸 알아줄 사람이 누가 있느냔 말이야."

심각한 얼굴로 용복의 이야기를 듣던 유 서방이 말했다.

"성님 말씀이 옳습니다만 나랏일을 맡은 관원들도 울릉도나, 자산도에 신경을 쓰지 않은데 우린들 무슨 방법이 있겠습니까?"

용복이 얼굴을 찌푸렸다.

"대체 이 나라의 벼슬아치들이 하는 것을 보면 나는 화가 난단 말이야. 왜놈들이 호시탐탐 우리 땅을 빼앗으려 하는 데도 아무 대책 없이 울릉도에 가지 말라니, 이게 가만히 앉아서 우리 땅을 빼앗기는 것과 뭐가 다르단 말이야."

"성님, 그게 무슨 말씀입니까? 왜놈들이 우리 땅을 빼앗으려 한다니요?"

"내가 조선에 돌아오기 전에 대마도에 들렀다가 대마도주에게 에도 막부에게서 받아온 문서를 빼앗길 때 분명히 저희끼리 하는 이야기를 들었네. 울릉도를 저희가 빼앗을 것인데 이 따위 문서가 있은들 무슨 소용이 있냐고 말이야. 내가 재작년에 접위관 홍중하에게 태장 백 대를 맞고 다시는 나랏일에 참견하지 말라는 다짐까지 받았지만 그때 일을 생각하면 이가 갈리고 분이 나서 잠을 잘 수가 없네. 신경 쓰지 말자고 다짐을 하다가도 알토란 같은 우리 땅을 왜놈들에게 빼앗길 것을 생각하면 견딜 수가 있어야지. 눈 뜨고 앉아서 재산을 훔쳐가는 것을 바라만 보고 있어야 한다니, 자네 같으면 잠이 오겠나? 내가 여길 찾아온 것이 그 때문이야. 듣자하니 아직도 왜놈들 들락거리는 것을 보면 대마도주가 울릉도를 자기네 땅으로 만들겠다는 생각을 포기하지 않은 것이 틀림없네."

용복은 모주 먹은 돼지 벼르듯 두 눈을 부릅뜨고 이를 우두둑 갈았다.

"성님, 그렇다면 큰일 아닙니까?"

"그러게 말이다."

"관아에 알리는 것은 어떨까요?"

"관아에 알린다고 방법이 있겠나? 관원들이야 귀

찮은 일이라 쉬쉬할 터이지. 괜히 나섰다가 국법을 어기고 울릉도에 갔다고 물볼기나 맞기 십상이지."

"그렇다고 관원을 대신해서 이 섬에 죽치고 있다가 오는 왜인들을 쫓아낼 수도 없는 일 아닙니까?"

"그야 그렇지."

"그렇다면 꼼짝없이 왜놈들에게 섬을 빼앗기게 생겼지 않습니까?"

"망할, 우리 땅을 왜 빼앗겨! 그런 소리 말어."

"답답하니 하는 소리지요. 성님, 그놈들 쫓아낼 좋은 수가 없을까요?"

잠시 말이 없던 용복이 입을 열었다.

"한 가지 방법이 있긴 하지."

"한 가지 방법이오?"

"유 서방, 자네가 나를 도와줄 텐가?"

"뭔지 알아야 성님을 돕든가 말든가 하죠."

"나라에서 지킬 마음이 없으니 우리라도 지켜야 하지 않겠나?"

"성님도 그걸 말씀이라고 하십니까? 우리가 양반도 아니고, 더구나 관원도 아닌데 무슨 수로 지킨단 말입니까. 설마 울릉도에 집 짓고 살자는 말씀은 아니지요?"

"내게 생각이 있어. 내 말대로만 하면 자네는 한밑천 단단히 챙길 수도 있네. 어떤가? 한번 도와줄 텐가?"

용복이 유 서방을 바라보다가 미소를 지었다.

2

"이리 오너라. 이리 오너라."

밤늦은 시각에 개성 상단의 객주 대문간이 소란스러웠다. 빗장이 빠지는 소리가 들리더니 이내 대문이 열리고 청지기가 얼굴을 내밀었다.

"이 늦은 밤에 뉘시오?"

"나요, 나를 모르겠소?"

졸음이 가득한 두 눈을 비비적거리던 청지기 할아범이 이내 안용복을 알아보곤 반가워했다.

"어이고, 이게 뉘신가요? 용복이, 아니 안 서방 아닌가?"

"개똥 할아범도 잘 있었소?"

"살아 있는 것 보면 잘 있는 거지. 그런데 여긴 어쩐 일인가?"

"일 때문에 왔다가 인사나 할까 하고 찾아왔소. 행수 어른 계시오?"

"손님이 오셔서 행랑채에 계시네."

"손님?"

"송광사 주장스님이 찾아오셨다네. 제법 도행이 높다고 소문이 난 스님인데 행수 어른과 친분이 자별하다네. 이번에 묘향산에 갔다가 오는 길에 들렀다는군. 어떻게? 내가 행수 어르신께 말씀 여쭈어볼까?"

"그럼 좋고요."

"내 가서 행수 어르신께 안 서방이 찾아왔다고 말 전함세. 잠시 들어와서 기다리게."

"고맙소."

"고맙긴, 우리 사이에……."

늙은 청지기가 절룩거리며 안중문으로 들어갔다. 대문 안으로 들어서니 너른 솟을대문 좌우로 창고와 마구가 늘어선 상단은 예전과 달라진 것이 없었다.

용복이 마당에서 잠시 서성거리고 있으니 안중문 안

에서 청지기 할아범이 얼굴을 내밀고 손짓을 하였다.

"안 서방, 어서 오시게. 행수 나리께서 당장 들어오라 하시네."

용복은 청지기 할아범을 따라 안중문 안으로 성큼성큼 들어가서 행랑채 댓돌 앞에서 불이 켜진 행랑방을 향해 소리쳤다.

"행수 어른, 용복입니다."

"어서 들어오게."

방 안에서 담담한 목소리가 들려왔다.

안용복은 미투리를 벗고 대청으로 올라가서 왼편 행랑방으로 들어갔다.

기명이 그려진 팔폭병풍 앞에 정자관을 쓴 사내가 앉아 있었다. 개성 상단의 행수 오충추吳忠秋다. 오충추는 경성 사람으로 안용복이 능로군을 그만두고 나왔을 때 상단의 일꾼으로 거두어들인 상인이었다.

오충추와 마주 보는 서안 앞에 노승이 앉아 있다가 안용복을 올려다보았다.

용복이 오충추를 향해 큰절을 하였다.

"어르신, 그간 강녕하셨습니까?"

"오! 어서 오게. 요즘 영해에 있다는 소릴 들었네만

언제 내려왔는가? 잘 지내고 있는가?"

"예. 개성에 왔다가 행수 어르신 생각이 나서 인사나 올릴까 하고 찾아왔습니다."

오충추가 맞은편에 앉은 노승을 가리켰다.

"인사하게. 송광사의 주장스님이신 뇌헌 스님이시네."

용복이 노승에게 큰절을 하였다.

"인사드립니다. 안용복이라고 합니다."

"뇌헌이라 하오. 안 장사의 소문은 들은 적이 있소. 계유년에 일본에 다녀왔다지요? 막부에게서 울릉도와 자산도가 조선땅이라는 서계를 받아온 장사라고 말합디다."

오충추가 웃으며 말했다.

"그 일 때문에 이 사람이 고초를 많이 겪었습니다."

"행수 어르신께서 힘써 주시지 않았다면 죽을 뻔했습죠."

"그런데 야밤에 나를 찾아온 것을 보면 인사만 하러 온 것은 아닌 것 같은데?"

"행수 어른께 부탁 드릴 것이 있고 해서요."

안용복이 뇌헌의 눈치를 살피니 뇌헌이 몸을 일으
켰다.

"제가 낄 자리가 아닌 것 같으니 저는 물러가보겠
습니다."

오충추가 안용복에게 말했다.

"뇌헌 스님이 들어선 안 되는 말인가?"

"그건 아닙니다."

"그럼 신경 쓰지 말고 말해 보게."

"저한테 대선 한 척만 빌려주십시오."

"배를? 무슨 일로?"

"장사를 해 볼까 하고요."

"장사? 무슨 장사?"

"나라도 지키고, 돈도 버는 장삽니다."

"나라도 지키고 돈도 번다……? 글쎄 무슨 장사인
지 소상히 말해 보게."

"울릉도에 다녀올 생각입니다."

"울릉도?"

오충추의 낯색이 바뀌었다.

"올봄에 울릉도에 갔었는데 그곳 어부들한테서 요
즘도 왜놈들이 울릉도와 자산도에 출몰한다는 말을

들었습니다. 제가 계유년에 에도 막부에게 울릉도와 자산도가 우리 땅이라는 서계를 분명히 받았고, 문초할 때 그 이야기도 했습니다. 유 대감께서도 조정 대신들에게 공론화하여 예조에서 울릉도와 자산도가 우리 땅이라는 문서를 보낸 것으로 압니다."

"그래서?"

"제게 대선 한 척만 주십시오."

"대선 한 척을 주면 어떻게 하겠다는 것인가?"

"대선 한 척만 주시면 울릉도와 자산도를 오가며 왜놈들에게 세금을 받을 생각입니다."

"그렇다면 자네 생각은 관원을 대신해서 땅도 지키고 돈도 벌겠다는 것인데 그게 가능한가?"

"예. 울릉도에는 해산물도 많으니 돌멩이 하나로 세 마리 참새를 잡을 수도 있습지요."

오충추가 코웃음을 쳤다.

"그렇게 고초를 겪고도 아직도 정신을 못 차린 건가?"

"나리, 우리 땅을 왜놈들에게 빼앗기려는 것을 막으려는 일이 어찌 정신 못 차리는 일입니까?"

"난 문제가 되는 일은 하고 싶지 않네."

오충추가 미간을 찌푸리며 고개를 돌렸다.

"문제가 되는 일이라니요?"

"울릉도에 가는 것이 불법이요, 관원의 행세를 하는 것도 불법이 아닌가. 세상 일이 사람 마음대로 되는 것이 어디 있던가? 이번에도 왜국으로 끌려가게 된다면 그 책임을 어떻게 질 것인가? 계유년에 자네가 왜국으로 끌려가는 바람에 상단이 물적으로 많은 피해를 입었어. 동래에서 개성 상단의 입지가 약해졌단 말일세. 그뿐인가? 작년 오월에 대마도에서 사신으로 온 다다 요자에몽과 조정 간에 울릉도 문제가 격화되었단 말이야. 그 문제가 잠시 수면 아래로 가라앉았는데 다시 울릉도로 문제를 일으킨다면 자네뿐 아니라 나도 무사하지 못할 테니 단념하게."

용복은 가슴에 불이 일어나는 것 같았다. 올봄에 울릉도에 갔다가 아직도 왜놈들이 전복과 물범을 잡으러 자산도와 울릉도에 온다는 말을 듣고 용복은 개성 상단의 대행수 오충추의 도움을 받을 요량으로 왔던 터였다. 그런데 일언지하에 묵살을 당하게 되었으니 성미 급한 경상도 사내의 가슴에 불이 날 만도 하였다.

"나리, 제가 왜국에 끌려가지 않으면 되는 일 아닙니까?"

"어허, 안 된다는데 왜 이리 말이 많은가! 자네가 무슨 생각을 하는지 내가 더 잘 알고 있어. 왜국과 마찰을 빚어서 좋을 것 없으니 그런 생각일랑 아예 접게."

장사로 뼈가 굵은 사람답게 내뱉는 마디마디마다 날이 선 것같이 날카로웠다.

용복은 뜻을 이루지 못한 채 허무하게 행랑채를 나와 청지기 할아범과 함께 안중문을 나서 대문간을 열고 바깥으로 나왔다.

"일이 잘못된 모양이지? 행수 어르신께서 자넬 쓰지 않는다 하시던가?"

청지기 할아범이 지레짐작으로 알은체를 하며 물었다.

"그런 거 아니오. 날씨도 추운데 고뿔 걸리겠소. 어서 들어가 보시오."

용복은 청지기 할아범을 밀어 넣고 문을 닫았다.

"안 서방, 잘 가게나. 담에 또 보세."

대문간 안에서 빗장 걸리는 소리가 들리더니 절룩거리는 걸음 소리가 차차 멀어져 갔다.

"내가 어쩌다 이렇게 되었누."

대문간 앞에서 허공에 뜬 별을 바라보던 용복이 한숨을 길게 내쉬었다.

3

안용복은 경상좌수영의 능로군에서 노꾼으로 지내다가 서른세 살 무렵에 오충추 상단에 들어갔다. 그는 힘이 세고 덩치가 크고 술을 잘 마시는 장사로 부산에서 이름이 나 있었고, 집이 왜관 근처였기 때문에 왜어도 어느 정도 알고 있었다.

인삼과 백사를 주로 판매하는 개성 상인인 오충추로서는 나날이 무역량이 늘어가는 일본 상인과 거래하는 데 있어서 안용복의 이런 조건들이 구미에 딱 들어맞았다.

중국에서 수입한 백사白絲는 100근당 60금이었지만 왜관에 가서 팔면 160근을 받을 수 있었다. 인삼 역시 1근이 은 25냥이었지만 왜관에 팔면 은 70냥을 받을 수 있었으니 상단으로서는 큰 이문이 남는 장사였다. 더구나 인삼은 풍토병이 많은 일본에서는 명약으로 소문이 나서 나날이 가격이 높아가고 있는 터였기에 왜어를 할 수 있는 데다 힘 있고 듬직한 용복이 오충추의 신임을 받은 것은 당연했다.

오충추는 안용복에게 상단의 물건을 운송하는 책임을 맡겼다. 비단의 원료가 되는 비단실과 인삼의 운송을 책임지는 것이었다. 처음 일이 년 동안 안용복은 뱃길로 개성과 부산을 오가며 단순히 물품 운반만 했다. 그러다가 어느 사이엔가 부산 송방의 책임자가 되어 부산에서 벌어지는 송방의 일에 관여하였다.

송방의 일이 없을 때에는 세곡을 운반하는 일을 도왔다. 본래 세곡 운반은 경강 상인들이 도맡았는데 동해를 경유하는 운반은 경강의 조운선이 미치지 못하여 관선이 이용되었다.

바닷가에서 태어나 어려서부터 바다와 함께 생활한 바닷사람인 용복은 어렵지 않게 관선을 탔다. 그러다 보니 울릉도 인근에 왜인 어선들이 자주 찾아오며, 왜인들이 울릉도를 다케시마, 자산도를 마쓰시마라 부르며 자기네 땅으로 생각하고 있다는 것도 알게 되었다.

용복은 우리 땅을 자기네 땅이라고 생각하는 왜인들에 대해 분하게 생각하였다.

계유년에 용복은 경상수군의 배를 타고 조 25섬을 싣고 울진에서 삼척으로 향하다가 바람을 만나 울릉도에 표류하게 되었다. 그때 용복은 울릉도에 왜선들이 즐비한 것을 보고 왜인 어부들을 만나 이 땅이 조선의 땅이라고 다짐을 받으려다가 박어둔과 함께 왜국으로 끌려가게 되었다. 이 때문에 큰 사단이 일어나게 되었던 것이다.

용복이 왜국으로 끌려갔다가 돌아오게 되자 송상을 눈엣가시처럼 생각하던 동래 상인들이 들고 일어났다. 동래에서는 용복이 인삼 밀수를 하려다가 왜국으로 끌려갔을 것이라는 소문이 파다하게 돌았다. 나라에서는 밀수를 엄벌하였고, 적발이 되면 가산을 몰수하고 효수하여 본을 보였다. 계묘년1663과 기사년1689에 동래에서 장사를 하던 이가 관왜官倭와 인삼을 거래하다가 적발되어 효수된 일이 있었다.

동래 상단은 개성 상단을 일거에 무너트릴 수 있는

좋은 기회라고 생각하고 관리들을 찾아다니며 안용복을 그냥 두어서는 안 된다고 공공연히 청을 넣고 다녔다. 당시 접위관 홍중하 역시 안용복이 밀수와 관련이 있을 것으로 짐작하고 용복이 관원과 함께 울릉도에 간 이유를 파고들었다.

인삼을 취급하는 개성 상단의 운송책임자가 관원과 함께 울릉도에 간 것은 누가 보아도 인삼 밀수와 관계가 있는 일이었다. 용복이 죄가 있든 없든 개성 상단은 큰 위기를 맞을 수밖에 없었다. 결국 오충추는 살아 남기 위해 조정 대신들에게 막대한 비용을 지불해 가며 사건을 무마시키기에 이르렀고 접위관 홍중하는 용복에게 곤장 100대를, 함께 간 박어둔은 장 80대를 때리는 것으로 사건을 마무리하였다.

그러나 그 사건 이후로 오충추는 다른 상단의 이목을 생각하여 송상 상적부에서 안용복의 이름을 지워 버렸다. 그럼에도 오충추의 인물 됨됨이가 큰 상단을 이끄는 대행수답게 신의가 있어 한 번 자기사람으로 거둔 사람은 매몰차게 내치지 않고 알게 모르게 뒤를 봐주었다. 특히 용복은 오충추의 신임을 단단히 받고 있었던 터였다.

그랬기에 용복은 주저 없이 오충추를 찾아왔는지도 모른다. 그런데 오늘 오충추를 만나고 보니 그가 자신으로 인해 큰 손해를 입을까 염려하고 있음을 짐작할 수 있었다. 아니 어쩌면 오충추는 몇 마디 이야기를 통해 용복의 속마음까지도 짐작하고 있는지 몰랐다.

때는 12월 초순이라 가만히 있어도 옷깃 안으로 찬바람이 기어들어왔다.

"어, 춥다."

용복은 바닥에 침을 뱉고는 두 손을 소매 속에 집어넣고 걸음을 옮겼다.

가까운 골목 어귀에 주막의 불빛이 보였다. 송방에 있을 때에 무시로 드나들던 퇴기 초향의 집이었다.

"여보게, 술 있는가?"

마당에 들어서며 우렁차게 소리를 치니 방문이 열리며 중년의 아낙이 얼굴을 내밀었다.

"아니, 이게 누구요? 안 장사 나리 아니시오?"

아낙이 버선발로 뛰어나와 용복을 맞이하였다. 용복이 송상에 들어온 첫해 단옷날 발정 난 황소의 소뿔을 잡아 쓰러트린 일이 있었는데 그 이후로 사람들은 용복을 안 장사라 불렀다.

"잘 있었나?"

"늦은 밤에 어쩐 일이십니까? 영해에 계신다더니?"

"행수 어른께 인사나 드릴까 하고 찾아왔네. 하룻밤 쉬어갈 방이 있나? 봉놋방이 시끄럽던데?"

"봉놋방은 투전꾼들이 차지하고 있습죠."

"조용한 방은 없는가?"

"머슴방 하나가 비어 있는데 괜찮으시겠어요?"

"상관없으니 술이나 한상 차려주게."

"예이."

주모는 부리나케 부엌으로 들어가 부등가리에 불을 떠서 들고 맞은편 머슴방으로 안내하였다.

"군불을 올리면 금방 따스해질 겁니다요. 잠시만 기다리세요."

하곤 들고 있던 부등가리 불씨로 아궁이에 불을 넣었다. 매캐한 관솔 타는 냄새가 은은하게 났다. 안용복은 입김이 일어나는 냉랭한 방 안에 홀로 앉아 팔짱을 낀 채 호롱불을 바라보았다.

‘울릉도와 자산도가 머지않아 우리 땅이 될 것인데 이따위 서계가 다 무어냐?’

어두침침한 대마도의 감옥 안에서 에도 막부의 서계를 빼앗아가던 왜인의 목소리가 아직도 귓가에 아른거렸다. 용복은 그 자의 이름이 다다 요자에몽이라는 것을 생생히 기억하였다.

용복은 석 달 동안 박어둔과 함께 차가운 대마도의 지하 감옥에 갇혀 다다 요자에몽의 조사를 받았다. 그때 요자에몽은 용복이 돗토리 번에서 받은 은전과 에도 막부의 문서를 빼앗고 빛도 들어오지 않은 차가운 감옥에 가두고는 중죄인 취급을 했다.

용복은 분했다. 자신이 대마도의 도적에게 죄인 취급을 당했다는 사실보다 멀쩡한 우리 땅을 자기네 수중에 넣겠다는 다다 요자에몽의 야욕이 더 분했다. 또 일개 작은 섬나라 왜인에게 허둥대는 조선의 조정과 대신들의 행동이, 우리 것을 우리 것이라 당당히 말하지 못하고 섬나라 족속에게 끌려다니는 관리들의 행태가 못마땅하였다.

용복은 조선과 일본 양국 간에 교활한 대마도주가

있기 때문에 이러한 일이 벌어지는 것이라 생각하였다. 조선 조정과 일본 사이에 대마도주가 없다면 이런 말도 안 되는 일이 어떻게 일어나겠는가? 그런 까닭에 용복은 자기에게 서계를 써준 일본 막부에 이러한 사실을 알려야 한다고 생각했다. 그것이 울릉도와 자산도를 지킬 수 있는 방법이고, 자신에게 치욕을 주었던 대마도주에게도 보복하는 길이었다.

하지만 에도 막부를 만나는 방법에 대해서는 막막하기만 했다. 임금이 일개 왜인 어부를 만났다는 이야기를 들어본 적이 없는 것처럼 에도 막부가 조선에서 온 일개 어부를 순순히 만나 줄 리 없었다. 그렇지만 일본의 중신이라면 이야기는 달라진다. 왜국의 승려나 이름 없는 벼슬아치도 직함이 있기 때문에 조정에 임금을 만나러 가는 것을 본 적이 있었다. 적어도 조선 조정의 관리라는 직함이 있다면 에도 막부를 만날 수 있을 것이라고 용복은 생각했다. 문제는 배였다.

용복이 오충추를 찾아온 것은 바로 그 때문이었다. 에도 막부를 만나러 일본으로 가기 위해서는 동해를 건널 수 있는 큰 배가 필요했다. 물론 솜씨 좋은 도사공이 있다면 작은 배로도 바다를 건널 수는 있을 것이었다. 작년 용복과 함께 울릉도로 갔던 유일부의 배도 서른 척 정도 나가는 소선이었고, 왜국 어부들이 타고 다니는 배 또한 그 정도의 크기였으니 마음만 먹으면 어려울 것도 없었다. 그러나 나라의 명을 받은 관원이 작은 배를 타고 일본에 따지러 왔다면 왜인들이 믿어줄 것 같지가 않았기에 용복 딴에는 큰 배가 유리하다고 판단했던 것이다. 돗토리 번주를 속일 수 있을 만큼 위용이 있는 배라야 했다.

우리나라에서는 배의 크기에 따라 5등분으로 나누었는데 대선大船은 6파巴 이상, 중선中船은 5파반에서 4파, 소선小船은 3파반에서 3파까지, 요선소船은 2파반에서 2파까지를, 소정小艇은 1파반 이하였다. 수군의 통제사나 수사가 기선하는 대선의 길이는 14파 정도가 되고 읍진에서 쓰이는 전선의 길이도 6파 이상이 넘어갔다. 관선임을 자처하기 위해서는 적어도 6파 이상은 되어야 할 것이었다.

소선을 가진 선주들은 많았지만 6파 이상 되는 대선을 가진 선주들은 조운을 업으로 하는 큰 상단이 아니고서는 구하기 어려웠다.

이 생각 저 생각에 빠져 있던 용복은 쓴 입맛을 다셨다. 그때였다.

"나리. 상 들어갑니다."

방문이 열리더니 주모가 상을 들여왔다. 검은빛이 나는 칠소반 위에 도토리묵 한 덩이와 김이 무럭무럭 나는 수육이 올려져 있었는데, 그 뒤로 머리를 땋은 계집아이가 표주박이 동동 떠 있는 탁배기 한 방구리와 술잔을 들고 들어와 술상 옆에 놓고 꾸벅 인사를 하곤 방을 나갔다.

"오늘 안주가 푸짐하구먼."

"오늘 안 장사 나리께서 노름꾼들 덕을 톡톡히 보십니다그려. 이른 저녁부터 노름꾼들이 몰려와서 봉놋방에 자리를 잡고 고기 내놔라, 묵 내놔라 하는 통에 몹시도 분주했습지요."

주모가 표주박에 술을 퍼서 용복의 술잔에 따랐다.

"그렇잖아도 왜국에 가신 일 때문에 송상에서 쫓겨나셨단 이야기는 들었습니다요. 고초가 많으셨다지요?"

"고초랄 게 뭐 있나?"

"집 떠나면 고생인데 우리나라도 아니고 사갈도깨

비 같은 왜놈 나라에 갔다오셨으니 고초도 그만하면 상고초지요?"

"왜국에 갔다온 게 상고초라면 동래 관아에서 매 맞은 건 아무것도 아니게? 장 백 대를 연달아 맞는데 볼기짝이 아주 떨어져 나가는 줄 알았네."

주모가 얼굴을 찡그리며 되물었다.

"에구, 백 대나 맞으셨어요? 그리 맞으면 기분이 어떻습니까?"

"처음에는 엉덩이에 불이 나다가 나중에는 볼기살이 내 살이 아닌 듯싶어진다네. 그때 눈앞에 잘 차려입은 귀신이 오락가락거리는데 옥황상제인지 염라대왕인지는 모르겠지만 저승귀신은 확실한 것 같더군."

"호호호. 귀신까지 봤을 정도면 지금 목숨은 덤으로 사는갑다고 여기시면 되겠네요!"

주모가 깔깔 웃으며 술을 따르니 용복이 껄껄 웃으며 술잔을 들어 한입에 술을 비웠다.

"듣자니 영해에 계신다면서요? 나리 같은 두주불사 주태백이 개성을 떠나시니 벌이가 차질이 많습니다요."

"개성 시장바닥에서 나 없다고 벌이가 안 될까? 주

모 엄살이 보통은 넘네그려."

"든 자리는 몰라도 난 자리는 표 난다고, 엄살이 아닙지요. 나리가 그만둔 후로 송상에서 인삼과 백사를 파는 것이 예전만 못하다고 말들이 많습디다."

주모가 술잔을 채웠다.

"알겠으니 그만 나가 보게."

"독작하시게요? 술 칠 계집이라도 넣어 드릴까요?"

"되었네. 내가 생각할 것이 있어서 그러니 홀로 마시겠네."

주모가 아랫목을 만지더니,

"이제 뜨뜻해져 오네요. 시키실 일 있으면 부르세요."

하곤 방문을 닫고 나갔다.

용복은 호롱불을 바라보며 다시금 생각에 잠겼다.

이제까지 왜국으로 건너가기 위해서는 대마도를 경유하는 길밖에는 없었다. 조선의 사신은 대마도와 일기도를 거쳐 오사카大阪로 향하는 단 하나의 해로를 이용하였다. 마찬가지로 일본의 사신 역시 일기도와 대마도를 거쳐 부산으로 오는 단 하나의 해로를 이용하였다. 그러나 용복은 울릉도와 자산도를 경유하여 오끼 섬으로 가는 해로가 있다는 것을 알고 있었다.

대마도는 논과 밭이 적은 척박한 자연환경을 가지고 있기 때문에 식량을 자급할 수 없었다. 임진왜란 이전까지만 해도 대마도는 경상도에 편입되어 세견선과 세사미두歲賜米豆란 명목으로 조선에서 매년 하사하는 경상도의 미곡 수만 석으로 연명해 왔고, 삼포를 개항하여 상선의 교통을 허락한 후로는 중계무역에 의존하여 살아오고 있었다.

그런데 왜란 이후 대마도가 일본의 번주藩州가 되어 지리적인 이점으로 무역을 독점하고 일본 사신의 외교적 통로로 두 나라 사이에서 중요한 몫을 차지하다 보니 자연히 대마도주의 영향력은 조정에서 무시할 수 없는 힘을 가지게 되었다. 결국 대마도주의 힘은 대마도의 지리적 이점에 있었던 것이다.

용복이 오랜 궁리 끝에 짜낸 묘안은 대마도의 독점권을 깨트리는 일이었다. 그것은 대마도를 거치지 않고 다른 물길을 통해 일본과 오가는 것이었다. 그렇게만 된다면 대마도주의 독점적인 지배력은 약화될 것이고, 대마도주 역시 조선 조정에 지금처럼 안하무인 식으로 행동하지는 못할 것이었다.

용복은 계미년의 경험을 통해 울릉도와 자산도를 지나는 해로가 있음을 알게 되었다. 울릉도는 물이 있으며 사람이 살 수 있을 만큼 충분한 넓이가 되었다. 당장은 대마도만 못하겠지만, 조정이 의지를 가지고 울릉도에 사람을 상주시키고 논과 밭을 일구고, 포구를 만든다면 무역항의 기능을 못하리란 법도 없었다. 답답한 일은 조정에서 이런 울릉도의 가치를 생각조차 하지 않고 있다는 것이었다. 조정에서는 단지 울릉도가 멀리 있다는 이유로 어민들의 울릉도 출입을 금하였다. 그러니 왜인들이 아무렇지도 않게 출입을 하고, 대마도의 관리들이 울릉도와 자산도를 빼앗으려고 생떼를 쓰는 것이었다.

만약 조정의 관리들이 울릉도의 가치를 깊이 생각했다면 울릉도를 지리적 이점을 이용하여 대마도주의 지배력을 약화시키고 울릉도와 자산도의 소유권을 자연스럽게 강화시킬 수 있을 것이었다. 더 많이 배우고 더 많이 아는 조정의 관리들이 무엇 때문에 우리 땅의 관리를 허술하게 하여 왜인들이 이 땅을 엿보게 하는 것인지 용복은 그것이 못내 분하고 답답하였다.

"어휴."

검은 연기를 일으키며 타고 있는 호롱불빛을 바라보니 절로 한숨이 나왔다.

대선을 구하지 못하면 애당초 시작을 말았어야 할 일이었다. 그러나 마음이 앞서는 일말의 기대를 품고 오중추를 만나러 갔는데 오중추가 면전에서, 그것도 일언지하에 거절을 하니 용복은 달리 떠오르는 방법이 없었다. 용복은 맥이 풀려서 연신 술잔만 연거푸 비워댔다. 그때였다.

바깥이 시끌시끌하더니 다투는 소리가 들려왔다.

용복이 방문을 열어보니 봉놋방에 있던 한 무리의 사내들이 마당으로 내려와서 시비를 벌이고 있었다.

"이놈이 어디서 행패야! 노름에 졌으면 개평이나 받고 꺼지든가 잠자코 잠이나 잘 일이지, 어디서 개수작이야!"

"나쁜 놈들, 네놈들이 나를 속였지? 내가 모를 줄 알고!"

"이 자식이 복날 개처럼 얻어맞고 싶어 환장을 했나 어디서 분풀이야! 분풀이는?"

노름 뒤끝에 시비가 붙은 듯 두 사내가 한데 뒤엉켜 상투와 멱살을 잡고 있고, 그 주위에 힘깨나 쓸 법한 사내 네 명이 빙 둘러서서 빙글빙글 웃고 있었다.

보아하니 촌뜨기 하나가 노름꾼들에게 속아서 가진 밑천을 모조리 털리고 분한 김에 야료를 부리는 모양이었다.

"아이고, 왜 이러는 거야! 누구 장사 말아먹는 꼴 보고 싶어서 그래!"

주모가 버선발로 뛰어나와 소리를 빽 질렀다.

"시끄러워! 아가리를 찢어버리기 전에 물러나라고."

서슬 퍼런 사내들의 기세에 질려서 주모는 부엌 문 뒤로 슬그머니 숨어들어갔다.

"내 돈 내놔!"

상투를 잡힌 키 작은 사내가 지지 않고 덩치 큰 사내에게 소리를 쳤다.

"이 자식이 죽고 싶나? 끝발이 받는다고 실실거릴 때는 언제고 어디서 생떼야? 영영 밥숟가락 놓고 싶으냐?"

"어디 해볼 테면 해봐라."

사내가 지지 않고 소리쳤다.

상투를 잡은 키 큰 사내가 버럭 소리를 질렀다.

"이 자식이 죽고 싶나? 애들아, 뭣하냐? 밥숟가락 놓게 해드려라."

말이 끝나자마자 둘러선 사내들이 우르르 달려들어 키 작은 사내를 떼어내어 몰매를 퍼부었다.

키 작은 사내는 보기와 달리 강단이 있어서 주먹을 휘두르며 대항했지만 다섯 사내를 당해낼 수 없었다. 마침내 사내는 마당 가운데에서 복날 개처럼 엎어져서 몰매를 맞았다.

그러면서도 '내 돈 내놓으라'는 소리는 그치지 아니하였다.

부엌 문 뒤에 있던 주모가 용복을 보곤 헐레벌떡 달려와서 말했다.

"안 장사 나리, 어떻게 좀 해 주세요. 저러다가 사람 잡겠어요."

"자넨 아닌보살하고 보고만 있게나."

용복이 마당에서 싸움질을 하는 사내들에게 버럭 소리를 질렀다.

"이놈들아, 그만두지 못해?"

몰매를 때리던 사내들이 일제히 용복을 바라보았다.

"이건 웬 개뼈다귀야? 밥숟가락 놓기 싫으면 문 달으라고!"

용복이 멍하니 바라보다가,

"허, 깜냥없는 놈들이군!"

코웃음을 치면서 툇마루로 나와 미투리를 신고 마당에 나아갔다.

용복은 덩치가 큰 데다가 어릴 적부터 수군에서 노꾼을 한 터라 다부지고 강단 있어 보여 어둑어둑한 와중에도 위압감을 주었다.

"하룻강아지 범 무서운 줄 모른다더니, 어떤 놈부터 숟가락 놓고 싶으냐?"

두 눈을 부릅뜨고 우렁찬 목소리로 소리를 지르니 마당에 서 있던 다섯 사내가 움칫하였다. 그 중 한 사내가 무리를 돌아보며 소리쳤다.

"뭐하느냐? 저놈은 하나요, 우리는 다섯이다. 쪽수로 밀어붙이면 제 놈이 어쩔 거야?"

덩치 좋은 사내들이 기운을 얻었는지 와, 하고 달려들었다. 용복이 가장 앞서 달려드는 사내의 배를 걷어 차고 뒤따르는 사내를 딴죽을 걸어 쓰러트린 후에 옆에 있던 사내의 손목을 번개처럼 움켜쥐었다.

"억!"

손아귀를 잡힌 사내가 비명을 지르며 주저앉았다. 철 나면서부터 노를 잡던 손이라 손아귀 힘만으로도 참나무를 부러트릴 수 있는 용복이었다.

배를 차인 사내가 부랴부랴 저희 패들에게 돌아갈 때에 손목을 잡힌 사내는 죽는다고 소리를 질러댔다.

"살려줍시오. 살려줍시오!"

미처 달려들지 못했던 두 사나이가 놀라서 주춤거리다가 마당가에 있던 절구공이와 장작을 들고 조심조심 다가왔다.

"악!"

절구공이 든 사내가 기합을 지르며 절구공이를 휘둘렀다. 용복은 얼른 손을 뻗어 절구공이를 잡곤 오른쪽 발바닥으로 사내의 배를 내질렀다.

"어이쿠!"

덩치 큰 사내가 땅바닥에 나동그라졌다.

용복이 절구공이를 내던지고는 쓰러진 사내의 상투를 잡아 일으켰다. 이내 손목을 잡은 사내의 상투를 잡고 이마받이를 시키니 멀쩡한 두 사내가 용복이 잡아당기는 대로 이마를 부딪히며 비명을 질렀다.

"이놈들아, 별이 보이느냐?"

"에고에고, 잘 보입니다."

"번쩍번쩍합니다요."

사내들이 비명을 지르면서도 넙죽넙죽 대답을 잘도 하는 것을 보고 용복이 껄껄 웃다가 말했다.

"이놈들아, 난장개처럼 되고 싶으냐?"

"장사를 몰라뵈었습니다. 한 번만 봐 주십쇼!"

"장사님, 그저 살려줍시오!"

이마가 부어오른 두 사내가 연신 손을 모아 빌었다.

"내가 누군데?"

용복이 상투를 돌려 두 사내의 고개를 들어 자신의 얼굴을 들여다보도록 하였다. 두 사내가 용복이 시키는 대로 고개를 들어 올려다보니 무성한 채수염에 대롱코가 우뚝하고 부리부리한 큰 눈에 마마 자국이 어디선가 본 적이 있는 얼굴이었다.

"어? 요, 용복이 성님 아니십니까?"

"썩을 놈들, 이제 보이느냐?"

"아이고, 용복 성님! 저희가 죽을죄를 지었습니다요."

장작개비를 들고 있던 노름패 사내들은 서로의 얼굴을 바라보다가 손에 든 것을 얼른 마당으로 내던졌다.

개성에 적을 둔 무뢰배치고 소뿔을 잡아 황소를 쓰러트린 용복을 모르는 이가 없었다. 만약 어둠침침한 밤이 아니었다면 노름패들도 한 번에 용복을 알아보았을 것이다.

"좋게 말할 때 꿇어라!"

노름꾼들이 순한 양처럼 용복 앞에 차례로 무릎을 꿇었다. 용복이 손에 쥔 상투를 놓으니 산발한 두 사내도 얼른 무릎을 꿇고 앉았다.

몰매를 맞은 사내가 비틀거리면서 일어나 용복에게 다가왔다.

"뉘신 줄 모르지만 고맙소."

"얼마나 잃었소?"

"서른 냥 잃었소이다."

"서른 냥이나? 허허, 보기보다 통이 크시오."

"통은 무슨? 내가 잃은 돈이 같이 일하는 사람들 품삯이오. 내가 안 먹는 것은 상관없지만 어찌 함께 일한 동료들 품삯을 떼어먹겠소?"

"동료들 품값인 줄 알면서 투전은 왜 하셨소?"

"본전 생각이 나서 했지요. 처음에는 내 몫만 가지고 했는데 이놈들이 자꾸만 꾀는 통에……."

"그게 노름꾼들의 방식이오. 형씨 몫이 얼마요?"

"내 몫은 닷 냥이오."

"그럼 형씨 몫은 빼고 돌려 드리리다."

용복이 고개를 돌려 노름패에게 말했다.

"들었지? 내가 서른 냥을 모두 받으려다가 너희 쇠경값으로 형씨의 몫은 뗄 작정이다. 그럼 되겠지?"

노름꾼들이 서로의 얼굴을 바라보다가 입을 열었다.

"저희 쇠경을 쳐주신다면 저희도 불만은 없습니다요."

"좋다. 그럼 스물일곱 냥 내놔라."

"예? 스물닷 냥이 아니고요?"

다섯 사내가 놀란 토끼처럼 동그랗게 눈을 뜨고 용복을 올려다보았다.

용복이 되레 두 눈을 크게 뜨고 내려다보며 말했다.

"이놈들 봐라? 내 쇠경은 안 칠 테냐? 네놈들이 소란을 피우지 않았다면 내가 나설 일도 없잖았느냐.

너희가 나를 귀찮게 했으니 그 값은 치러야지. 값을 치르기 싫다면 한 놈씩 일어나거라. 손목을 부러트려 영영 이 짓거리 못하게 해줄 테다."

"아닙니다요, 아닙니다요!"

그중 한 사내가 손사래를 치며 전대에서 엽전을 꺼내어 건네주었다. 열 푼짜리 스물 일곱 꿰미였다.

"그럼 밤이 늦었으니 그만 집으로들 돌아가거라."

"예."

사내들은 풀이 죽어 고개를 숙이고 주모에게 밥값과 술값을 셈한 후에 주막을 나갔다. 멀리서 인경 소리가 들려왔다.

4

"옜소, 돈 받으시오."

용복이 키 작은 사내에게 돈을 건넸다. 사내가 받은 돈을 물끄러미 보다가 용복에게 말했다.

"스물닷 냥이 아니라 스물일곱 냥이오. 두 냥이나

더 주셨소."

"나는 되었으니 받아두시오."

"그럴 순 없소."

"괜한 소리 말고 받아두시오. 먹고살기 어려운데 땡전 한푼 없이 집에 가면 아내가 퍽이라도 좋아하겠소. 자식 생각도 하셔야 할 것 아니오."

"어쨌건 고맙소. 이거 날이 추운데 방에 들어갑시다. 내가 술 사겠소."

"그렇지 않아도 혼자 술을 마시고 있던 중이오. 술 생각나시면 들어오시오. 함께 마십시다."

용복과 키 작은 사내가 함께 방으로 들어갔다. 추운 바깥에 오래있던 터라 군불 뗀 방 안에 들어오니 훈훈한 온기가 돌았다.

두 사람은 술상을 마주하고 앉았다. 용복이 사발에 담긴 술을 들이켠 후 술잔을 건네며 말했다.

"통성명이나 합시다. 난 경상도 영해에 사는 안용복이라 하오."

"몇 해 전에 왜국에 다녀왔다던 송상의 안용복 말이오?"

"지금은 송상이 아니지만 몇 해 전에 왜국에 다녀

온 것은 맞소."

"아이고, 안 장사의 선성만 듣다가 이렇게 뵙게 되니 반갑소. 난 황해도 연안에 사는 김순립金順立이라고 하오. 초면에 안 장사에게 신세를 지게 되어서 송구스럽소."

"무슨 말을 그리 섭섭하게 하시오. 사람 사는 것이 다 돕고 도움 받는 거지. 그런데 무슨 일을 하시오?"

"경상의 세곡미稅穀米를 운반하는 도사공이오."

"도사공?"

용복의 눈이 번쩍 뜨였다. 세곡선은 대개 오래된 병선을 개조하여 사용하기 때문에 배가 크고 바다를 오가는 데 문제가 없었다. 더구나 도사공은 사공들의 우두머리로 세곡선을 운항하는 데 가장 큰 권한을 가지고 있었다. 그리고 보니 손아귀가 두툼한 것이 오랫동안 노를 만진 사람의 손이 틀림없었다.

용복은 송상 오충추에게 배를 빌리려다가 거절당하고 이곳에 왔다가 우연히 경강 도사공 김순립을 만나게 된 것이 기이한 인연이라 생각하였다.

"김 도사공이 모는 배가 쌍돛대요, 외돛대요?"

"바다를 운항하는 배니 당연히 쌍돛대지요."

"그럼 대선이겠소? 열 파 정도 되오?"

"열 파 정도는 될 거요. 그런데 그건 왜 물어보시오?"

"혹시 배를 빌릴 수 있소?"

"선가를 주면 빌릴 수 있지요. 돈이면 안 되는 일이 있소?"

"선가가 얼마나 하는지 궁금하구려."

"배를 얼마나 빌리시게요?"

"넉넉 잡아 석 달은 빌려야지요."

"어디로 가시게?"

"동해로 갈 생각이오."

"동해라면 뱃길이 아주 멀구료. 해물 장사를 할 생각이시오? 해물장사를 한들 기간이 길어서 수지가 맞을까?"

"군소리 말고 얼마나 하겠소?"

김순립이 세 손가락을 펴 보였다.

"백 냥은 잡아야 하지요."

"백 냥이나요?"

"석 달 동안 배를 빌리는 것이니 선주에게 주는 선가 쉰 냥을 떼고, 도사공인 나하고 일을 돕는 사공 넷을 기본으로 잡으면 합해서 못해도 백 냥은 받아야 하오. 그런데 대체 무슨 일인데 그러오?"

"그게 그렇게 비싸오?"

"경강의 열 파가 넘는 대선의 한 해 세전만도 스물 닷 냥은 되오. 선주 입장에서는 배가 좌초될 경우까지 생각해야 하니 그 정도는 받아야 되지 않겠소? 내 생각엔 큰 배를 빌릴 작정이라면 아예 그보다 조금 더 주고 사는 편도 괜찮을 듯하오. 영해라면 영남이니 관동과 관북을 오가며 장사를 하는 게 꽤 짭짤할 듯하오. 관동이나 관북지방에는 인삼하고 모피가 제법 값이 나가니 잘하면 돈이 되지 않겠소?"

용복은 턱을 괴고 생각에 잠겼다. 김순립의 말이 일리가 있었다. 배를 빌리는 것보다 배를 사는 편이 더 나을지도 몰랐다. 해상의 일이라는 것이 풍랑과 조수에 좌우되기 때문에 일수를 맞추는 것은 불가능하다고 봐야 했다.

한 달이 두 달 되기 일쑤고 두 달이 석 달 되는 것이 흔했다. 더구나 태풍을 맞거나 암초에 좌초되기라도 한다면 그 손해를 어찌 감당할 것인가. 더구나 일본으로 건너가서 배를 빼앗기기라도 한다면 그보다

더한 낭패가 없을 듯싶었다.

"배를 사려면 얼마나 들겠소?"

"어떤 배 말이오?"

"열 파 정도 되는 배 말이오."

"사실 생각 있으시오?"

"생각은 있지만 돈이 문제지요."

"삼백 냥이면 구할 수 있는 배가 있을 것도 같소."

"웬걸, 그런 싼 배가 있소? 싼 게 비지떡이라고 침몰 직전의 배는 아니오?"

"그거야 쓰는 사람 나름이지요. 원래 세곡선이라는 게 대부분 수군에서 사용하던 전선이 오래되어 상단에 넘어온 것이오. 상단에서 그 배를 헐값에 사다가 말끔하게 수리해서 새로 쓰는 것이니 나이로 보자면 환갑에 가깝지만 수리만 잘하면 더 쓸 수 있지요. 마침 경강에서 오랫동안 쓰던 헌 배가 하나 있소. 헌 배지만 손을 좀 보면 쓸 만한 배인데 어떻소? 의향이 있다면 내가 주선해 드리리다."

"삼백 냥은 내 전 재산을 모아도 어림없겠소."

용복이 술잔을 빼앗아 벌컥벌컥 마셨다. 쌀 한 섬에 5냥이니 60섬이나 되는 큰돈이었다. 영해에서 작은 어물전을 하는 용복으로서는 쉬이 만져보기 어려운 큰돈이 아닐 수 없었다.

"어, 술맛이 왜 이래?"

오늘따라 술맛이 쓰게 느껴졌다.

김순립이 술잔에 술을 따라 주며 말했다.

"무슨 일인지는 모르지만 내가 신세를 졌으니, 은혜를 갚을 수 있는 일이라면 도와드리겠소. 내가 이래 뵈도 경강에서는 손꼽히는 사공이오. 말이 나와서 하는 말이오만 내가 열다섯 살에 노를 잡아본 후로 반평생을 노를 잡고 팔도 구석구석을 안 돌아본 곳이 없소."

"말이라도 고맙수. 혹 나중에 말이오……."

"거 사람이 덩치답지 않게 말끝 흐리지 말고 해 보시오."

"아니오. 겨울에는 일이 있소?"

"날 풀리는 봄이나 되어야 일이 있지요. 그동안에는 집에서 죽치면서 밥이나 축내는 수밖에 일이 있겠소?"

"그럼 겨울에는 집에 계시겠습니다."

"그렇지요. 하지만 이월 초순경에는 일이 나오. 겨

울내내 놀 수만은 없으니 봉물짐이나 상단의 짐들을 옮기기도 하지요.”

용복이 술잔을 비우고 김순립에게 다시 잔을 건넸다. 두 사람이 주거니 받거니 하는 사이에 한 방구리가 두 방구리가 되고 두 방구리가 세 방구리가 되어 새벽녘이 되어서야 잠이 들었다.

5

다음날, 해가 중천에 솟을 때까지 늘어지게 잔 용복이 자리에서 일어나니 옆에서 코를 골며 자던 김순립이 보이지 않았다.

문을 열고 주모에게 물어보니 이른 아침 일어나서 장국밥 한 그릇을 먹고는 떠났는데, 어제 먹은 술값도 김순립이 모두 계산했다는 것이었다.

용복은 장국으로 늦은 아침을 먹고 주막을 나와서 영해로 출발하였다. 설이 채 한 달도 남지 않았는데 일본에 갈 일로 송상 대행수를 만나러 왔다가 허탕을

치고 가니 손해가 막심하였다. 설 대목에 잔뜩 벌어
놓으려면 지금부터라도 서둘러야 했다.

용복은 늦게 개성을 나와서 그날 저녁 임진강변의
주막에서 숙박하고 다음날 이른 아침에 임진강을 건
너 고양에서 중화中火하고 한양 도성 안에서 숙소하
였다.

용복은 다음날 도성 구경도 않고 인경이 치기 무섭
게 숭례문을 나왔다. 길가에 보이는 것은 거적대기로
얼기설기 지어놓은 움막들이었다. 움막 앞에는 허기
져서 뼈만 남은 몰골로 끼니를 걸식하는 아이들이 퀭한
눈으로 행인들의 은전을 기다리고 있었다.

한양 도성 바깥으로는 빈민들이 수천 호씩 집단으
로 거주하였는데 흉년이 들면 전국에서 몰려드는 빈
민들이 사대문 밖에 움집을 짓고 숭례문 밖 서활인서
와 혜화문 안 동활인서에서 주는 풀뿌리 죽으로 연명
을 하였다. 이 아이들도 작년의 흉년과 돌림병으로
인해 고향을 잃고 떠도는 유랑민들이었다.

용복은 뼈마디만 남은 손에 바가지를 들고 퀭한 눈
으로 올려다보는 아이들을 물끄러미 내려다보았다.
한 아이가 용복을 붙잡고 구걸을 했다.

"나리, 한 푼 줍쇼. 엄니가 먹은 것이 없어서 동생 젖도 못 물리고 있어요.

"아버지는 계시느냐?"

"두 달 전에 돌아가셨습니다."

"어디서 왔느냐?"

"해주에서 왔습니다."

"해주에서? 여기까지 뭐 먹을 게 있다고?"

"마을에 돌림병이 돌아서 아부지 따라 무작정 내려오다 보니 여기까지 왔습니다."

용복이 혀를 차다가 전대에서 엽전 한 냥을 꺼내어 아이의 바가지에 넣어주었다.

"이거면 쌀 한 말은 살 수 있을 게다."

"나, 나리……! 고맙습니다."

아이가 눈물이 그렁그렁 맺혀 꾸벅 인사를 하였다.

용복은 그 길로 남으로 내려와 한강나루에서 배를 타고 한강을 건너 양재에서 중화하고 용인에서 숙소하였다. 다음날은 충주에서 자고 영남대로를 따라 문경새재로 넘어가지 않고 죽령을 넘어서 예천에서 1박하고 안동 방면으로 방향을 바꾸었으니 곧 영남 우로였다.

용복이 안동에서 출발하여 85리를 걸어 진보에서 숙하고 다음날 영해에 도착하니 개성에서 영해까지 870리 길을 9일 만에 당도하였다. 길이로 따지면 하루에 100리를 걸은 것이다.

용복은 힘도 장사였지만 걸음도 날래어서 송상에서 보부상단의 우두머리 노릇을 할 수 있었던 것이다.

해 지는 저녁 무렵에 영해 자신의 집으로 돌아온 용복은 바닷바람이 불어오는 돌담 앞에서 우두커니 멈추어섰다. 작달막한 아낙이 뒤란에서 나뭇짐 한 단을 머리에 이고 부엌으로 들어가고 있었다. 곧 부엌에서 연기가 피어올랐다. 저녁밥을 지으려고 아궁이에 불을 지피는 모양이었다.

닫힌 방 안에서 아이 우는 소리가 들려왔다.

"뭐해? 아기 울잖아."

용복이 울 밖에서 소리를 질렀다.

아낙이 행주치마에 손을 닦으면서 부엌에서 나와 사립문 앞에 우두커니 서 있는 용복을 보았다.

"빨리 오셨네요."

아낙이 마당을 가로질러 사립문을 열었다. 얼굴에

반가운 기색이 역력하였다. 한양 다녀오느라 20일간 보지 못했으니 그럴 만도 하였다.

"애 운다. 어서 가봐."

아낙이 용복의 재촉에 얼른 툇마루 앞에 미투리를 벗어놓고 방 안으로 들어갔다. 아이의 울음소리가 멈추었다. 용복이 뒤를 따라 방 안으로 들어갔다. 갓난쟁이가 아낙의 젖을 빨고 있었다.

수군에서 노꾼을 하며 지내던 용복은 마흔 살 때까지 아내가 없어서 헛상투를 틀고 살았다. 신분이 낮고 재물이 없어서 마땅한 혼처가 나서지 않았다. 그렇다고 용복이 그동안 여자를 모르는 숫총각으로 살았던 것은 아니었다. 용복은 열아홉 무렵에 동래관아의 관기 채홍과 정분이 났었다.

관아의 관기들 가운데 반반한 계집은 대개 사또의 수청을 드는데 수청 기생을 제외한 관비들은 차례로 비장이나 사령의 노리개로 전락하기가 일쑤였다. 그렇다고 관기가 능로군으로 관아를 드나들던 용복에게 몸을 맡길 정도는 아니었다. 더구나 채홍이처럼 인물 반반한 관기가 용복이와 정을 통한 데는 이유가 있었다.

채홍이는 동래관아에서 재색이 반반하기로 이름이 있는 관기였는데 안전이 자리를 비운 어느날 형방 비장에게 수청 들기를 거부하다가 매를 맞은 적이 있었다. 아무리 관아에 매어 있는 천한 몸이라지만 수청 들지 않는다고 매를 때리는 것을 보니 용복은 분한 마음이 들었다.

　옛말에도 왕후장상의 씨가 따로 없다는데 같은 인간으로 태어났으되 반상의 구별 때문에 인간답지 못한 삶을 살아야 하는 천인들의 삶이 용복은 몹시도 분하고 억울하였다.

　싫다는 기생을 수청 들지 않는다고 매질을 하는 형방 비장이 밉고 맞는 채홍이 불쌍하여 형방 비장에게 단단히 욕을 보이리라 작정하였다.

　며칠을 벼르던 끝에 저녁 무렵에 기생집에서 곤죽이 되어 돌아오는 형방 비장을 용복이 묵사발을 만들어 버렸다. 그 일로 관아가 벌집을 쑤신 듯이 소란스러웠지만 늦은 밤에 복면을 한 용복을 밝은 대낮에 찾기란 해운대 모래사장에서 바늘을 찾는 격이었다.

　그 일이 있은 후 얼마 되지 않아서 채홍은 용복을 자기 집으로 불렀다. 어떻게 알았는지 채홍은 형방 비장을 묵사발로 만든 것이 용복임을 알고 있었던 것이다. 눈치 빠른 채홍이 형방 비장에게 매를 맞을 때 안중문 밖에서 주먹을 쥐고 이를 갈던 용복을 보았던 것이다.

그날 용복은 처음으로 여자를 알게 되었다. 채홍도 용복이 싫지 않아서 수청들 일이 없으면 용복을 집으로 불러들여서 함께 보내는 일이 많았다. 능로군의 노꾼으로서는 맛보기 힘든 광영이었다.

여자를 처음으로 알게 된 용복은 채홍이 전부였고, 할 수 있다면 채홍과 함께 도망이라도 쳐서 함께 살고 싶었다. 그러나 채홍은 용복의 마음과는 달랐다. 그녀에게 용복은 그저 스쳐가는 남자들 가운데 하나일 뿐이었다.

채홍의 마음이 멀어지기 시작한 것은 후임 사또가 부임한 후였으니 채홍이 훤칠한 사또의 외모에 반했기 때문이었다.

대개 관기들은 자신의 신분이 비천하기 때문에 신분이 높고 재주 있는 이들에게 더욱 마음을 주는 것인지 몰랐다. 이후로 채홍이 용복을 찾는 일이 없었고, 용복 또한 채홍을 단념하였다.

철이 들어 알게 된 동래의 주막이나 색주가에는 몸을 파는 여인들이 많았다. 색주가에서 만난 여인들은 다른 이름과 얼굴을 가진 채홍이었고, 그런 이유로 노류장화에 만정이 떨어진 용복은 아내를 가질 생각을 단념하였다.

나이가 들어가자 주위에서 혼인을 권유하기도 하였지만 천한 피를 대물림하기 싫어서 무덤덤하게 살아왔다. 그러던 용복이 장가를 가게 된 것은 오충추 상단으로 들어간 지 얼마 지나지 않아서였다. 나이가 스무 살된 가세가 빈한한 양반의 딸이었는데 양반의 자존심 때문에 혼기를 놓치고 설상가상으로 가족이 돌림병으로 죽고 나서 홀로 된 것을 친하게 지내던 송상의 보부상이 주선하였다. 당시 용복의 나이가 서른아홉이었으니 아내와는 19살이나 터울이 났다.

용복의 아내는 유柳씨 성을 가진 양반집 규수로 인물도 준수하고 몸가짐이나 처신이 나무랄 데가 없었다. 언문도 읽고 쓸 줄 알았으며 바느질과 길쌈 솜씨도 뛰어났다.

똥구멍이 찢어지도록 가난한 집안에서 자라나서 근면함과 절약이 몸에 밴 때문인지도 몰랐지만 어부인 용복이 잡아온 고기를 말리거나 하는 일을 마치면 자질구레한 집안일을 하고 저녁 늦게까지 베를 짰다. 때문에 용복의 집 쌀독에 곡식이 떨어질 새가 없어서 용복은 늦장가를 용 빠지도록 잘 들었다는 이야기를 귀가 닳도록 들었다.

유씨는 용복의 부모가 사는 울산에서 함께 살다가 계유년에 첫 아이를 낳았는데 용복이 왜국으로 끌려 갔을 때 병을 앓아 죽고 여덟 달 전쯤에 둘째 아이를 낳았다. 사내아이였다.

"그놈 잘도 빨아대는구먼. 여차하면 어미 젖가슴까지 먹어치울 기셀세."

용복은 씨익 웃으며 아이가 젖을 먹는 것을 물끄러미 바라보았다. 젖살이 뽀얗게 오른 아이가 파란 실핏줄이 드러난 젖가슴을 잡고 반짝거리는 두 눈으로 용복을 보고 있었다. 눈에 넣어도 아프지 않을, 늘그막에 본 자식이었다.

"저녁 아직 안 드셨지요?"

"괜찮으니 아이 젖 먹이고 차리게."

패랭이와 두루마기를 벗어 벽장에 넣고 자리에 앉으니 유씨가 젖을 다 물렸는지 아이를 자리에 눕혔다.

"시장하시죠? 곧 밥 내올 테니 잠시 기다리고 계세요."

유씨가 정지문을 열고 나갔다.

용복은 이불 위에 누워 있는 아이를 내려다보았다. 둥글둥글한 얼굴에 대롱같이 뻗은 코가 영락없이 자신을 닮은 듯해서 신기하였다.

"이눔아, 너는 제발 아프지 마라."

성한 사람도 병이 나서 죽는 일이 다반사였다. 더구나 힘이 없는 갓난아이가 아파서 죽는 일이야 흔하디흔한 일이라지만, 어린 자식을 먼저 보내는 것은 부모의 가슴에 대못을 박는 일이었다. 용복은 아이를 물끄러미 바라보며 먼저 보낸 첫 아이를 떠올리고 있었다.

용복은 갓난아이가 너무 작아서 큰 손으로 안았다가 잘못하여 어디가 부러질까 걱정되어 돌이 될 때까지 아이를 한 번 안아보지도 못하였다.

누워 있던 아이가 이리저리 둘러보더니 몸을 뒤집어 엉금엉금 기어왔다.

"이눔 보게! 이제는 기는구나. 제법 힘을 쓰는걸."

용복이 조심스레 아이의 겨드랑이를 잡아 일으켰

다. 아이가 두 발을 버둥거리며 도톰한 입술을 움직여 무어라고 종알거렸다.

"그놈 참, 심술궂게도 생겼다."

용복은 오래 살라는 뜻으로 동바우라는 이름을 지어주었다. 동쪽 바위란 뜻이었다.

동바우의 웃는 모습을 보니 피곤하던 심신이 녹아내리는 것 같았다. 아내와 자신의 얼굴이 어쩌면 이렇게 잘 섞여 있는지 그저 놀라울 따름이었다.

"그놈 참!"

용복이 히쭉거리며 동바우를 보고 있을 때 방문이 열리며 상이 들어왔다. 개다리 소반 위에 김이 나는 조가 섞인 감자밥과 미역국이었다.

"밥이 이게 뭐야? 이걸로 누굴 먹으라고? 집에 쌀이 없어?"

"흉년에 귀한 쌀을 먹어 어떡해요? 서방님 오시는 줄 모르고 저 먹던 대로 밥을 하다보니…… 다시 차려올까요?"

"아냐, 아냐."

용복이 숟가락을 들다 말고,

"담부턴 쌀밥을 먹게. 자네가 잘 먹어야지, 애가

잘 먹는 거니까. 알았어? 끼니는 굶지 않게 돈은 내가
벌어올 테니 염려 말고."

하고 다짐을 주니,

"알았어요. 시장하니 어서 드세요."

하고 용복의 아내가 씽긋 웃었다.

"송방 행수님을 만나러 가신다더니, 가신 일은 잘
되었어요?"

"으응."

"무슨 일인지 나도 알면 안 돼요?"

"아녀자가 알 일 아니여."

용복이 감자조밥을 입에 가득 넣고 꾸역꾸역 먹
었다.

상을 물린 후에 유씨가 다락 안에서 옷 한 벌을 꺼
내서 용복의 발 앞에 내놓았다.

"이게 뭐야?"

"설빔이에요. 이제 곧 설인데 아이 때문에 찾아뵙
지도 못하니 어떡해요. 솜을 두둑하게 넣었으니 어머
님이 입으시면 좋아하실 거예요."

한 땀 한 땀 정성 들여 만든 누비저고리와 누비치
마였다. 귀한 명주가 아니라 평범한 무명으로 만들

었지만 저고리에 노란 치자물을 곱게 들이고 치마에 홍화로 붉은 물을 들여 색이 곱고, 바느질 솜씨가 좋아서 사대부 양반 댁의 명주 누비옷보다 태가 좋아보였다.

"언제 이런 걸 준비했어?"

"시간 날 때마다 만들었지요."

"내가 자네 볼 낯이 없구먼."

"그런 소리 말아요."

유씨가 희미해져가는 등잔 심지를 당겨 올렸다. 꺼져가던 불빛이 다시금 밝아졌다. 커다란 용복의 손이 가느다란 유씨의 손을 잡았다.

"그럴 것 없어. 동바우도 자는데 불을 끄자고."

용복이 입김으로 호롱불을 끄고 너털웃음을 웃더니 유씨의 몸을 끌어안았다.

6

병자년1696, 정월 초하루를 나흘 앞두고 용복은 일

찌감치 영해를 출발하여 울산으로 내려왔다. 이때 용복은 목화솜이 달린 패랭이를 쓰고 두루마기를 입고 짚신감발을 하고 등에는 마른 어물짐을 지었다. 어머니께 드릴 누비 설빔도 잊지 않고 챙겼다.

용복은 이른 아침밥을 먹고 동해에 뜨는 해를 바라보며 출발하여 30여 리 영덕에서 점심참을 먹고 걸음을 빨리 해서 저녁 무렵에 청하현에 당도하였다. 다음날 이른 아침부터 걸음을 재게 놀려서 흥해를 지나 영일현에서 중화하고 경주 월성에서 숙하였으니 이 날 하루에 110여 리를 걸었다. 그 다음날도 아침에 출발하여 관문산關門山에 도달하니 해가 중천에 떠 있었다. 울산 문턱이었다. 관문산 고개를 넘어 40여 리를 더 가면 울산이니 서두를 일이 없어서 용복은 중화참이나 하고 쉬어가기로 마음을 먹었다.

용복이 관문산 고개 아래 주막에 들어가니 장꾼들이 빼곡하게 무리를 지어 점심밥을 먹고 있었다. 용복도 자리 하나를 차지하고 장국 한 그릇과 탁배기 한 사발을 시켰다.

주모가 장국을 가져오는 동안에 무리지어 앉아 있던 장사꾼들을 바라보니 패랭이에 목화솜을 끼우고

바지저고리에 각반을 두른 것이 영락없는 보부상단
같았다.

용복도 송방에서 처음 일을 배울 때 보부상부터 시
작한 터라 친근한 마음이 들었다. 이들은 십여 명씩
무리를 지어 이동하였으며 명주와 무명뿐 아니라 장
신구, 반지 등 일상생활에 필요한 것들을 지고서 도
회에 가기 어려운 벽지의 마을을 돌아다니며 이삼일
간 장사를 하였는데 생각보다 이문이 짭짤하였다.

보부상들이 밥과 술을 다 먹고는 앉은 자리에서 담
배를 피웠다.

"이제 그만 가세."

행수쯤 되어 보이는 사내가 소리치니 한동안 담배
를 피우던 보부상들이 자리에서 일어나서 떠날 채비
를 하였다. 용복이 툇마루에서 가장 가까이 있던 보
부상에게 물었다.

"어디로 가시오?"

"경주로 가오."

"그럼 관문고개를 넘어오셨구려."

"그렇소."

"어느 상단이오?"

"평양 유상이오."

까무잡잡한 보부상 사내가 용복의 물음에 따박따박 대답을 해 주었다.

주모가 개다리 소반에 장국과 탁배기 한 잔을 내왔다. 용복이 숟가락을 들자 까무잡잡한 보부상인이 물었다.

"울산 가시오?"

"그렇소."

"울산 사시는 분이오?"

"영해 사오."

"본래 관문령에 관원이 있었소?"

"그건 왜 물어보시오?"

"고개를 넘어오는데 기찰포교들을 만났지 뭐요. 작년에도 없던 포교들이 나타나서는 관문산에 화적당이 출몰한다고 기찰한답시고 등짐을 뒤지는데 견뎌낼 수가 있어야지요. 몇 푼 건넸더니 손사래를 치면서, 이건 날도적도 아니고 한 사람당 서 푼씩 달라는 거 아니오? 해서 똥 밟은 셈치고 돈을 모아 3냥을 건넸더니 암말 않고 보내줍디다. 아무리 하수상한 시절이라지만 발품 팔아먹고 사는 우리 같은 사람들이 뭐가 있다고, 차라리 빈대 간을 빼어먹고 말지. 화적당 놈이라면 죽기 살기로 싸워보기라도 하지. 관복 입은 도적놈이라 어쩌지도 못하고…… 에이, 아침부터 재수가 옴붙어서리……. 빌어먹을 놈들 같으니!"

사내가 오만상을 찌푸리며 구시렁거렸다.

관문산은 예로부터 산 위에 성벽이 있어서 사람들이 관문성이라고도 불렀다. 예전에는 군사들이 상주해 있었으나 근래에는 지키는 군사들이 없었다.

흉년은 거듭되고 유랑민들이 늘어나서 관문산에도 화적당이 생겨난 모양이었다. 설 대목이라 화적당을 잡으려고 기찰이 선 것 같았다.

용복이 점심참을 달게 먹고 주막을 나와서 능성이를 타고 올랐다. 구불구불한 고갯길을 따라 한참을 올라가다보니 무너진 돌성의 관문 좌우에 검은 철릭을 입은 관원 한 무리가 보였다.

군졸들은 네 명 정도 되는데 육모방망이에 창과 환도를 차고 있는 것이 모양새가 제법 삼엄해 보였다.

용복은 주막에서 미리 이야기를 들었던 터라 무심히 관문을 지나려 하는데 포졸 하나가 길을 막아섰다.

"웬 놈이냐?"

키가 작고 가무잡잡한 포졸이 눈을 부라리며 다짜고짜 말을 놓았다. 한 주먹감도 안 되는 놈이지만 포졸이니 시비할 수도 없는 노릇이었다.

"울산 가는 길입니다."

용복이 고분고분하게 대답하였다.

"어디서 오는 놈이냔 말이다."

"영해에서 왔습니다. 설 쇠러 가는 길이오."

"호패 꺼내 봐."

용복이 허리춤에서 호패를 꺼내 보이니 의심쩍은 눈으로 용복을 훑어보던 포졸의 시선이 등짐으로 옮겨갔다.

"등짐 좀 풀어보아라."

"등짐 단속 하시게요?"

"쇠도둑놈같이 생긴 것이 말이 많구나. 잔말 말고 등짐 풀어라."

포졸이 호통을 쳤다. 말이 포졸이지 하는 짓이 화적당이나 한가지였다. 위로는 정승부터 아래로 아전 이하 말단 군속까지 손톱만 한 감투라도 달고 있는 족속들은 하나같이 백성의 피를 빨아 자신들의 배를 채우고 있었으니 말단 포졸이 술값이나 하려고 통행세를 받으려 시비를 거는 것은 흉이라고 할 것까지도 없었다.

용복이 고개 아래 주막에서 미리 준비한 서 푼을 슬그머니 포졸의 손에 쥐어 주었다.

"추운데 수고 많으십니다. 이것으로 입가심이나 하십쇼."

"에게게."

포졸이 손바닥에 있는 서 푼을 보곤 가소롭다는 듯 콧방귀를 뀌었다.

"이 자식아, 눈이 똥구멍에 달렸냐? 네 눈에는 저기 사람들이 안 보이느냐? 서 푼으로 누구 입에 풀칠을 해? 잔말 말고 등짐 내려놓고 몸을 돌려 성벽을 잡고 있어!"

용복은 하는 수 없이 성벽을 보고 돌아섰다.

포졸은 용복의 아래위를 훑다가 행전도 주물러보더니 허리춤에서 전대를 불끈 쥐었다.

"이놈, 돈냥깨나 있구나."

포졸이 아무렇지 않게 허리춤에 찬 전대를 풀었다. 이건 칼만 안 들었지 화적이나 다를 바가 없었다.

“이것 보게. 어물 등속에 누비옷일세. 오늘 수지맞았네.”

등짐을 뒤지는 포졸의 말이 기찰포교가 아니라 화적들이나 하는 말 같았다.

용복이 이상하게 생각하여 고개를 돌리니 포졸들이 용복이 가져온 등짐을 등에 메고 있었다.

“지금 뭣하시는 거요?”

“이 자식이 죽기 싫으면 잔말 말고 돌아가거라.”

포졸들은 창과 환도를 빼어들고 위협을 하였다.

“너희들 화적당이냐?”

“이제 알았느냐? 대가리가 떨어지기 싫으면…….”

포졸의 말이 끝나기도 전에 용복이 벼락처럼 달려들어 포졸의 가슴팍을 걷어차곤 전대를 들고 있던 포졸의 뺨을 잡아 호되게 후려쳤다.

포졸 두 사람이 추풍낙엽처럼 나동그라져서 비명을 질렀다.

“이놈들이 이제 봤더니 화적놈들이로구나.”

용복이 이를 갈며 소리를 지르니 관문 앞에 있던 포졸 복색을 한 화적들이 창과 환도를 뽑아들고 뛰어왔다. 용복은 급한 김에 가슴을 걷어차여 바닥에 뒹

구는 포졸을 잡아 벽을 등에 기대고 섰다.

"이 자식, 맞창을 내어주마."

"대가리를 쪼개주마."

화적들이 긴 창으로 용복을 찌르려 하는 것을 잡고 있던 포졸을 앞세워 이리저리 막다가,

"이놈들, 네놈들이 정말 죽고 싶으냐?"

하고 소리를 지르며 잡힌 포졸의 등덜미를 잡아 풍차를 돌렸다. 사람을 볏단 들 듯이 들어 휘돌리니 포졸들이 모래알 흩어지듯 물러서서 기회를 엿보았다.

용복이 그 중에 창 든 사내를 향해 포졸을 던지니 포졸이 날아가 한 무리가 되어 바닥에 굴렀다.

틈을 본 포졸이 창을 내질렀다. 용복이 찔러오는 창 끝을 피하면서 창대를 잡아당겼다.

"어이쿠, 어이쿠!"

포졸이 반항을 하다가 힘이 달려서 딸려오니 용복이 기다렸다는 듯 발바닥으로 가슴팍을 내질렀다. 창을 든 포졸이 벌러덩 쓰러져서 죽는 소리를 하였다. 용복이 빼앗은 창을 들고 둘러선 두 놈을 바라보았다. 하나는 뺨을 맞고 쓰러졌던 놈이다. 장사가 긴 창을 들고 있으니 두 놈이 어쩌지 못하고 눈치만 살폈

다. 그때였다.

"웬 놈이냐?"

산중에서 사령 복색을 한 자가 환도를 들고 뛰어왔다. 전립을 쓰고 전복을 입은 것도 그렇고 허우대가 미끈한 것으로 보니 이들 중에 우두머리인 듯했다.

용복을 포위하고 있던 포졸들이 슬금슬금 사령 복색을 한 자 옆으로 다가갔다.

"대체 어떻게 된 거냐?"

"저놈이 우리 정체를 알고 반항을 하기에……."

"이런 칠칠치 못한 놈들! 저리 비켜라."

사령 복색을 한 자가 시퍼렇게 날이 선 환도를 들고,

"이놈 뒈지고 싶으냐?"

하고 소리치며 용복에게 성큼성큼 다가오다가 갑자기 걸음을 멈추었다.

"엉? 이게 누구야?"

용복이 사령 복색의 사내를 뚫어지게 바라보았다.

금방이라도 일을 낼 듯 기세등등하던 그 사내가 멀뚱멀뚱 용복을 바라보다가,

"용복이 성님 아니시오?"

하고 되물었다. 용복이,

"너 박어둔이 아니냐?"

하고 물으니 사령 복색의 사내가 환도를 내던지고 용복에게 달려왔다.

"성님!"

"동생!"

두 사람은 얼싸안고 껑충껑충 뛰었다. 졸개들이 멍하니 두 사람을 바라보다가 민망한 듯 서로의 얼굴을 쳐다보았다.

박어둔이 용복에게 말했다.

"성님, 성님과 못 본 지 삼 년이 다 되어가는구먼요."

"동래 감옥에서 보고는 못 봤으니 족히 삼 년이 좀 넘었지. 그보다 자네 어쩌다가 도적이 되었는가?"

"그것이…… 말하자면 사연이 깁니다. 여기서 이럴 것이 아니라 제가 사는 곳으로 가시죠. 이야기는 거기 가서 하십시다."

박어둔이 부하들에게 고개를 돌려서,

"이놈들아, 무식한 너희 놈들 때문에 뒤보러도 못 가겠다. 자는 범의 코를 쑤시고 무사하였으니 네놈들은 어젯밤에 용꿈 꾼 줄 알거라!"

하고 껄껄 웃더니 앞장서서 용복을 이끌었다.

7

박어둔은 관문산 북봉인 봉서산鳳棲山의 골짜기 아래에 살고 있었다. 관군들의 추격을 피하려고 가파르고 험한 곳으로 길을 내서 나무꾼이라도 쉽게 찾을 수 없을 것 같았다.

작은 골짜기 안에 초가 세 채와 움막 두어 채가 자리하고 있었다. 마당에서 뛰어놀던 아이들이 우루루 달려와서 꾸벅꾸벅 인사를 하였다.

제법 큰 초가 앞에 도착한 박어둔이 따라온 부하들에게 말했다.

"너희는 그만 집으로 가보거라."

졸개들이 박어둔과 용복에게 인사를 하고 저희집으로 뿔뿔이 흩어졌다.

"성님, 제 집으로 가시죠."

박어둔의 집은 일자로 된 4칸 초가인데 마당을 사이에 두고 맞은편에 두 칸 창고가 있고 집 주위로는 나무 울타리를 두른 튼실한 집이었다.

부엌에서 박어둔의 아내인 듯 보이는 아낙이 나오

고, 그 뒤로 열 살 정도의 계집아이와 다섯 살 정도의 사내아이가 달려 나왔다.

"아버지, 오셨어요."

머리를 땋은 계집아이와 사내아이가 꾸벅 인사를 하였다. 박어둔의 아들딸인 모양이었다. 계집아이는 눈빛이 반짝거리는 것이 영민해 보였고 사내아이는 누런 코를 훌쩍거리고 있었다. 아낙은 머리에 작은 가채를 하였고 눈꼬리가 처진 것이 기질이 순해 보였는데 어린아이를 등에 업고 있었다. 그러면서도 외간 남자와 얼굴을 마주치지 않으려고 몸을 돌리고 있었다.

"이보게, 귀한 손님 오셨으니 술상 좀 봐오게."

박어둔이 아낙에게 퉁명스레 말하곤 용복과 함께 방 안으로 들어갔다.

"밖에 자네 안사람과 아이들인가?"

"예."

"이 사람, 인사라도 시키지 그랬나?"

"학이 어멈, 잠깐 들어와 보게."

아이를 업고 있던 아낙이 방문 앞에서 고개를 숙이고 섰다. 낯선 남자가 있어서인지 선뜻 방 안으로 들어오지 못하는 듯 보였다.

"뭐해? 어서 들어와 인사드리지 않고."

아낙이 마지못해 방 안으로 들어와 몸을 돌리고 앉았다.

"인사 드리게. 용복이 성님일세. 연전에 왜국에 끌려 갔을 때 함께 다녀온 성님일세."

아낙이 말 없이 고개를 꾸벅 숙였다. 등에 아이를 업고 있어서 맞절은 못하고 목례로 인사를 대신하였다.

박어둔이 아낙에게,

"인사했으면 이만 나가서 술상이나 차려 들이게."

하니 아낙이 풀기 없는 얼굴로 바깥으로 나갔다.

"자네 아내가 말이 없는 편이군."

"원래 저런 여편네니 신경 쓰지 마십쇼."

박어둔이 이번에는 바깥에 서 있는 계집아이와 사내아이를 손짓하여 불렀다.

"너희도 들어오너라."

아이들이 삐죽거리며 방 안으로 들어와 부끄러운 듯 몸을 배배 꼬고 서 있었다.

"섰지만 말고 인사 드리거라. 아버지하고 친한 성

님되신다."

계집아이가 두 손을 이마에 대고 조신하게 큰절을 하였다. 박어둔이 얼른 입을 열었다.

"애기라고 합니다. 첫째지요. 올해 열 살입니다."

옆에 물끄러미 섰던 사내아이가 소매로 코를 쓱 문질러 닦곤 넙쭉 큰절을 하였다.

"대학이라고 합니다. 둘째지요. 올해 다섯 살입니다."

애기는 얼굴 생김새가 박어둔을 닮았고, 대학이는 눈꼬리가 쳐진 것이 어미를 닮았다.

"막내는 나이가 몇인가?"

"막내는 대덕이라 하는데 갓 돌이 지났습지요."

용복이 고개를 끄덕이다가,

"너희, 이리 오너라."

하곤 허리춤에서 돈을 꺼내 애기와 대학에게 한 푼씩 건네주었다.

"세뱃돈이다. 받아라."

"성님, 그러지 마십쇼. 설날도 아닌데 세뱃돈이 뭡니까?"

"사람도, 세배를 미리 받았으니 당연히 세뱃돈을

쥐야지."

아이들이 선뜻 돈을 받지 못하고 박어둔의 눈치를 살피는 것을 보고,

"어서 받으래도."
하고 재촉하니 아이들이 한 푼씩을 받아들고 좋아라 바깥으로 나갔다.

"아이들이 터울이 크구먼."

"애기와 대학이 사이에 아이가 하나 있었고, 대학이와 대덕이 사이에도 아이 하나가 더 있었는데 낳은 지 보름도 안 돼서 시름시름 앓다가 죽어 버렸소. 아이는 얼마나 잘 들어서는지 집사람이 또 임신을 했지 뭐유."

용복이 고개를 끄덕끄덕하였다.

잠시 후, 계집아이가 술상을 가지고 들어왔다. 칠소반 위에 닭백숙 한 마리가 먹음직스럽게 올려져 있고 잇달아 술 한 동이가 나왔다.

술이 한 잔씩 오간 후에 용복이 말했다.

"소문에 자네가 왜국 간 일로 보직이 떨어져서 군관 노릇 그만두고 고향으로 돌아갔다는 이야기는 들었네만 이리 된 것은 뜻밖일세. 내가 알기로 자네도

입단속 대가로 오 행수에게 백 냥을 받은 것으로 아네만……."

"말도 마십시오."

박어둔이 술 한 잔을 마신 후에 입을 열었다.

"그때 성님과 나란히 태장을 맞고 장독으로 죽을 고생을 했지 않수. 귀양은 면했지만 그 일로 군관도 못하고 고향 남해로 돌아왔습니다요. 다행히 오충추에게 받은 백 냥으로 고향에서 포실한 전지를 장만해서 그럭저럭 밥술이나 뜨면서 살았습지요. 그런데 사람이라는 것이 뛰면 걷고 싶고, 걸으면 쉬고 싶고, 쉬면 눕고 싶고, 누우면 자고 싶은 법이라 배가 부르니 딴 생각이 자꾸 듭디다. 하여 기생집을 드나들며 호기를 부리다가 투전을 알게 되었지요. 노름이란 것이 참으로 기기묘묘한 것이라서 끊으려 해도 쉽게 끊을 수 없습디다. 앉아서 남이 힘들게 번 돈을 따는 맛이 이상하게도 기가 막히더란 말입니다."

용복이 얼굴을 찌푸리며 말했다.

"그래서 투전판을 돌아다니며 돈은 많이 벌었는가?"

"돈이라굽쇼?"

박어둔이 윗목에서 곰방대를 가져와서 허리춤에

있는 쌈지를 열어 담배를 꾹꾹 눌러 넣었다. 상 옆에 있는 화로에서 불씨 하나를 끄집어내어 불을 당겨 담배를 한 모금 빨고는 길게 내뱉고는 곰방대를 건네었다.

"난 되었네."

"성님은 담배 아니 하시오?"

"난 담배 아니하네."

"이 좋은 담배를 싫다는 사람도 다 있습니다."

"자네가 좋다고 내가 좋으란 법 있는가? 난 술은 좋은데 담배는 독하기도 하고 목이 텁텁한 것이 싫더군. 가래가 끓어서 말이야."

용복이 사발을 들어 탁배기를 들이켰다.

박어둔은 물끄러미 그 모습을 보곤 곰방대를 물고 담배를 몇 모금 빨다가 연기를 길게 내뱉더니 다시 입을 열었다.

"그렇게 노름판에 미쳐 집도 절도 잊고 투전판을 돌아다니다가 개털이 되었소. 어느 날 정신을 차려 보니 집도 절도 전지도 몽땅 노름꾼들에게 넘어가고 없더란 말이오. 있던 재산 다 날리고 빚더미에 올라 앉았으니 어쩔 것이오? 야반도주하는 신세가 되었지요."

박어둔은 탁배기를 한 사발을 들이켠 후 용복의 잔에 술을 따라주며 물었다.

"성님은 잘 계셨지요?"

"난 영해에서 어물전을 하고 있네. 오 행수님께 받은 밑천으로 어물전을 열어 그럭저럭 밥술깨나 뜨고 사네."

박어둔이 말 없이 고개를 끄덕였다.

"여기에선 언제 자리를 잡았는가?"

"올봄에 자리를 잡았습니다요. 삼월 말경에 이곳에 들어왔으니 여덟 달쯤 되네요. 가진 것은 없고 먹고는 살아야 하고, 에라 칼 물고 뜀뛰기라도 하자고 도적질을 하게 되었지요. 처음에는 막무가내로 등짐장수를 털었는데 금방 소문이 나서 등짐장수들이 떼로 몰려다니는 통에 굶어죽는 줄로만 알았습니다요. 궁리 끝에 관군 복색으로 꾸며서 통행세를 받는데 제법 벌이가 쏠쏠합디다. 전직이 관원이고 진서도 알고 있으니 하루 수입도 제법 두둑합지요. 부하들은 세금 때문에 살 수 없어서 도망 온 사람들인데 데리고 있으면 유용할 것 같아서 제가 거두어서 부하로 쓰고 있습지요. 모두 사연이 있고 가족이 있는 사람들이라서 배신할 일이 없으니 가족같이 지내고 있습니다."

"꼬리가 길면 잡힌다고 관군이 나온 일은 없었나?"

"아직까진 소문이 돌지 않아서 관군이 나온 적은 없습니다. 워낙 감쪽같이 속이니 말 나올 구석이 있나요?"

"그래도 세상 일이 자네 맘대로 되나?"

"그래서 걸음이 날랜 부하 둘을 고개 아래로 보내서 정탐을 하게 합지요. 관원들이 올 것 같으면 철수하면 그만이니 땅 짚고 헤엄치기나 마찬가지지요."

용복이 박어둔과 술을 마시며 이런저런 이야기를 나누다가 해가 서산에 걸린 것을 보고 자리에서 일어났다.

"성님, 가시게요?"

"낼 모래가 설인데 가 봐야지."

"성님, 또 언제 볼지도 모르는데 술만 드시고 가시면 내가 섭하오. 오늘 저녁까지 자시고 내일 아침 일찍 가시오."

박어둔이 극구 말리는 통에 용복은 하는 수 없이 그날 밤을 박어둔의 집에서 보내기로 하였다.

박어둔의 아내가 저녁 밥상을 상다리가 부러지도록 차려올렸다.

기름기가 도는 쌀밥에 닭개장, 돼지고기 수육에 갖은 젓갈이 골고루 올라왔다. 가득하게 퍼 담은 쌀밥만으로도 진수성찬인데 고기반찬이 그득하니 술로 배를 채웠을망정 남긴다면 제수씨 보기가 민망하여 저녁밥을 달디달게 먹었다.

식사를 물리고 나니 날이 어둑어둑해졌다. 소화가 되기도 전에 박어둔의 아내가 술상을 차려온다는 말에 용복이 안방을 차지하기가 민망하여 행랑으로 자리를 옮겼다.

박어둔의 아내가 행랑방에 술상을 차리고 화로를 놓고 호롱불을 피웠다.

"이거 괜히 고생을 시켜서 제수씨께 미안하구먼."

"그런 소리 마시오. 오늘 마누라가 무슨 바람이 났는지 이렇게 대접이 과하오."

박어둔이 껄껄 웃으며 말했다.

용복은 박어둔의 아내가 대접이 과한 이유를 알고 있었다. 저녁 전에 용복이 소피를 보러 뒷간으로 갔을 때 박어둔의 아내가 따라왔었다.

박어둔의 아내는 부엌에서 두 사람이 나누는 이야기를 듣고 남편을 도적이 아닌 양민이 되도록 설득해 달라는 청을 하였던 것이다.

　박어둔의 아내는 도적의 아내로 사는 것이 마음이 떨리고 겁이 나서 한시도 살 수 없을 것 같다고 하였다. 좋은 옷에 좋은 밥을 먹고 살지만 언제 포교에게 잡혀갈지 마음이 두려워서 자연히 웃음이 없어지고 우울해진다는 것이었다.

　용복 역시 박어둔이 화적으로 사는 것을 바라는 바가 아니어서 설득해 보겠노라고 대답을 하였는데 그때부터 박어둔의 아내가 활기를 찾은 것이다.

　용복이 박어둔의 잔에 술을 따르며 말했다.

　"자네, 나와 함께 바깥에서 살지 않으려는가?"

　"예?"

　박어둔이 용복을 바라보았다.

　"자네가 산중에서 도적질로 사는 것이 딱해 보여서 그렇네. 사람이 해를 보고 살아야지 어둠을 보며 살아서 쓰겠나? 제수씨도 그렇고 크는 아이들도 생각해야지. 내가 도와줄 테니 설 지난 후에 나를 따라가세."

용복이 진중히 타이르자 박어둔은 한동안 말이 없었다.

"나야 그리 되면 좋지만 부하들은 어쩝니까?"

"부하들도 데리고 같이 가면 될 것이 아닌가?"

"그것은 좀 생각해 보십시다."

"생각하고 자시고 할 것 없네. 지금은 괜찮다지만 나중에 소문이라도 난다면 기찰포교들이 반드시 자네들을 잡으러 올 걸세. 여기서 좌수영이나 울산부중이 엎어지면 코 닿을 거리 아닌가. 관문산이 큰 산이라 하더라도 여름이면 모를까 겨울에는 가망이 없네. 잘 생각해 보게."

"그러지요."

박어둔은 덤덤하게 대답하였다.

잠시 말이 없던 박어둔이 곰방대에 담배를 채워 넣고 호롱불을 붙여 담배를 피웠다. 박어둔의 입 안에서 뿜어져 나온 담배연기가 방 안에 자욱하게 퍼져나갔다.

8

　용복은 다음날 아침까지 잘 얻어먹고 박어둔 패거리와 함께 관문산 고개로 돌아왔다. 이날도 박어둔은 장교차림을 하고 부하들은 포졸 복색을 하여 기찰포교처럼 꾸미고 있었다.

　"자네, 오늘이 섣날 그믐인데도 하는 건가?"

　"부지런히 밑천을 모아야 뭘 해도 하지요."

　이날 아침에 용복을 떠나보내던 제수씨의 얼굴에 웃음기가 있던 것이 생각났다. 어젯밤 술자리를 마치고 돌아간 박어둔이 마음을 정했던 모양이었다.

　"자네가 결정을 했으니 다행일세."

　"성님, 설이 끝나고 찾아주십쇼. 저희도 그때까지 결정을 봐서 차후에 어떻게 해야 할지 상의하게 말입니다."

　"잘 생각했네."

　용복은 박어둔의 배웅을 받으며 관문산을 내려와 점심 무렵에 울산에 도착하였다.

　용복의 어머니는 용복의 큰형 내외가 모시고 있었

는데 원래 염포진 앞에 있다가 용복이 장사를 해서 번 돈으로 계변성 서문 앞으로 이사를 와서 살고 있었다.

용복은 서문 시장 한편의 골목 안으로 들어갔다. 꼬불꼬불한 작은 골목길을 따라 한참을 가다가 막다른 골목 끝집에 다다르니 대나무로 사립을 한 초가 한 채가 나타났다. 집 안에서 삽살개 한 마리가 껑충 껑충 뛰며 용복을 반겼다.

문간 옆에서 방아를 찧고 있던 형수가 용복을 보고 달려나왔다.

"서방님, 오셨어요."

"형수님, 그동안 안녕하셨어요?"

"예."

"애들은 어디 갔나요?"

"서문 사거리에 광대놀이판이 벌어졌다고 구경갔나 봐요."

그때 방문이 열리며 용복의 형 용대와 어머니가 얼굴을 내밀었다.

"용복이 왔냐?"

용대가 곰방대를 물고 손짓을 하였다.

"춥다. 어서 들어오너라."

용복이 들어가서 등짐을 내려놓고 어머니에게 큰절하고 자리에 앉았다.

"엄니, 안녕하셨어요? 별일 없으셨지요?"

"너는 별일 없느냐?"

주름이 자글자글한 어머니가 되물었다.

"별일이 있을라고요."

용복이 바깥을 바라보며,

"형수님, 이리 들어와 보세요."

하니 마당에 서 있던 형수가 방 안으로 들어왔다.

어두침침한 방 안에 네 사람이 앉으니 방이 비좁은 것 같았다.

용복이 등짐을 풀어서 어머니 앞에 누비 치마저고리를 꺼내었다.

"이게 다 무어냐?"

어머니가 되물었다.

"울 엄니 눈이 더 나빠지셨구려. 보면 모르시오. 누비 치마저고리요. 며느리가 설옷이라고 솜을 듬뿍 넣어 만들었으니 춥지 않도록 입고 다니시오."

"그 애가 정성이 무난하다."

어머니가 좋아하는 모습을 보고 용복이 형수에겐 어물 등속과 전대에 찬 돈꿰미 하나를 풀어놓았다.

"얼마 안 됩니다. 받아두셨다가 필요한 것 사다 쓰세요. 형수님하고 애들 옷감도 뜨고……."

"서방님도……, 매번 올 때마다 이런 걸……."

"형수님도, 별 말을 다 하시오."

형수가 함박웃음을 지으며 어물 등속과 돈꿰미를 가지고 바깥으로 나갔다. 윗목에 앉아 담배를 피던 용대가 말했다.

"장사는 잘되냐?"

"그저 그렇소."

"설 쇠고 바로 갈 테냐?"

"그래야지요."

어머니가 말했다.

"동바우는 잘 크느냐?"

"예."

"동바우를 보고 싶은데 그 아이가 아직 돌이 안 되었지?"

"예. 돌 지나면 한번 데려오겠습니다."

화로에 곰방대를 털던 용대가 용복에게 입을 열

었다.

"너 이번 달에 개성에 다녀왔느냐?"

"그걸 어떻게 아시오?"

"다 아는 수가 있느니."

"성님이 그동안 도를 닦은 모양이오."

"내가 앉아서 천리를 보는 사람이다."

용대가 껄껄 웃으니 용복이 물었다.

"성님, 그걸 어떻게 아시오?"

"뇌헌이라는 스님을 아느냐?"

"뇌헌?"

"개성 송상에서 만났다 하던데?"

"아! 생각나오."

"어제 뇌헌이라는 중이 우리 집에 찾아왔더라. 너를 만나고 싶은데 언제 오냐고 묻기에 오늘쯤은 올 거라 했더니 요 앞에 있는 주막집에서 머물고 있다고 너 오거든 통기 좀 해달라고 하더라."

"날 뭣 때문에 보자 합디까?"

"그거야 난 모르지."

"앉아서 천리를 보면서 그것도 모르시오?"

"넌 천기를 누설하면 천벌을 받는다는 말도 모르

느냐?”

“허허허, 성님 달변이 꽤 늘었소. 아예 그 길로 나가시지 그러오.”

“그래 볼까 생각 중이다.”

용복은 시시껄렁한 농담질에 흥이 다하자 잠시 다녀온다 이르고 뇌헌이 기다리고 있다는 주막집을 찾아갔다.

계변성 서문 사거리에는 대목을 맞아서 장이 열렸는데 넓은 사거리 앞 공터에는 광대들의 놀이판이 벌어져서 사람들로 인산인해를 이루고 있었다.

사람들 머리 위에서 줄을 타는 광대가 부채를 펄럭이며 재주를 넘고 있고 풍악소리가 들리는 와중에 감탄과 환호가 연이었다.

용복이 사람들 사이를 빠져나가 뇌헌이 머문다는 주막집에 들어서니 주모가 반갑게 용복을 맞았다.

“아이고, 이제 누구야? 안 장사 아니야? 설 쇠러 오셨어?”

“허허허, 주모! 그동안 무고하셨나?”

“아이구, 울산 바닥에 내로라하는 술고래가 없는데 무고할 리 있나? 술 생각나서 오셨어?”

"누굴 만나러 왔지. 여기 뇌헌이라는 스님이 있는가?"

"뒤채에 계시는 스님 말이구먼."

"뒤채? 지금 계시오?"

"계실 거요."

용복이 주막 뒤채로 걸음을 옮겼다. 별채로 쓰이는 이곳은 흙벽으로 칸을 나누어 따로 들이는 곳이라 돈이 많은 양반이나 부상들이 거처하는 곳이었다.

뇌헌이라는 스님은 송상 대행수 오충추와 동석한 것도 그렇고 주막 별채를 쓰는 것이 돈 좀 있는 절간의 주장승 같아 보였다.

용복이 주막 뒷문을 들어서니 젊은 스님이 마당에서 용복을 가로막았다.

"뉘시오?"

비리비리한 스님들과 달리 어깨가 떡 벌어진 모양하며 눈이 반짝 반짝거리는 것이 힘깨나 쓰는 스님 같았다.

"나? 안용복이라 하오. 뇌헌 스님이 나한테 볼일 있다 하길래 찾아왔소."

젊은 스님이 군소리 하지 않고 문 앞에서 몸을 숙

여 말했다.

"스님, 안 시주가 찾아왔습니다."

"들여 보내거라."

방 안에서 점잖은 목소리가 들려왔다.

용복이 방 안으로 들어가니 늙수그레한 스님이 아랫목 보료 위에 단정하게 앉아 있었다. 송상 대행수 오충추를 만나러 갔을 때 보았던 바로 그 스님이었다.

"나를 기억하겠소?"

"예. 그런데 무슨 일로 절 보자 하셨습니까?"

"듣던대로 성격이 급하시군. 일단 자리에 앉게나."

용복이 뇌헌의 맞은편에 앉았다.

스님이 바깥을 향해 말했다.

"바깥에 승담勝淡이 있느냐?"

"예."

바깥에서 젊은 사내의 목소리가 들려왔다. 용복을 막아섰던 스님의 법명이 승담인 모양이었다.

"너 가서 주모에게 술상 하나 차려 오라 이르거라."

"예."

용복이 뇌헌에게 물었다.

102

"스님께서도 술을 드십니까?"

"나를 찾아온 손님인데 대접을 해야 할 것이 아니오."

"무슨 일인데 저를 찾으시는 겁니까?"

"그 이야기는 술상이 온 후에 하십니다."

뇌헌이 빙그레 미소를 지었다.

잠시 후, 계집종 아이가 술상을 차려왔다. 양반들이 먹는다는 다리 긴 칠소반 위에 문어와 관목貫目이 먹음직스럽게 차려져 나왔다.

관목은 말린 청어로 두 눈을 꿰어 말린다고 과메기라고 하였는데 울산 등지에서 별미로 치는 술안주였다.

뇌헌이 술병을 들어 용복의 술잔에 술을 따랐다.

"한 잔 들게나."

용복이 한입에 막걸리를 마시곤 무성한 채수염에 묻은 술을 닦으며 물었다.

"이제 술도 마셨으니 제게 무슨 볼일로 찾아왔는지 이야기해 보십시오."

"울릉도 말이네. 그게 벌이가 된다면 그일 나와 함께 하면 안 되겠나?"

"예?"

"왜 그러는가?"

"뜬금없이 하시는 말씀이라서 그렇지요."

"뭐가 뜬금없다는 건지 모르겠군. 나는 장사를 하는 승려일세. 송상 행수는 자네가 하려는 일을 일언지하에 거절하였지만 내 생각은 다르네. 울릉도에서 왜인들을 몰아내고 돈도 벌 수 있는 일이니 얼마나 장한 일인가? 더구나 울릉도와 자산도에는 해산물도 많이 난다면서? 일석삼조의 일인데 마다할 이유가 없잖은가."

용복이 힐끔 뇌헌을 바라보았다. 나이는 오십대 초반 정도 되어 보이는 청수한 외모의 스님이었다. 저잣거리 사람에게서 흔하게 볼 수 있는 속기를 찾아볼 수 없으리만큼 단정하게 앉아 있는 모습이 돈을 밝히는 땡중 같아 보이지는 않았다.

"한 잔 더 받게."

뇌헌이 용복의 빈 술잔을 채워주었다. 용복은 술잔에 차이는 누런 탁주를 물끄러미 내려다보았다.

용복은 사실 울릉도로 가려는 것이 아니라 다시 한번 오키 섬으로 가서 돗토리 번의 영주를 만날 생각이었다. 이왕이면 막부를 만나 울릉도와 자산도에 대해 못을 박고 싶은 것이다.

용복이 오충추에게 도움을 청하러 간 것은 왜국으로 건너가기 위한 자금과 배를 융통하려는 이유였다. 오충추로부터 일언지하에 거절당하여 희망의 끈이 떨어진 이때에 뇌헌의 말은 용복에게 다시 한 번 힘을 솟게 해 주었다.

"어떤가? 자네 생각대로 돈이 될 것은 같은가?"

뇌헌이 차분하게 물었다.

용복이 술잔을 상에 올려놓고 뇌헌의 얼굴을 쳐다보며 말했다.

"자금을 대실 여력이 있겠습니까?"

"그만 한 여력도 없이 자네를 찾아 왔을라고?"

"좋습니다. 하지만 일이 잘못돼서 관아에서 봉욕을 당하면 어쩝니까?"

"일이 잘못된다니?"

"울릉도에 간 것이 발각이 나면 어쩝니까?"

"어허, 내가 사람을 잘못 보았구면. 자네는 그 정도의 뒷일도 생각을 않고 오 행수를 찾아 갔었나? 말해 보게. 만약 그런 일이 일어나면 자네는 어떻게 할 작정인가? 답변을 못한다면 없었던 일로 하겠네."

뇌헌이 낯빛을 바꾸어 되물었다. 여차하면 간신히 생겨난 희망이 날아갈 판이었다.

"제가 말을 잘못했구먼요."

"말을 잘못하다니? 만약 그런 일이 일어난다면 어떡할 것인지 자네에게 물었네."

용복이 술잔을 들어 한잔을 털어놓곤 입을 열었다.

"풍랑을 맞아 표류하였다고 하면 그만이지요."

뇌헌이 정색을 풀며 웃었다.

"그렇지. 그런 일은 없어야겠지. 애초에 그런 일은 아니 만드는 것이 좋고, 저번처럼 왜국에만 넘어가지 않으면 무슨 일이야 있을라고? 그보다 자네 생각처럼 하면 수입은 얼마 정도 날 것 같은가?"

잠시 턱을 괴고 생각하던 용복이 손가락 하나를 펼쳤다.

"백 냥?"

뇌헌의 물음에 용복이 고개를 끄덕였다.

"백 냥으로는 수지가 맞지 않는 장사일세."

"스님께서는 재보다 잿밥에 관심이 많으신 것 같습니다. 첫술에 배부른 것 보셨습니까? 처음에는 포석을 다져야 하니 올해는 큰 수익을 올릴 수 없을 겁니다. 그렇지만 입소문이 나는 내년부터는 왜놈들이 돈을 가져올 것입니다. 우리가 왜놈들에게 왜은 한 매枚만 받아도 우리 돈으로 마흔두 냥입니다. 배 한 척에 왜은 한 매씩 다섯 척이면 다섯 매니 물경 이백 냥이 넘는 거금이올시다. 자산도와 울릉도로 오는 왜 선이 다섯 척뿐이겠습니까? 그뿐입니까? 울릉도와 자산도에서 해산물을 거둬들여서 육지에서 되팔아도 짭짤한 수익이 납지요. 못해도 열 배는 되는 장사입 지요."

"그렇다면 내년부터는 천 냥 이상의 수익이 난단 말이군. 그러나 만약 내년부터 왜인들이 오지 않으면 어쩔 것인가?"

"제가 계유년에 왜국에 갔다가 들었는데 오키 섬 과 돗토리 번의 어부들은 관백關白일본 역사에서 천황의 최고 보좌관에게 전복을 진상해야 하는데 자산도와 울릉도 의 것을 제일로 친답니다. 저희 나라에 전복이 충분 하다면 모를까 머나먼 바다를 건너서 울릉도와 자산 도로 매년 오는 이유가 무엇이겠습니까? 설사 왜인 이 오지 않더라도 우리는 우리 땅을 지킨 것이 되니 이문은 남지 않아도 한 가지 목적은 이룬 것이고, 손해가 난 것은 울릉도의 해산물을 채취해서 장사를 하면 되겠지요. 울릉도 근해에는 어획량이 많아서 수익이 적지 않습니다."

"그렇다면 내가 자네를 어떻게 도우면 되겠는가?"

"돈이 많으십니까?"

"자네보다는 많을 걸세. 준비하는 데 얼마나 필요할지 말해 보게."

순간 용복의 뇌리에 김순립과 박어둔이 생각났다. 김순립에게 대선 한 척을 사고, 박어둔처럼 관원 행세를 한다면 뜻한 바를 이룰 수 있을 것 같았다.

뜻하지 않게 개성에서 도사공 김순립을 만난 것이나 우연히 관문산에서 박어둔을 만난 것이 용복은 큰 행운이라 생각되었다.

잠시 생각을 정리하던 용복이 손가락 다섯 개를 쫙 펴보였다.

뇌헌이 물었다.

"쉰 냥?"

"아닙니다. 오백 냥입니다."

"오백이나 든단 말인가?"

"울릉도로 가려면 대양을 건널 만한 큰 배가 필요

합니다. 하루 이틀에 끝낼 것이 아니라면 배 한 척은 사야 하고요, 또 어선세를 받으려면 관원을 사칭해야 하니 이것저것 준비가 많습니다. 양식도 필요하고요, 왜놈들을 제압할 덩치 좋은 장정들도 구해야 하고, 진서를 잘하는 글쟁이도 필요합니다."

"글쟁이는 왜?"

"제가 왜어를 좀 하지만 잘하는 것은 아니고, 왜놈들과 필담을 나누려면 글을 잘하는 사람이 있어야 합니다. 또 울릉도까지 물길을 잘 아는 어부들도 있어야지요."

잠시 생각하던 뇌헌이 말했다.

"절에 완력 좋은 제자들이 몇 되네. 그리고 내 친척 중에 문장에 능한 사람도 있네."

"그래요? 믿을 만한 사람인가요?"

"경상도 평산포에 사는 이인성李仁成이라고 내 오촌 조카인데 진사시까지 합격한 문장일세."

"진사시까지 합격했다면 과거를 봐야지 우리 일을 도울 수 있겠습니까?"

"요즘 과거를 재주로 보는가? 돈이 없으면 재주가 아무리 뛰어나도 쓰이지 못하는 세상이 아닌가?"

"그건 그렇지요."

"오촌 조카의 가세가 워낙 빈약해서 내가 매년 봄에 도와주고 있는데 이번에 도움을 요청해 보겠네. 내 부탁이면 거절은 못할 걸세."

"필담만 잘해 주면 몫은 크게 나눠 드리겠습니다."

"몫도 몫이지만 비용이 너무 많네. 힘쓰는 장정과 글쟁이를 구했으니 사백 냥은 어떤가?"

"좋습니다. 사백 냥으로 하지요."

뇌헌이 주섬주섬 두루마기를 열고 허리춤에 있는 전대에서 동전 네 꿰미를 꺼내어 상 위에 올려놓았다.

"사백 냥이네."

"참말 통이 크신 스님이시네요."

"돈이 될 것 같아서 그러는 것이니 추켜세울 것 없네. 앞으로 자네 계획은 어떻게 될지 이 자리에서 물어봐도 되겠나?"

"삼백 냥으로 큰 배를 사고, 나머지 돈으로 사람을 구해서 울릉도에 갈 준비를 해야지요."

"언제쯤 갈 생각인가?"

"부지런히 준비해도 봄이 돼야 갈 수 있습니다. 삼

월 초순에 사람을 데리고 영해寧海로 오십시오. 영해
에 오셔서 저를 찾으면 어렵지 않게 찾을 수 있을 겁
니다."

"시원시원하구먼. 알겠네. 나는 자네만 믿네."

뇌헌이 미소를 띠며 용복의 빈 잔에 술을 따라 주
었다.

9

주막을 나오는 용복의 발걸음은 구름 위라도 오를
듯 가벼웠다. 주는 대로 술을 마셔 얼굴이 화끈거렸지
만 정신은 도리어 맑았다.

놀이판이 벌어진 시장에 입전과 좌판이 촘촘히 들
어서 있는데 떡장수, 엿장수가 소리 높여 상혼을 불
태우고 있었다. 제법 구색을 갖춘 상점 안에서는 설
대목이라 갖은 물건을 내놓고 손님을 불러 모으고 있
었다.

"담배, 담배요. 담배가 있어요. 이름 좋다 금산초,

장광 좋다 직산초, 수수하다 영월초, 향기롭다 성천
초, 불 잘탄다 남방초, 빛 좋구나 상관초, 서초 양초
장절초, 심심풀이 심심초."

"길주 명주 가는 베, 회령 종성 고운베. 합사주, 통
해주, 곱토주, 물명주, 문주, 아랑주, 강진나이, 고양
나이, 만경세목, 홍양세목, 청나라 운문단두 있소."

용복이 그냥 지나치지 못하고 형님 줄 요량으로 금
산초 한 단과 백간죽 하나를 샀다. 또 형수 줄 셈으로
손거울 하나를 사고, 조카에게는 엿 한 냥어치를 사
서 집으로 돌아오니 저녁 해가 뉘엿뉘엿 넘어가서 지
평선에 황혼이 곱게 물드는 저녁 무렵이었다.

사립문 앞에는 금줄을 치고 마당에 긴 장대를 세워
채를 걸어놓았다.
섣달 그믐밤에는 앙괭이夜光鬼라는 귀신이 내려오는데
집안에 들이지 않기 위해 금줄을 치는 것이다. 장대
에 채를 걸어놓는 것은 집안에 들어온 앙괭이가 채눈
을 세다가 돌아간다고 믿기 때문이었다.

용복이 너털웃음을 지으며 사립문을 열고 금줄을
피해서 마당으로 들어가니 놀러 갔다 온 조카딸과 아
들 녀석이 버선발로 뛰어나와 꾸벅 인사를 하였다.

"옜다. 엿 먹어라."

용복이 엿봉지를 내미니 조카들이 좋아라 하며 저희끼리 몰려갔다.

"서방님, 볼일 보고 오셨어요?"

"예. 잘 보고 왔습니다."

용복이 소매 속에서 손거울을 꺼내,

"이거 형수 거요."

하니 형수의 입이 귀에 걸렸다.

"좋으시오?"

"좋다마다요. 동서도 하나 사 주세요."

"허허, 나중에 안사람 좀 잘 부탁합니다."

용복이 밑도 끝도 없는 말을 하곤 툇마루 앞에서 담배를 피우는 형에게 다가가서 금산초 한 단과 백간죽을 건네니,

"이런 걸 뭣하러 샀어?"

하면서 백간죽에 담배를 채워 불을 당겼다.

"허, 참말 맛나는 담배일세."

형님이 누런 이를 드러내며 씨익 웃었다.

용복의 후한 인심 덕에 저녁 대접이 성찬이었다. 닭장에 키우던 암탉을 두어 마리 잡아 한 마리를 통째

로 용복의 국그릇에 담아주었다.

용복이 조카들을 불러 닭다리 하나씩을 떼어주고 나누어 먹으니 작은 방 안에 웃음소리가 그치지 않았다.

저녁밥을 달게 먹고 나서 용복은 건넌방에 건너가서 일찌감치 자리를 펴고 누웠다. 앞으로 해야 할 일을 정리해 보기 위해서였다.

400냥 가운데에 300냥으로 대선 한 척을 구하고 나머지로 사공들과 인부들을 구하면 될 터였다. 왜인들을 속이기 위한 관복은 마침 관문산의 박어둔과 부하들에게 있으니 안성맞춤이었다.

설이 끝난 후에 먼저 영해로 내려가서 관문산의 화적들이 살 만한 집을 알아보고 불러들인다면 앞으로 하는 일에 큰 도움이 될 것 같았다.

물길을 잘 아는 유능한 사공으로는 영해에서 절친한 유봉석劉奉石과 흥해의 유일부劉日夫 두 사람이 적격이었다. 더구나 두 사람은 작년에 용복과 함께 울릉도에 간 적이 있었고 용복과 거래를 하고 있으니 뱃사람의 의리상 거절하지는 않을 것이었다.

"작은 아부지, 주무십니꺼?"

114

방문이 살며시 열리며 조카아이가 얼굴을 내밀었다.

"와?"

"신발 어쩔까요?"

"신발?"

"앙괭이가 신발을 훔쳐가면 한 해가 재수없십니더."

용복이 웃으며 말했다.

"네가 알아서 숨겨다오."

"주무실라고요?"

"자야지."

"그믐날 자면 눈썹이 하얗게 센다 캅니더."

"니 내일 내 눈썹이 세나 봐라."

"눈썹이 안 셉니꺼?"

"자슥아, 니는 어른들 말을 곧이곧대로 믿나?"

"눈썹 셀까 겁이 나서 그라지예."

"걱정마라. 눈썹 안 센다. 잘 테니 그만 건너가 보거라."

"예. 그럼 안녕히 주무시소."

조카아이가 문을 닫았다.

짚신 끄는 발자국 소리가 멀어져갔다.

용복은 이날 밤에 꿈을 꾸었다. 황금빛으로 번쩍거리는 큰 배에 오색 깃발을 펄럭이며 바다를 건너 집으로 돌아오는 꿈이었다.

용복은 금빛이 나는 갑주를 입고 허리에 환도를 차고 북채를 들고 커다란 북을 두드리고 있었고, 푸른 철릭을 입은 군졸들은 신호에 맞추어 힘차게 노를 젓고 있었다.

하늘은 연분홍빛이었고, 따뜻한 바람이 불고 있었다. 멀리 금빛 바다 위로 커다란 섬이 떠 있는데 어디인지는 알 수 없었지만 포구에 수많은 사람이 나와서 자신을 환호해 주고 있었다.

용복은 북채를 쥐지 않은 손을 들어 사람들을 향해 흔들어주었다. 포구에 운집한 사람들 가운데에서 어머니와 형님의 얼굴이 보였고 아내와 조카들도 보였다. 용복이 알고 있는 사람들은 모두 나와 있는 것 같았다. 사람들 사이에서 조카아이가 포구 앞으로 달려와서 손을 흔들며 소리쳤다.

"작은 아부지, 작은 아부지!"

"오냐."

"작은 아부지, 작은 아부지!"

용복은 눈을 번쩍 떴다.

"작은아부지, 어서 일어나이소. 제사 준비 끝나심더."

조카아이가 방문 앞에서 멀뚱멀뚱 바라보고 있었다.

용복은 입가의 침을 닦고 몸을 일으켜 멍하니 조카아이를 바라보다가 씨익 미소를 지었다. 정초에 꾼 첫꿈이 좋은 꿈이라서 용복은 기분이 좋아졌던 것이다.

미투리를 신고 건넌방으로 가서 떡국을 올려놓은 조촐한 제사상으로 제사를 지내고 방 안에 둘러서서 세배를 하였다.

이내 밥상이 올라오는데 아랫목에 어머니와 용대, 용복이 겸상하고 앉았고 윗목에 조카들과 형수가 한 상에 둘러앉았다.

고운 누비옷을 입은 용복의 어머니가 떡국을 입에 넣고 오물거리다가 갑자기 소매로 눈물을 닦으며 중얼거렸다.

"내 살아 생전에 이런 날이 오리라고 누가 생각이나 했겠느냐? 비천하고 없는 집안에 태어나서 뭣 하나 해준 것 없이 고생만 시킨 것을 생각하면 너희 볼 낯이 없다."

큰형 용대는 말이 없이 고개를 숙인 채 앉았는데

용복이 입을 열었다.

"그런 소리 마시오. 사람이 태어나는 것이 팔자소관인데 이제 와서 그런 것 따져보면 뭣하오? 사람이 아래를 보고 살아야지 위를 보고 살면 울화통밖에 더 터지겠소? 신분이니 뭐니 해도 요즘엔 돈이 최고요. 돈이 있으면 양반도 살 수 있는 세상인데……. 엄니는 다시는 그런 소릴랑 마시오."

아침밥을 먹은 후에 용복이 집으로 돌아갈 뜻을 말했다.

"벌써 가려고? 며칠 쉬다가 가려무나."

"엄니도, 안사람하고 동바우 생각도 하셔야지. 종종 다녀갈 테니 걱정 마오. 나는 그만 갈라오."

"그럼 점심이라도 먹고 가거라."

"점심은 가다가 먹을 테니 염려마시오."

용복이 만류하는 어머니께 인사하고 짐을 챙겨 형님과 형수, 조카들의 배웅을 받으며 집을 나섰다.

용복은 그 길로 현성을 벗어나서 관문산을 향해 발걸음을 옮겼다.

용복이 차가운 바람을 맞으며 40리 길을 쉬엄쉬엄 걸어 관문산 고개 아래에 도착하니 해가 높이 솟은 정오 무렵이었다.

용복이 곧장 고개 위로 올라 갔는데 무너진 성벽 가운데에서 행인들에게 통행세를 받던 박어둔 일행이 보이지 않았다.

화적당도 사람이니 설을 쇠느라고 오늘은 나오지 않은 모양이었다.

용복은 이틀 전에 박어둔을 따라갔던 길을 눈대중으로 기억하고 있던 터라 눈에 익은 계곡과 능선을 따라 박어둔이 사는 곳으로 찾아갔다.

봉서산의 능선을 타고 계곡 아래로 내려가는데 갑자기 화살 하나가 날아들어 용복의 머리 위를 지나갔다.

용복이 깜짝 놀라 나무 뒤로 몸을 숨기니 활과 창을 든 사내 둘이 계곡 아래 바위 옆에서 나타났다.

"웬 놈이냐?"

개가죽 옷을 입은 모양새가 사냥꾼 같았다. 용복이 나무 뒤에서 생각하니 박어둔의 부하들이 틀림없어 보였다. 첫째로 설날에 사냥을 나올 리가 만무하였고, 둘째로 무고한 사람에게 화살을 쏠 일이 없기 때문이다. 아마도 파수를 보다가 수상한 사람이 나타나서 막아선 모양이었다.

용복이 나무 옆으로 얼굴을 내밀며 소리쳤다.

"이보시오. 무기 치우시오. 박어둔을 만나러 왔소."

사내 중의 하나가 용복을 보고 활을 든 자를 말리며 말했다.

"안 장사 아니십니까?"

"그렇소."

용복이 나무 앞으로 나섰다.

두 사내가 용복에게 다가와 꾸벅 인사를 하였다.

"어이구, 송구하게 되었습니다요. 안 장사 나리인 줄 모르고……, 그런데 정초부터 어쩐 일이십니까?"

"자네들 두목에게 긴히 할 말이 있어서 찾아왔네."

"저를 따라 오십시오."

창을 든 사내가 앞장서서 용복을 안내하였다.

"파수를 보던 중이었나?"

"예. 적당이 나타날지 몰라서 둘씩 파수를 봅지요."

"근처에 적당이 있나?"

"저희에겐 관군들이 적당이지요."

"숨어 살려니 힘들지 아니한가?"

"웬걸요? 파수 보는 일이 힘든 일 축에나 드나요?

아전들에게 뜯기고 지주들에게 뺏기면서 힘들게 사는 것보다는 백 번 낫습지요."

"바깥에 나가 살고 싶은 마음은 없는가?"

"뭐가 있어야 나가 살지요. 나가면 사는 수가 있나요?"

"관군에게 토포라도 된다면 어쩔 텐가?"

"팔자소관인 게지요. 굶어죽으나 도적질하다가 죽으나 죽기는 매한가지 아닙니까. 칼 물고 뜀뛰는 게지요."

낙엽더미를 밟으며 한동안 내려가다 보니 눈에 익은 초가집 몇 채가 보였다. 박어둔이 살고 있는 산채였다. 불을 피우고 있는지 지붕에서 연기가 모락모락 피어오르고 있었다.

용복이 박어둔의 집으로 찾아가자 마당에서 제기를 차고 놀던 박어둔의 아들이 용복을 알아보곤 꾸벅 인사를 하였다.

툇마루에서 담배를 피우던 박어둔은 용복이 찾아왔다는 말에 벌떡 일어나서 미투리를 끌고 나왔다.

"성님, 벌써 오시는 길이오?"

"응. 급하게 일이 생겨서 자네를 찾아왔네."

"이럴 게 아니라 들어가십시다."

부엌 앞에 박어둔의 부인과 딸 애기가 나와서 용복에게 목례를 하였다.

안방으로 들어가서 두 사람이 맞절하고 자리에 앉았다. 박어둔의 아이들이 차례로 들어와서 용복에서 세배를 하고 나간 후에 박어둔이 입을 열었다.

"성님, 무슨 일인데 정초부터 급하게 찾아오셨습니까?"

"사실은 내가 좋은 돈벌이를 생각했었는데 한 달 전쯤에 송방 오행수를 찾아갔다가 퇴짜를 맞았다네. 그런데 어제 요행히 뇌헌이라는 승려를 만나서 동업을 하자는 제의를 받았다네. 이 일에 자네가 적격인 것 같아서 제일 먼저 자네를 찾아왔네."

"무슨 일인데요?"

그때 방문이 열리며 박어둔의 아내가 술상을 가지고 들어왔다. 하얗게 찐 백설기며 고두로 쌓은 점심밥까지 상다리가 부러질 정도로 성찬이었다. 박어둔의 아내는 화적살이에서 벗어나게 되리라 짐작한 모양이었다.

"자네, 설인데 성님께 인사 드리게."

박어둔의 아내가 인사를 하니 용복이 따라서 맞절을 하였다.

"그럼 이야기들 나누세요."

박어둔의 아내가 방문을 닫고 나갔다.

박어둔이 용복에게 말했다.

"성님, 무슨 일입니까?"

용복이 목소리를 낮추어 말했다.

"자네 나와 함께 울릉도에 가지 않겠는가?"

"울릉도에요?"

박어둔의 얼굴이 흙빛이 되었다. 그도 그럴것이 군관을 하던 박어둔이 이 지경에 이른 것도 원인으로 치자면 울릉도 때문이었다.

"사실은 내가 석 달 후쯤에 울릉도에 갈 생각이네."

"성님, 울릉도에 큰 돈벌이가 있겠습니까?"

"있지, 있고말고. 우리가 선점을 할 수 있다면 매년 큰돈을 벌어들일 수 있지. 그러니 웬 스님이 사백 냥을 선뜻 내놓은 것 아니겠나?"

"사백 냥이나요?"

박어둔은 귀가 솔깃하였다. 울릉도는 마음에 들지 않았지만 돈벌이가 된다는 말에는 마음이 동하였다.

돈벌이가 되는 일이 아니고서야 아무리 중이라 해도 사백 냥이나 되는 거금을 흔쾌히 내놓을 리가 없었기 때문이다.

"대체 무슨 일인데 그러시오?"

"내가 작년에 배를 타고 울릉도를 가봤다네. 어부들 말이 울릉도에는 왜놈들이 여전히 들락거린다 하더군. 자네도 알겠지만 자네와 내가 계유년에 왜국에 끌려가서 막부로부터 울릉도와 자산도에 출입하지 않겠다는 서약서를 받았지 않았나."

"받았었지요. 그렇지만 대마도주에게 빼앗겨 버렸지 않았습니까?"

"어쨌든 왜인들이 울릉도와 자산도에 출입하지 않겠다는 명령이 내려진 것은 사실이 아닌가? 그런데도 우리 땅에 왜놈들이 드나든다면 이것은 법을 어기는 일이 아니고 무엇이겠나?"

"우리도 법을 어기긴 매한가지 아닙니까?"

"내 말을 끝까지 잘 들어보게. 내 생각은 이렇네. 우리가 조정의 관원을 사칭해서 울릉도와 자산도에 드나드는 왜인들에게 세금을 받는 걸세. 뇌헌 스님에게 배를 구할 돈을 받았으니 관복만 준비하면 어렵지도 않은 일이야. 그런데 자네에게 관복이 있으니 안성맞춤이 아니고 무엇인가. 왜놈들은 관원이 울릉도와 자산도를 지키고 있는 줄 알겠지. 그러니 왜놈들이 전복이나 물범을 잡으려면 돈을 내야 하는 것이네. 어차피 진짜 관원들은 울릉도에 오지도 않을 것이니, 땅 짚고 헤엄치는 것과 같은 일이 아니고 무언가. 벌써 함께 갈 사람들도 모두 구해놓았네. 자네만 승낙하면 문제 없이 일을 벌일 수 있네. 잘 생각해 보게. 우리 땅도 지키고 앉아서 큰돈을 벌 수 있는 길이란 말일세."

박어둔이 쌈지에서 담배를 뭉쳐 곰방대에 넣고는 불을 당겼다. 용복이 재차 말했다.

"자네가 여기서 기찰포교 노릇 하는 것과 거기서 관군 노릇하는 것은 차원이 다른 것이네. 여기선 없는 사람들 통행세나 받아먹는 도적질이지만 거기선 우리 땅도 지키고 왜놈들에게 어세를 받는 일이란 말이네. 자네가 언제까지 이곳에서 화적질을 할 수 있을 것 같은가? 나와 영해로 가서 함께 어물전을 하면서 지내다가 여름 한철 울릉도에 가서 나라도 지키고 돈도 벌어보세."

담배를 한 모금 깊게 빨아 당겨 마시다가 뱉어내던 박어둔이 마침내 결심을 한 듯 입을 열었다.

"좋습니다. 성님이 그렇게 마음을 써 주시는데 이 생활 접지요."

용복이 껄껄껄 웃으며 술잔에 술을 따라 주었다.

"허허허, 자네가 승낙하니 맘이 편하군."

박어둔도 용복의 잔에 술을 따라 주었다.

"성님, 내가 할 게 뭐유?"

"자네가 할 것이 있나? 이 길로 나와 함께 영해에 가서 집이나 구해 안사람들 데려와서 살면 되지."

"왜놈들은 불총을 가지고 있을 것인데 만에 하나 접전이라도 일어나면 어쩝니까? 우리도 불총을 구해야 할 것 아닙니까?"

"자네, 불총은 구할 수 있나?"

"구하려고 마음먹으면 구할 수 없겠습니까? 돈이 많이 들어서 그렇지요."

"되었네. 왜놈들이 불총을 가지고 있어도 관군은 어찌할 수 없을 걸세. 양국 간에 분란이 일어나면 불총을 쏜 놈의 목이 날아갈 테니까 말이야."

"그건 그렇지만……."

"우리는 싸우러 가는 것이 아니라 세금을 받으러 가는 것이네. 쓸데없이 분쟁이 일어나봐야 서로 좋을 것이 없으니 되도록 분쟁거리는 만들지 않는 것이 좋지 않겠나?"

"그건 그렇죠. 또 필요한 것은 없습니까?"

"울릉도와 자산도가 그려진 팔도지도가 필요하네. 세금을 받아내려면 근거를 확실하게 보여줘야지. 그래야 그놈들이 알아듣고 세금을 낼 테니 말이야."

"알겠습니다. 그거라면 걱정 마십쇼."

두 사람은 의기투합하여 술잔을 마주하고 한입에 비웠다.

"말이 나왔으니 말인데 가짜라도 벼슬자리 하나 하려면 제대로 하시는 것이 어떻습니까?"

"그게 무슨 말인가?"

박어둔이 허리에 찬 호패를 꺼내 용복에게 보였다.

"이게 뭔가?"

"보시고도 모르시겠습니까? 호패 아닙니까?"

"이걸 내게 보여주는 이유가 뭔가? 자네도 알다시피 내가 까막눈아닌가."

박어둔이 이마를 치며 말했다.

"어이구, 그러고 보니 성님이 진서를 모르는 까막눈이라는 것을 잠시 깜빡했소. 왜어는 잘하면서 진서는 모른다니 참말 웃긴 일이 아니오."

"진서는 보기만 해도 눈이 어지러운걸. 그런데 이걸 왜 보여주는 거냐고?"

"내 호패는 양반들이 차고 다니는 호패지요. 회양 목패라고 들어보셨소?"

"들어는 봤다만 그게 무슨 상관인가?"

"참말 답답하시네. 가짜 호패를 만들어두면 관군에게 기찰을 당할 때에도 긴요하게 쓰이고, 요역도 빠질 수 있으니 일석이조가 아닙니까?"

용복은 귀가 솔깃하였다. 왜국에 건너갔을 때 신분을 보장할 수 있는 호패가 있다면 일본의 관리들을 만날 수 있는 확률이 높아지기 때문이었다.

"호패를 만들 수 있겠나?"

"그럼요. 제 부하 중에 손재주가 좋은 늙은이가 하나 있습니다요. 그자가 왕년에 한양의 호조에서 호패 만드는 일을 하였는데 돈벌이를 하려고 위조 호패를 몇 만들다가 걸려서 도망을 쳐서 여기까지 흘러들어왔지 뭡니까? 제것도 그 늙은이가 만든 겁지요. 재주가 요긴해 보일 것 같아서 받아들였는데, 불러들일까요?"

"좋을 대로 하게."

박어둔이 대학을 불러서 충갑이라는 노인에게 호패 만들 일이 있으니 어서 집으로 오라고 일러 보내었다.

잠시 후에 대학이 허리가 꾸부정한 노인 하나를 데리고 마당으로 들어섰다.

"박 두령, 불러계십니까요?"

"어서 들어오게."

노인이 방 안으로 들어와 꾸벅 인사를 하였다.

"자리에 앉게."

노인이 조심스럽게 자리에 앉으니 박어둔이 술잔을 비우고 술을 따라주었다.

"떡국은 먹었나?"

"예. 박 두령 덕분입지요."

박어둔이 용복에게 고개를 돌려 말했다.

"이 사람은 충갑이라 하는데 소시적에는 한양의 호조에서 공장이를 하였지요. 손재주가 좋아서 호패 하나는 기가 막히게 만듭니다."

박어둔이 충갑에게 말했다.

"인사 드리게. 내가 성님으로 모시는 분이네. 안용복이라 하네."

충갑이 용복에게 꾸벅 인사를 하였다.

"충갑이라고 합니다요. 호패를 만드시게요?"

"그렇네. 자네가 잘 만든다고 하더군."

"어떤 호패를 만드시려고요?"

충갑의 물음에 박어둔이 용복에게 고개를 돌렸다.

"성님."

용복이 충갑에게 말했다.

"신분이 높은 양반들이 차고 다니는 호패 하나 만들어주게."

"양반이라면 어떤 호패 말입니까? 아각으로 만든 것 말입니까, 녹각으로 만든 것 말입니까? 아니면 회양목으로 만든 것 말입니까?"

"호패도 종류가 많은 모양이군."

"나무쪽에 이름자가 쓰였다고 모두 호패가 아닙니다요. 양반들의 호패는 상것들이 쓰는 것과는 다르지요. 작년 가을에 어떤 무식한 놈이 양반의 호패를 소나무로 만들어 가지고 다니다가 걸려서 목이 잘렸지요. 그게 모두 무식한 때문입지요."

충갑이 검은 베로 둘둘 말아 가지고 온 것을 꺼내어 바닥에 펼치자 여러 개의 호패가 나타났다.

충갑이 그 중에서 흰빛이 나는 호패를 가리키며 말했다.

"이것은 상아象牙로 만든 호패올시다. 아패牙牌라고 하는데 동서반 이품 이상의 관료들이 가지고 다니는 호패올시다."

이번에는 검붉은 빛이 나는 호패를 보여줬다.

"이것은 사슴뿔로 만든 각패角牌올시다. 동서 삼품 이하 잡과에 등제한 이들이 차고 다니는 호패올시다."

각패를 내려놓은 충갑이 흰빛이 나는 나무 호패를 들었다.

"이것은 회양목으로 만든 호패올시다. 생원과 진사 같은 양반들이 차고 다니는 것입지요."

충갑이 누런빛이 나는 호패를 들고 앞뒤로 뒤집으며 말했다.

"이것은 자작나무로 만든 소목방패로 칠품 이하 잡직이나 서인, 서리들이 차고 다니는 호패입지요."

충갑이 이번에는 호패 두 개를 들어 보였다.

"이것은 대목방패라 해서 서인 이하 공사천들이 차고 다니는 호패입지요. 소나무와 참나무로 만듭니다. 평민들은 한때 지패紙牌를 차고 다니기도 했는데 흐지부지되었습지요."

용복이 허리춤에 찬 호패를 들어 보이며 알은체를 했다.

"그럼 이건 대목방패로구먼."

"예."

충갑이 대답하니,

"제길, 양반상놈을 나무 쪼가리로 나눠놓았구먼."

하고 용복이 혀를 끌끌 찼다.

"그것뿐이 아닙니다. 이것들이 보기에는 달라 보여도 길이가 세 치寸 일곱 푼分, 폭이 한 치 서 푼, 두께가 두 푼으로 정해져 있습니다요. 규격에 맞지 않으면 큰일이 나는 수가 있지요."

충갑이 자신의 목을 긋는 시늉을 하곤 안용복과 박어둔에게 말했다.

"이 중에 어떤 것으로 하시겠습니까? 양반 호패 하시려면 회양목이나 소목 정도면 괜찮을 것 같습니다."

박어둔이 물었다.

"성님, 뭘로 하시겠습니까?"

물끄러미 서안에 놓인 호패들을 바라보던 용복이 충갑에게 물었다.

"녹각패로 하나 만들어주게."

"성님, 녹각패를 하시게요?"

박어둔의 두 눈이 휘둥그레졌다.

"왜? 녹각패로 하나 만들면 안 되겠나?"

"안 될 이유야 없지만 탄로 나기 쉽지 않습니까?"

"탄로 나봐야 내 목이 날아가는 것이니 걱정 말게."

용복이 충갑에게 고개를 돌려,

"이보게, 충갑이. 녹각패로 하나 만들어주게. 사례는 톡톡히 함세."

하곤 허리춤에서 5냥을 꺼내어 주었다.

충갑의 눈이 휘둥그레졌다. 5냥이면 50전이요, 500푼이나 되는 큰돈이었다.

충갑이 박어둔의 눈치를 살피며 받은 돈을 허리춤에 집어넣고 말했다.

"지필이 있습니까요?"

"윗목에 있네."

충갑은 기어가서 윗목에 있던 세필과 종이 하나를 꺼내어 되돌아왔다.

충갑은 조그마한 종이를 바닥에 펼쳐놓고 세필을 혀에 적시며 입을 열었다.

"불러보십시오."

용복이 되물었다.

"뭘 부르란 말인가? 호패에 뭐를 적어야 하는지 잘 모르네."

"이품 이상은 관직과 성명을 적고, 삼품 이하의 조관이나 유음자제有蔭子弟는 관직·성명·거주지를 적습죠. 서인은 얼굴빛이나 수염 등의 특색 있는 인상을 기재하고, 오품 이하의 군관軍官은 소속부대·신장 등을 기록합니다. 잡색인雜色人은 직역職役과 소속, 노비는 주인·연령·거주지·얼굴빛·신장·수염의 유무를 기록하지요."

듣고 있던 박어둔이 버럭 소리를 쳤다.

"그러니까 녹각패에 뭐를 적으면 좋겠느냔 말이야."

충갑이 박어둔의 눈치를 보며 말했다.

"녹각패는 조정에서 벼슬을 한 사람이니 이름하고 벼슬자리, 생년을 기록하면 됩죠."

용복이 말했다.

"그래? 정삼품이면 무슨 벼슬이 좋겠나? 자네, 아는 벼슬이 있으면 말해 보게."

"소인놈이 뭘 알겠습니까? 여지껏 녹패 위조를 해본 적은 처음이어서 송구합니다요."

용복이 박어둔에게 물었다.

"관찰사나 병마절도사는 몇 품이나 되나?"

박어둔이 천장을 바라보다가 말했다.

"그게 종이품이지요?"

충갑이 말했다.

"참판이나 부윤, 병마절도사는 종이품이 맞습니다요."

"그럼 종삼품 벼슬은 뭐가 있나?"

충갑이 머리를 긁적이다가 입을 열었다.

"제가 젊을 적 호조에 들락거릴 때 녹각패에 통정대부通政大夫라고 쓴 호패를 본 적이 있습지요. 정삼품 당상관이었는데 문관인지 무관인지는 모르겠지만 얼굴이 나리처럼 우락부락했습지요."

안용복이 팔짱을 끼며 중얼거렸다.

"통정대부라⋯⋯."

박어둔이 팔짱을 끼며 용복에게,

"성님, 대부라고 하니 뭔가 있어 보입니다."

하곤 충갑에게 고개를 돌려,

"통정대부라⋯⋯. 그게 무관의 벼슬인가?"

하니 충갑이 송구한 얼굴로 말했다.

"소인 같은 상것이 그런 것까지 알겠습니까? 문관
인지 무관인지는 저도 잘 모르겠습니다."

잠시 생각하던 안용복이 말했다.

"좋아. 통정대부로 하지. 모로 가도 한양에만 가면
된다고, 삼품 벼슬이면 되는 거니까."

충갑이 붓을 혀끝에 적셔 쪽지에 썼다.

"이름은 안용복으로 하고, 벼슬은 통정대부. 생년
은 뭘로 할깝쇼?"

"갑오년1654으로 하게."

박어둔이 손가락을 세어보다가 눈을 흘기며 말했다.

"성님이 정유생인데 갑오년이라고요? 세살이나 어
리게 하시게요?"

"어차피 위조 호패인데 어때? 상놈이 양반이 된 마
당에 나잇살 좀 줄이면 안 되는가?"

"안 될 것은 없지요."

용복이 충갑에게 물었다.

"얼마쯤 걸리겠는가?"

"녹각에 글자를 정교하게 새기는 일이라 이삼 일은 걸립니다요."

"알겠으니 천천히 만들어주게."

충갑은 용복이 권하는 술 몇 잔을 연거푸 마시고는 집으로 돌아갔다.

"성님, 호패도 하셨는데 양반 복색도 하시죠?"

"양반 복색?"

"양반 호패가 있는데 양반 차림을 해야 구색이 맞을 것 아닙니까?"

술기운으로 얼굴이 불그스름해진 박어둔이 자리에서 일어나 벽장에서 명주 몇 필을 꺼내어 바닥에 내려놓았다.

"성님, 이것 보시오. 운문단이외다. 이게 청나라에서 들어온 비단이올시다. 때깔이 좋지요?"

"좋구먼. 기름이 좌르르 흐르네."

"가져 가셔서 옷 한 벌 만들어 입으십시오."

"이 사람, 이거 훔친 것 아닌가?"

박어둔이 목을 뒤로 젖혀 웃었다.

"어제 나귀 타고 가는 양반 하나를 족쳐서 빼앗았

지요. 돈으로 공명첩空名帖을 산 가짜 양반 놈 하나가 거드럼을 피우며 양반 행세를 하기에 발가벗겨서 쫓아버리고 가져왔소."

"이 사람, 관아에서 이 사실을 알면 어쩌려고?"

"이 생활 곧 그만둘 것인데 어떻소? 벌써 부하들에게 이야기도 다 해 놓았소. 남을 놈은 남고 떠날 놈은 함께 가자 했더니 모두 따라 가겠다 합디다. 마누라가 얼마나 좋아하는지, 원 참. 그것은 내 성의니 성님이 가지고 가셔서 옷 한 벌 만들어 입으시오."

박어둔이 벽에 걸려 있는 윤기 나는 갓 하나를 보여주며 말했다.

"성님, 보시오. 때깔이 좋지요?"

"응. 좋구먼."

"이게 통영갓이오. 제량갓하군 비교가 안 되지요. 이것도 가져 가시오."

"이 사람, 벌써 취했는가?"

박어둔이 갓을 명주 위에 올려놓고 곰방대에 담뱃불을 붙였다.

"내가 군관 노릇하다가 쫓겨나서 신선 노릇도 해 보고 밑바닥으로 떨어져서 화적당 두령 노릇까지 해 보고 나니 세상을 조금 알 것 같기도 하오."

"세상이 어떤데?"

박어둔이 담배연기를 내뿜으면서 말 없이 씨익 웃었다. 용복이 되물었다.

"시작을 해놓고는 왜 말을 못해?"

"말 안 할라우. 엿 같은 세상, 말해 뭣하오."

"허허허, 그리 말하니 자네 도튼 사람 같구먼."

"참, 언제 출항하실 생각이오?"

"날 풀리는 삼월 초승에 출발할 생각이네. 그동안 배를 구해놔야 하니 일이 바쁘게 되었어. 내일 아침에 나와 함께 영해로 가세."

"아따, 성님. 급하기도 하시네요."

"몰랐는가? 그래서 담배를 못 피우는 걸세."

용복이 화통하게 웃었다.

10

다음날 아침에 용복과 박어둔이 조반을 먹고 있을

때 머리를 땋은 과년한 계집아이 하나가 집 안으로 들어와 꾸벅 인사를 했다.

"명례냐? 식전부터 웬일이냐?"

"아버지가 두령님께 전할 말이 있답니다."

"말해 보거라."

"고개 아래 주막에 기찰포교가 깔려 있답니다. 아무래도 며칠 전 양반의 물건을 턴 것 때문에 일이 난 것 같다고 하십니다."

"그래. 알겠다."

계집이 부끄러운 기색도 없이 꾸벅 인사를 하고 돌아서는데 박어둔이 불러 세웠다.

"왜 그러십니까?"

"네 아버지가 호패는 잘 만들고 있느냐?"

"예. 어젯밤에도 호롱불 아래에서 계속 일하시던 걸요."

"오냐. 그리고 내가 어딜 다녀올 것이니 내가 돌아오기 전까지 일 나갈 생각 말고 집 안에서 조신하게 있으라 전하거라."

"어딜 다녀오시게요?"

"내가 그렇게 말하면 안다. 너도 시집가려면 이런

산구석에 박혀 있는 것보다 사람 사는 세상엘 가야
할 것이 아니냐?"

명례라는 처녀가 부끄러운 듯 고개를 숙였다.

"내 너희가 먹고살 집을 구하러 갈 것이니 그동안
집단속 잘하라고 전하거라."

"예. 잘 다녀오세요."

처녀가 꾸벅 인사를 하고 집밖으로 나갔다.

용복이 박어둔에게 물었다.

"저 처녀가 충갑이 딸인가?"

"예. 명례라 하는데 올해 스무 살이오. 아버지를 따
라 도망을 다니다보니 혼처를 구할 수 없어서 선머슴
이 다 되었소. 올해는 시집을 가야 할 터인데……."

박어둔이 느즈막하게 길 떠날 채비를 하였다. 박어
둔은 통영갓에 도포를 차려 입고 양반 차림을 하였
다. 용복은 패랭이를 쓰고 두루마기를 입어 양반과
하인의 복색을 하였다.

"성님, 오늘 하루만 제 하인이 되십쇼."

"동생, 자네 그리 입어도 괜찮나?"

"산 아래 기찰이 섰다지 않습니까? 차라리 이렇게
입는 것이 유리합니다. 저만 믿으십시오."

용복은 패랭이 차림에 비단 세 필을 등에 지고 양반 차림을 한 박어둔과 함께 산을 내려왔다.

두 사람이 관문산을 내려오니 주막 앞에서 사령과 관원들이 길을 막아서서 기찰을 하고 있었다. 기찰을 기다리고 있는 사내에게 용복이 물었다.

"무슨 일이오?"

"관문산에 관원을 사칭한 화적당이 나타나서 경주 싸릿골 최 생원이 낭패를 당했답디다. 오늘 아침에 안전께서 이 소식을 들으시고 화적당을 소탕한다고 기찰포교를 보냈다고 합니다."

용복이 박어둔을 돌아보니 박어둔이 태연하게 곰방대에 담배를 재워 물었다.

앞서 있던 사내가 기찰을 당한 후에 용복과 박어둔의 차례가 되었다.

기찰포교가 두 눈을 날카롭게 뜨고 용복과 박어둔의 아래위를 훑어보았다.

박어둔이 담배를 피우며 태연하게 포교에게 말했다.

"무슨 일인가?"

"호패 좀 봅시다."

"무슨 일인가 물어보지 않나?"

박어둔이 눈을 부라리며 되레 큰소리를 내었다.

포교가 박어둔의 기세에 주눅이 들었는지 고분고분하게 말했다.

"어제 관문산에 관원을 사칭하는 화적당이 들어서 싸릿골 최 생원이 가진 재물을 몽땅 빼앗기는 일이 있었습니다."

용복은 이미 들은 이야기를 왜 또다시 물어보는지 이유를 알 수 없어서 박어둔을 멀뚱멀뚱 바라보았다.

박어둔이 두 눈을 휘둥그레 뜨고 물었다.

"관원을 사칭하는 화적당이라고? 혹시 자네들이 관원을 사칭하는 화적당이 아닌가?"

"그럴 리가 있겠소? 어서 호패나 내놓으시오."

박어둔이 담배를 피우면서 태연하게 허리춤에서 호패를 꺼내주었다. 포교가 호패를 보고 용복의 등짐을 살피더니 물었다.

"어딜 가시는 길이십니까?"

"응. 내 가형께서 영해도호부의 안전 되시네. 집안 소식도 전할 겸 인사 드리러 가는 길이네."

"아, 예. 그러십니까?"

포교가 머리를 땅에 박을 듯이 굽혔다 펴면서,

"볼일 끝났으니 가셔도 됩니다요."

하는데 그 태도와 목소리가 나긋나긋한 것이 옛 상전을 만난 것 같았다.

박어둔이 허리춤에서 10푼짜리 돈 꿰미 하나를 떼어 주었다.

"추운데 수고 많구먼. 술값이나 하게나."

"이러지 않으셔도 되는데……."

하고 포교가 눈치를 살폈다.

"받아두게. 화적당들도 눈과 귀가 있는데 기찰이 떴는지 모르겠는가? 벌써 꼬리를 내리고 도망을 갔겠지. 안전의 명이니 할 수 없겠지만 어쨌든 수고하게나."

박어둔이 용복에게 손짓을 하니 용복이 어둔의 뒤를 따라 갔다. 잠시 걷다가 용복이 고개를 돌려보니 포교와 포졸들이 꾸벅꾸벅 인사를 하고 있었다. 포졸들이 보이지 않을 때까지 걸어와서는 용복이 물었다.

"이 사람아, 간도 크네. 자네 괜찮던가?"

"나도 사람인데 괜찮겠습니까?"

"그래도 자네는 담대하더군."

"담대한 것으로 치자면 성님을 따라갈 수 있겠습니까? 저 같은 것은 성님에 비하면 조족지혈이지요."

"그보다 기찰포교들이 떴는데 걱정이 되지 않는가?"

"성님도, 조선 공사 사흘이라고 며칠만 지나면 기찰이 누그러들 테니 걱정마시오."

"그걸 어떻게 장담하는가?"

"저놈들이 도적을 잡을 생각이 있다면 고개 아래에 진을 치고 있을 이유가 무엇이겠습니까? 추운데 귀찮기도 하고 접전하다가 하나뿐인 목숨 버릴까 겁이 나서 흉내만 내는 거지요."

"그건 모르는 일 아닌가?"

"아! 걱정 마시래도 그러시네요. 관문산이 울산과 경주의 접경에 있어서 화적이 생기면 울산관아에서는 경주관아의 책임이라 탓하고 경주에서는 울산관아의 책임이라 미루는데 무슨 일이 되겠습니까? 전에도 서너 번 저런 적이 있었소. 두고 보시오. 내가 준 돈으로 술이나 먹고 시간이나 때우다가 저물녘에 돌아가서 사또에게 거짓보고나 할 것이 틀림없소. 아니라면 내 장을 지지리다."

박어둔이 엄지손가락을 펴며 껄껄 웃었다.

박어둔의 말을 들으니 용복은 서글픈 마음이 들었다. 대마도주가 울릉도와 자산도를 빼앗을 마음을 품은 것도 관원들의 무관심과 무책임에서 빚어진 결과라고 할 수 있었다. 조정의 관리들이 우리 땅에 관심을 가지고 지켜낼 마음이 있었다면 울릉도와 자산도에 왜인들이 찾아올 리 만무하였다.

박어둔이 관문산의 화적으로 기찰 나온 관원들을 우습게 보듯이 왜인들도 같은 이유로 울릉도와 자산도로 찾아오는 것이고, 그로 인하여 대마도주는 두 섬을 빼앗을 생각을 하고 있는 것이다.

용복은 자신이 힘을 써서 관문산의 화적이 된 박어둔 일행을 양민으로 돌려놓듯이, 울릉도와 자산도를 왜인들이 넘보지 못하도록 확실하게 선을 그으리라 마음속으로 다짐하였다.

11

두 사람은 그로부터 이틀 후에 영해에 도착하였다.

때는 중천에서 떨어지는 해가 노루 꼬리만큼 남아서 서산에 울긋불긋한 노을이 아스라이 깔리는 저녁 무렵이었다.

박어둔이 주막집에서 하룻밤을 머물겠다는 것을 용복이 고집하여 집으로 데려갔다.

굳게 닫힌 사립문 앞에서 박어둔이 용복의 소매를 잡고 말했다.

"성님, 오늘은 날이 저물었으니 다른 곳에서 자고 내일 아침에 형수님께 인사 드리겠소."

"사람도……."

용복이 박어둔의 고집을 말릴 수 없어서 잠시 생각하다가 말했다.

"그럼. 자네 나를 따라오게."

용복이 박어둔을 데리고 구불구불한 골목을 지나 마을 뒤편에 후미진 초가로 데려갔다. 돌담장이 둘러진 초가의 사립문이 열려 있는데 부엌 안에서 불빛이 반짝거렸다.

"봉석이 있나?"

마당으로 들어온 용복이 말했다.

"용복 성님이시오?"

부엌에서 떠꺼머리 총각이 나타났다.

"저녁 하고 있었느냐?"

"예."

봉석이라는 사내가 마당으로 나와 용복에게 인사하곤 박어둔의 아래위를 훑어보았다. 덩치는 용복이처럼 크고 팔뚝이 굵은 것이 천생 바닷사내인데 얼굴이 둥글넓적하고 평평한 것이 순하게 생겼다.

"봉석아, 누가 왔느냐?"

방문이 열리며 쪼글쪼글한 노모가 얼굴을 내밀었다. 용복이 두 손을 모으며 고개를 숙였다.

"어무이, 무고하시죠? 용복입니다."

"오, 어물전 안씨구먼! 설은 잘 쇠고?"

"예."

"바깥이 추운데 들어오시게."

봉석이라는 총각이 말했다.

"성님, 들어가시죠. 저녁은 자셨소?"

"아직 저녁 전이다."

"그러면 들어가십시다. 밥 들이려던 참인데……."

봉석이 용복과 박어둔을 방 안으로 들였다. 봉석의 노모는 며칠 전 허리를 삐끗하여 운신하지 못하고 방 안에 누워 있던 참이었다. 아픈 사람에게는 큰절을 하지 않는 법이라 노모가 자리에서 몸을 일으켜 수인 사를 하였다.

잠시 후, 봉석이 밥상을 차려왔다.

"거친 밥이지만 아무쪼록 맛나게 드시소."

옥수수와 보리가 섞인 거친 밥과 미역국에 간장이 전부였다. 그나마 밥상 위에 밥이 셋이니 노모의 것을 빼고 나면 봉석이의 밥은 없었다.

"자네 밥은 없는가?"

"전 배가 고파 부엌에서 먼저 먹었소."

박어둔이 안용복에게 눈치를 주었다. 두 식구가 사는 가난한 살림에 밥을 많이 할 수는 없었을 것이다. 그나마 봉석이의 먹거리를 용복과 박어둔이 빼앗아버린 것이니 정초부터 보통 민폐를 끼친 것이 아니었다.

박어둔은 벼룩의 간을 빼 먹는 것 같아서 앉은 자리가 바늘방석이었다. 용복이 자기 밥그릇을 봉석이에게 내밀며 아무렇지도 않은 듯 말했다.

"집이 엎어지면 코 닿을 곳에 있는데 밥은 무슨? 나는 집에 가서 먹으면 되니 동생 먹게."

"아입니더. 정초부터 찾아온 손님인데 그럴 수 없지예? 성님, 드시소."

병색이 완연한 노모가 손을 저으며 말했다.

"봉석이 말마따나 손님에게 그러면 쓰나? 아무쪼록 찬은 없지만 많이 드소. 내 밥이 많으니 봉석이와 나눠 먹으면 되지."

박어둔이 빙그레 웃으며 말했다.

"십시일반이라고 우리가 반씩 남기면 한 그릇이 되니 그걸로 함께 먹읍시다."

유봉석이 밥그릇 하나를 가져와서 용복과 박어둔이 반씩 덜고 노모가 반을 덜어 주니 봉석의 밥이 도리어 많았다.

네 사람이 한상에 둘러앉았다. 거친 밥과 보잘것없는 찬이지만 소박하고 넉넉한 인심으로 간을 해서 저녁밥을 다디달게 먹었다.

봉석이 상을 들고 부엌으로 간 후에 용복이 윗목에 있는 등잔에 불을 붙였다. 심지를 끌어올려 불을 붙이니 거뭇거뭇하던 방 안이 밝아졌다.

"우린 고래 기름으로 등불을 켜는데 왜놈들은 물범 기름으로 등불을 피운답니다."

용복이 호롱불을 앞에 놓고 노모에게 말을 걸었다.

"조막만 한 물범에서 나올 기름이 어디 있다고?"

"그렇지도 않습니다. 퉁퉁한 수물범들은 기름이 많은 모양입니다. 왜놈들이 조총으로 물범을 쏴서 껍데기를 벗기고 끓이는데 뼈하고 고기를 빼면 기름이랍니다."

노모가 고개를 끄덕였다.

"어무이, 봉석이 나이가 올해 몇이지요?"

노모가 길게 한숨부터 내쉬며,

"저 놈이 올해 스물아홉이오. 한 해만 더 먹으면 서른줄인데 참한 계집이라도 들여서 머리를 올려야 할 텐데 속절없이 나이만 먹어서 총각귀신 될까 걱정이오. 아니, 봉석이보다 손주 한 번 안아보지 못하고 병든 내가 먼저 갈 것 같소."

하곤 치맛자락을 부여잡고 눈물을 훔치다가,

"안 서방이 아는 처자라도 있으면 주선 좀 해 주시오. 애 딸린 과부라도 상관없으니 봉석이놈 머리나 올리게 해 주시구려."

하고 하소연을 하였다.

용복이 박어둔에게 고개를 돌렸다.

"박 서방, 자네 혹 아는 처자 없는가?"

박어둔은 용복이 봉석의 집에 자신을 데리고 온 이유를 어렴풋이 알게 되었다.

"허허, 이제 보니 중신아비 대접을 달게 받았구려."

박어둔이 너털웃음을 지으니 노모가 바짝 다가와 두 눈을 반짝이며 말했다.

"중신아비라니? 손님이 우리 봉석이 중신하러 오셨소?"

"이를테면 그렇다고 봐야지요."

용복이 고개를 끄덕끄덕거렸다.

노모가 방문을 열고 부엌을 바라보며 소리쳤다.

"얘, 봉석아. 이리 와서 앉아 보거라. 안 서방이 네 색싯감을 구해준다고 중신아비를 불러오셨구나."

바깥이 조용하였다.

몇 번 봉석을 부르던 노모가 문을 닫고 돌아와,

"봉석이가 이 밤에 어딜 갔을까? 뒤안에 갔나?"

하고 중얼거리다가 박어둔에게 처녀에 대해 꼬치꼬치 물어보았다.

박어둔은 노모의 묻는 말에 막힘없이 대답해 주었다. 이름은 명례요, 나이는 스물이며 몸이 튼실하고 살림도 잘한다고 하였다.

"그렇게 참한 처자가 어떻게 아직까지 시집을 못 갔나?"

용복이 말했다.

"지독한 흉년을 만나서 이리저리 떠돌아 다니다보니 마땅한 사람을 못 구한 게지요."

"그쪽 의향은 어떤지 물어봤소?"

박어둔이 말했다.

"물어보고 자시고 할 것이 있겠습니까? 둘 다 혼기가 차서 노총각 노처녀이고 인물도 그만하면 되었으니 내가 주선하리다."

이렇게 유봉석의 혼사가 마무리 되었을 때 바깥에서 기침소리가 들리더니 봉석이 상을 들고 들어왔다. 상 위에 술병 두 개와 잔 네 개, 명태포가 올려져 있었다.

봉석의 노모가 상을 물끄러미 바라보다가 말했다.

"어딜 갔나 했더니 주막에 다녀왔구나. 잘했다. 그렇잖아도 네 혼사 이야길 하고 있었다. 올해는 네가 장가가게 되었다."

"그게 무슨 소리요?"

"안 서방이 데려온 분이 네 색싯감을 주선해 주신단다. 벌써 이야기가 다 되었으니 혼례 치를 준비나 서둘러야겠다."

노모가 싱글벙글 웃었다.

용복이 봉석을 올려다보다 말했다.

"봉석이가 이제는 노총각 딱지를 떼게 생겼구나!"

봉석이 수줍은 듯 머리를 긁더니 술병을 들어 술잔에 따랐다. 술이 몇 순배 돌아갈 동안 봉석이가 색싯감인 명례에 대해 듣게 되었다.

봉석은 장가들 생각에 입가에서 웃음이 떠나가지 않았다.

"내가 박 서방을 영해에 데려온 것은 박 서방과 일행이 이곳에 살수 있도록 집을 알아보기 위해서일세. 박 서방은 말하자면 네 은인이니 봉석이 네가 박 서방을 도와주도록 하거라."

"예."

봉석이 넙죽 대답하니 용복이 술 한 잔을 마저 비우고는 집을 나섰다.

12

박어둔은 유봉석의 건넌방에 거처하면서 살 집을 알아보았다. 마을에 쓸 만한 집을 몇 채 사서 목수들을 불러 수리하게 하고 세간을 장만하였는데 유봉석이 장가들 욕심에 자기 일처럼 도와서 일이 순조롭게 되어갔다.

유봉석이 정월 보름이 되기 전에 처녀를 한번 봐야겠다고 박어둔을 닦달하여서 두 사람이 관문산에 다녀오기로 하였다.

그동안 용복은 황해도 사는 김순립을 만나러 가기로 작정하였다. 울릉도로 가기 위한 배를 사기 위해서였다.

용복이 길 떠나는 유봉석을 만나서 혼사가 성사되면 흥해 사는 유일부劉日夫에게 3월 초승에 배 탈 일이 있으니 영해로 오라는 연락을 하라고 일렀다.

용복이 다음날 영해를 떠나기 전에 박어둔에게서 받은 명주 세 필을 꺼내서 아내에게 건네었다.

"자네, 이것으로 내 바지 저고리하고 두루마기 하

나 만들어주게. 내 치수는 알고 있지?"

뜬금없는 말에 아내 유씨가 물끄러미 용복의 얼굴을 쳐다보다가,

"당신, 제게 숨기는 것이 있나요?"

하고 물었다.

"내가 뭘 숨겨?"

"숨기는 것이 없다면 박 서방을 데려와서 집을 구하는 것은 무엇이고, 양반이나 입는 비단 옷을 당신이 입을 일이 무엇이에요?"

"남자가 일을 하는 데에 필요하니까 그런 거요."

"천민이 양반 복색을 하면 벌을 받는 줄 모르세요?"

"당신은 모르는 소리 말게. 대체 그 법이라는 것이 누구를 위한 것인가? 양반들이 우리 같은 천것들을 부려먹기 좋게 하려고 만든 거 아닌가. 요즘처럼 돈이면 다 되는 세상에 망할 국법은 뭐람. 나는 죽어도 양반 복색을 해서는 아니 되는가? 자네는 잔말 말고 내가 다녀올 동안 옷이나 만들어 놓게. 달포는 걸릴 것이니 그리 알게."

용복은 호통을 내지르고 쫓기는 사람처럼 집을 나왔다. 빠른 걸음으로 성큼성큼 걸어가다가 길모퉁이

에서 미안한 마음에 고개를 돌려보니 아내가 아이를 업고 사립문 앞에 나와 있었다.

용복이 걸음을 멈추고 손을 저어 들어가라는 손짓을 하며 소리쳤다.

"춥다. 어서 들어가게."

아내가 손을 흔들어주었다. 입이 벙긋거리는 것을 보니 잘 다녀오라고 말하는 것 같았다. 화를 낸 것이 뒤늦게 후회가 되었다.

용복은 착하디착한 아내에게 내막을 숨긴 것이 미안하였지만 마음을 다잡고 몸을 돌려 발걸음을 옮겼다.

짧은 겨울 해였지만 용복이 잰걸음으로 서두른 덕에 보름 후에는 황해도 연안에 도착할 수 있었다. 2월 초순쯤에 김순립이 일 나간다는 말을 들은 기억이 있어서 용복은 정월 말일께는 황해도 연안에 당도하려고 기를 썼다.

연안에서 김순립을 수소문하니 나진포那津浦에 산다는 말을 들을 수 있었다. 용복은 나진포로 김순립의 집을 찾아갔다.

김순립의 집은 나진포 포구 어귀에 있는 다 쓰러져

가는 초가였다. 울타리가 얼기설기하고 사립문도 떨어져 나갈 듯 낡아 보기에도 을씨년스러웠다. 마당에 세간이며 그릇들이 어지럽게 흩어져 있어서 흡사 난리 맞은 집 같았다.

용복이 사립문 앞에서 소리쳤다.

"계시오?"

방문이 열리며 어두침침한 방 안에서 늙수그레한 아낙이 얼굴을 내밀었다. 몸이 작달막하고 머리가 희끗희끗한 아낙은 아픈 사람처럼 머리를 천으로 질끈 싸매었는데 깡마르고 눈이 퀭한 것이 큰 병이 있는 사람 같아 보였다.

"뉘시오?"

아낙이 힘 없는 소리로 물었다.

"여기가 김순립이 사는 집이오?"

"바깥사람 없어요."

아낙은 다짜고짜 손사래를 쳤다.

"저는 안용복이라고 합니다. 두 달 전쯤에 송도에서 만난 적이 있는데 배 구하는 일로 용무가 있어 찾아왔습니다. 일 나가지 않았다면 만나고 싶은데요."

"배를 구하고 말고 바깥사람은 지금 잡혀가고 없

어요."

"잡혀가다니요?"

"노름빚 때문에 삼거리 주막에 잡혀갔어요. 오늘 아침에 그놈들이 쳐들어와서 세간을 부수고 행패를 부리다가 바깥사람을 잡아갔지 뭡니까? 아들놈들이 있다면 어떻게 해볼 텐데 두 놈 모두 부역 때문에 소식이 없으니 내가 어찌할 도리가 있소? 방구석에서 죽은 사람처럼 이렇게 누워 있다우."

아낙이 길게 한숨을 내쉬었다.

"노름빚이 얼마나 됩니까?"

"말도 마십시오. 노름판에서 빌려 쓴 돈이 무려 이백 냥이나 된답니다."

"이백 냥이나요?"

"늦바람이 무섭다더니 우리 바깥사람은 그 망할 노름 때문에 평생 빚을 갚아야 하는 노비처럼 살게 되었소. 저 혼자 죽으면 상관없지만 그 빚이 우리 아이들에게 옮겨가면 아이들까지 대대로 개처럼 살아야 할 판이니 이런 기가 막힐 일이 어디 있겠소."

아낙은 땅이 꺼져라 한숨을 쉬더니 치맛자락을 부여잡고 훌쩍거리며 울었다.

물끄러미 서 있던 용복은 몸을 돌려 바깥으로 나왔다. 노름에 한번 빠지면 되돌아오기 힘들다는 박어둔의 말이 생각났다.

작년에 용복이 김순립을 만났을 때도 그는 노름을 하고 있었고 투전판에서 돈을 잃었었다. 그 후로 정신을 차린 줄로만 알았는데 다시 노름판에 손을 댄 모양이었다.

세상이 어지럽고 혼란할수록 일확천금을 노리는 사람들이 많아지는 법이다. 농사를 업으로 하는 이들은 계속되는 흉년으로 살기가 어려워지자 노름판에 뛰어들었다. 노름판에 빠진 이들의 귀에는 노름으로 재물을 딴 사람들의 이야기만 들어왔다. 너도나도 일확천금을 꿈꾸는 사이에 패가망신하는 집은 늘어갔다. 노름보다 더욱 무서운 것은 빚이었다. 노름은 하지 않으면 그만이지만 빚은 그만두고 싶어도 그만둘 수 없었다. 빚은 사람에게 노비문서보다 무서운 굴레를 씌웠다.

용복은 길을 가며 차분히 생각에 잠겼다. 집을 나올 때에 가져온 돈이 350냥이었다. 당장 김순립을 구하려면 200냥을 써야 하는데 그렇게 되면 150냥이 남으니 대선을 사는 일은 단념해야만 하는 것이다. 배를 구하지 못하면 왜국으로 건너가려는 일이 물거품이 되고 마는 것이지만 순립의 딱한 사정을 모른 척할 수는 없었다.

용복은 그 길로 아낙이 말했던 삼거리 주막을 찾아갔다. 포구에 위치한 주막이라 제법 규모가 커서 용복은 쉽게 찾을 수 있었다.

허리까지 오는 흙벽으로 담을 쌓은 사립문을 들어가니 좌우로 말구유와 여물간이 늘어서 있고 너른 마당 뒤편에 여섯 칸짜리 긴 초가가 늘어서 있었다. 초가 옆에는 네 칸짜리 광이 들어서 있는데 포구를 이용하는 물건들을 보관하는 창고 같았다.

용복은 사립문을 들어서자 곧 짚신이 가득한 봉놋방을 보곤 문을 벌컥 열었다. 너른 방 안에 건장한 사내들이 투전판을 벌이고 있다가 용복에게 고개를 돌렸다.

"김순립이 어디 있느냐?"

용복이 소리를 지르자 방 안에 있던 사내들이 자리에서 벌떡 일어났다. 일어선 사내들은 일곱 명이나 되었다.

"웬놈이냐?"

봉놋방 한편에서 곰방대로 담배를 피우던 사내가 느릿하게 입을 열었다. 아마도 노름패의 우두머리인 성싶었다.

용복은 방 안으로 성큼 들어가서 그 사내에게 다가가 맞은편 자리에 앉았다. 사내들이 용복의 뒤에 빙 둘러섰다. 담배를 피우던 사내가 손을 저어 말리더니 용복에게 물었다.

"무슨 일인가?"

"순립을 찾아왔다."

"김순립 말인가?"

"지금 어디 있는가?"

"창고에 있지. 순립을 데려가시게?"

"순립의 빚이 이백 냥이라 그랬나?"

"이백 냥이 있는 모양이군. 그런데 어쩌나? 이백 냥은 원금이고, 이자가 쉰 냥. 합이 이백오십 냥인데……."

사내는 빙글거리며 교활한 웃음을 지었다.

용복은 그자를 쳐다보았다. 노름판에서 닳고 닳은 자의 속내를 용복이 모를 리 없었다. 노름패들은 확실한 먹잇감을 발견하면 닷 냥을 가지고도 수천 냥,

심지어 수만 냥까지 빚을 만들 수 있었다.

닷 냥을 빌려주고 선이자로 닷 푼을 받아들인 후에 닷 냥을 잃게 되면 또 닷 냥을 빌려주는 것이다. 노름에 빠진 사람이 닷 냥을 계속해서 빌리다 보면 어느 순간 원금이 수백 배로 불어날 뿐 아니라 이자 역시 늘어나는 것이다. 결국 몇 안 되는 원금이 노름판에서 돌고 돌아 수백, 수천 냥으로 불어나게 되고 노름패들은 그 가상의 빚을 현금화하기 위해 무력을 행사하는 것이다.

노름패의 두목은 김순립을 담보로 최대한의 이득을 얻기 위해 어거지로 50냥의 이자를 내놓으라는 것이었다.

"이거 유감이군. 난 김순립과 아무런 상관없는 사람이지만 사정이 딱해서 이백 냥이나 되는 거금을 지불하러 왔네. 그렇지만 이렇게 말도 안 되는 금액을 요구해서는 피 같은 내 돈을 지불할 마음이 사라져버렸네. 순립을 죽이든 살리든 맘대로 하시게. 순립의 쇠경이 일년에 스무 냥이라 하던데 오년만 기다리면 받을 수 있을 것이니 기다려보든가?"

용복이 옷을 털며 자리에서 일어났다.

"이봐, 어딜 가?"

뒤에 서 있던 험상궂은 사내가 용복의 어깨를 잡고 눈을 부릅떴다. 덩치가 크고 험악하게 생긴 사내였다. 노름패들 사이에서 제법 주먹질을 하는 자인 모양이었다.

용복이 코웃음을 치다가 어깨를 잡은 사내의 손목을 잡고 힘을 주었다. 사내는 눈을 크게 뜨고 콧망울을 벌렁벌렁거리며 입을 굳게 다물어 버텨보더니 이내 죽는 소리를 냈다.

"아이구, 살려주십쇼."

용복이 사내의 상투를 잡아 내리누르니 사내는 맥없이 무릎을 꿇었다. 둘러선 사내들이 놀라 한 걸음씩 물러나고 노름판에 둘러 있던 사내들은 벽에 바짝 달라붙었다.

"사람을 몰라본 벌이다."

용복의 말이 끝나기 무섭게 손목에서 와지끈 하는 소리가 들리더니 사내가 나 죽는다 소리를 지르며 손목을 잡고 뒹굴었다. 손목이 부러졌는지 순식간에 퉁퉁 부어올랐다. 용복이 둘러선 장한들을 죽 둘러보며 말했다.

164

"어디가 부러지고 싶은 놈은 나와 보거라. 모조리 퉁겨주마."

장한들이 힐끔힐끔 눈치를 살폈다.

용복이 고개를 돌려 노름판의 두목을 내려다보았다. 방금 전까지 기세등등하던 사내도 용복과 눈을 마주치지 못하고 고개를 숙였다.

용복이 다가가 우두머리 사내의 수염을 잡아들며 말했다.

"이놈, 내가 누군지 아느냐?"

"모, 모르오."

"염라대왕이다. 나도 네놈처럼 법보다 주먹이 가까운 줄 잘 알고 있다. 네놈이 순립이 형님 집을 쑥대밭으로 만들었지?"

용복이 사내의 멱살을 잡아 번쩍 드니 사내는 볏단처럼 들려서 들보에 이마가 닿을 듯하였다.

"사, 살려만 줍시오!"

사내가 켁켁거리며 두 다리를 버둥거렸다.

"이놈, 그 손 놓지 못하겠느냐?"

부하 두 놈이 날이 선 장도를 꺼내어 용복을 위협하였다.

"오냐. 네놈들이 나하고 해 보자는 것이냐?"

용복이 노름패 두목의 멱살을 잡은 채로 장도를 쥔 사내들을 향해 휘둘렀다.

두목을 벨까 싶어 칼을 뒤로 하고 물러난 사이에 용복의 발바닥이 사내의 복장을 찼다. 복장을 맞은 사내가 외마디 비명을 지르며 방문 밖으로 떨어졌다.

"허허허허."

용복은 껄껄 웃으면서 노름패 대장의 멱살과 다리를 두 손으로 번쩍 잡아들곤 장도를 든 사내를 향해 던졌다.

두 사람이 부딪혀 바닥에 쓰러져서 비명을 질렀다. 용복이 번개처럼 달려가서 바닥에 떨어진 장도를 주워 들고 노름패 대장의 멱살을 잡아 일으켰다.

"칼이 잘 드나 어디 멱을 좀 따 볼까?"

칼날을 목에 대고 씨익 웃으니 노름패 대장이 얼굴이 새하얗게 질려 살려달라고 우는 소리를 하였다.

"순립이 성님은 어디 있나?"

노름패 대장이 화급하게 소리를 질렀다.

"김순립을 데려오너라."

어정쩡하게 서 있던 부하들이 바깥으로 나가 광에

166

가둬놓은 순립을 데리고 나왔다.

봉두난발에 매를 맞아서 몰골이 말이 아닌데 팔과 손목이 묶여서 중죄인 같았다.

"망할 놈들, 사람을 저 모양으로 만들어?"

용복은 눈을 부릅뜨고는 노름패 대장의 상투를 잡아 흔들었다.

"살려줍시오. 소인놈이 사람을 몰라보고 죽을죄를 지었습니다."

부하들이 얼른 김순립의 밧줄을 풀어주니 순립이 어리둥절한 얼굴로 눈치를 보며 용복이 있는 봉놋방 앞으로 다가왔다.

"성님, 괜찮소."

"괘, 괜찮네."

김순립은 얼이 빠진 사람처럼 고개를 끄덕거렸다.

"성님이 이놈에게 빌린 돈이 얼마유?"

"이, 일백 냥이네."

용복이 노름패 두목에게 고개를 돌려,

"이런 도둑놈 같은 자식 보게. 백 냥을 빌려주고 이백오십 냥을 내놓으라 해?"

하고 호통을 치며 상투를 잡고 머리를 흔들었다.

"아이구, 장사 나리. 살려주시오. 내가 잘못했으니 살려주시오."

용복이 허리춤에서 돈 한 꾸러미를 꺼내어 바닥에 내던졌다.

"옛다, 이놈아. 백 냥이다. 이 돈 받고 다시는 우리 순립이 성님을 꼬일 생각 마라. 만약 다시 한 번 이런 소리가 내 귀에 들려오면 정말로 가만두지 않을 테다. 알겠느냐?"

"예, 예. 그리하겠습니다요. 그런데 성함이 어찌되십니까요?"

"나? 안용복이라 한다. 한때 송방에서 굴러먹었었지."

"안용복이라면 소뿔을 잡아 쓰러트린 장사?"

용복은 개성에 있을 때 발정난 수소의 뿔을 잡아 힘으로 쓰러트린 적이 있었다. 소문이란 놈이 날개가 달려서 아는 사람들은 다 아는 이야기라 노름패 두목이 몸 성하게 돈을 받은 것을 다행으로 생각하였다.

"네놈 오늘 운이 좋은 줄 알아라."

용복은 노름패 두목을 봉놋방에 패대기 치곤 문밖으로 나왔다.

"성님, 갑시다."

김순립이 얼떨떨하게 서 있다가 용복을 따라 주막 바깥으로 걸어나왔다.

순립이 용복의 뒤를 따라오며 고개를 숙였다.

"내가 안 장사에게 면목이 없소. 벌써 두 번이나 신세를 지다니……."

"노름은 아무나 하는 줄 아십니까? 성님 목숨값은 내가 지불했으니 다음번에 이런 일이 다시 일어나면 내가 두 손을 가져갈 것이니 그리 아소."

"……."

순립은 기죽은 얼굴로 말없이 용복의 뒤를 따랐다.

이날 저녁에 용복은 순립의 집에서 거처하였다. 큰돈을 써서 빚을 탕감해준 은인인 터라 대접이 융숭하였다.

옆집에서 쌀을 꾸고 씨암탉을 빌려 와서 백숙에 쌀밥으로 늦은 저녁을 먹고 용복이 순립과 함께 술상 앞에 앉아 순립을 찾아온 이유를 말했다.

"전에 말씀하신 대선을 사려고 왔소. 성님 덕분에 돈이 모자라는데 살 수 있겠습니까?"

"얼마나 모자라는가?"

"남은 돈이 이백오십 냥이오."

김순립이 입맛을 쩝쩝 다시며 말했다.

"내가 자네에게 계속 미안한 말만 하네. 전에 말했던 배 말일세. 사실은 이백오십 냥이면 살 수 있다네. 나 때문에 백 냥이나 손해를 봤으니 어떻게든 살 수 있도록 주선을 해봄세. 내일 나와 함께 가서 배를 보세나."

용복은 순립의 말을 듣고 속으로 쾌재를 불렀다.

13

다음날, 조반을 먹은 후에 용복은 순립과 함께 나진포구로 나왔다.

아직 밀물이 밀려오지 않은 터라 크고 작은 배들이 포구 앞 개펄위에 납작 엎드려 있었다.

순립이 용복을 이끌고 포구 왼편에 있는 큰 배 앞으로 다가갔다.

"내가 말했던 세곡선으로 쓰던 배일세."

용복이 천천히 배 위에 올라가서 배를 살펴보았다.

옆에 있던 순립이 말했다.

"배를 잘 보게. 선두가 넓적하고 선미가 오리 꽁지 같은 대맹선인데 본판의 길이가 쉰일곱 척이요, 선두 부분의 너비가 열 척, 선미가 일곱 척 반이며, 선두의 높이가 열한 척, 선미가 열 척이라 한 배에 세곡 천오백 석을 싣고 다닐 수가 있네. 사람은 마흔 명 정도 족히 탈 수 있다네."

"가격에 비해 아주 좋은 배군요. 이걸로 샀으면 좋겠습니다."

"그럴까? 가까운 곳에 배 주인이 사니 가세나."

순립이 배에서 내리다가 문득 걸음을 멈추었다.

"가만…… 내가 속을 보지 못했네. 갑판 안으로 들어가서 잠시 보고 오겠네."

순립은 갑판을 열고 배 밑바닥으로 들어갔다가 한참 후에 올라왔다.

"어떻습니까?"

용복의 물음에 순립이 미간을 찡그리며 손사래를 쳤다.

"싼 게 비지떡이라더니 우리가 속을 뻔했네."

"그게 무슨 말씀입니까?"

"겉은 멀쩡한데 속이 상했네. 용골에 손상이 가서 오래가지 못하네. 작년까지 이 정도는 아니었는데 겨우내 얼었다 녹았다 반복하는 사이에 손볼 수 없을 정도로 망가진 것이네. 큰 풍랑을 맞으면 곧바로 침몰할 걸세. 자네에게 미안하지만 이 배는 포기해야 할 것 같네."

용복은 가슴이 무너지는 것 같았다. 일이 잘되어가나 싶었는데 갑자기 이렇게 일그러져 버릴 줄은 상상도 못했다.

"수리해서 쓰면 안 되겠습니까?"

"자네도 뱃사람이니 잘 알 것 아닌가? 외관이 멀쩡해도 배의 뼈대인 용골이 상했는데 수리한다고 되겠나? 아까운 돈 낭비 말고 포기하시게. 대신 다른 배는 어떤가?"

"다른 배? 어떤 배 말이오?"

"자네가 찾는 배는 아니지만 그런대로 쓸 만한 배가 있네. 옛말에도 입에 맞는 떡은 얻기가 어렵다지 않은가? 내가 자네한테 신세지고 미안한 것으로 말하자면 입이 열둘이라도 할 말이 없네만 이 배는 정말 괜찮은 배일세."

"대선이오?"

"대선은 아니네. 대선을 구하기가 쉬운 줄 아는가? 경강 행수에게서 대선을 사려면 적어도 오백 냥은 줘야 할 것인데 자네에게 그런 거금이 있는가?"

용복은 쓰린 마음에 한숨을 길게 내쉬었다. 뇌헌과 약속을 해놓았으니 이제는 다른 방법이 없었다. 대선을 빌린다 하더라도 왜국에 갔다 돌아오게 되면 반드시 배 임자가 경을 치게 될 것이니 애꿎게 남을 망해 가며 배를 빌릴 수도 없는 노릇이었다.

"가 봅시다."

용복이 김순립의 뒤를 따라 맞은편 포구로 향했다. 그동안 밀물이 점점 밀려와서 넓디넓은 개펄에 물이 차올랐다.

순립은 포구 앞에 외롭게 정박 중인 배 한 척을 가리켰다. 용복이 포구 앞에서 배를 바라보니 순립이 옆에서 말했다.

"저 배일세. 저 배는 길이가 서른 척에 폭이 열두 척, 돛대가 두 개에 노가 다섯 개일세. 닻이 아래 위로 두 개가 달렸는데 앞뒤로 움직임이 빠르고 바다에서도 민첩하게 움직일 수 있다네. 최 부자가 좋은 재목에 솜씨 좋은 장인을 불러 잘 만든 배인데 오 년이 채 되지 않아 새 배나 다름없지. 뱃사람들 사이에서는 오백 냥 이상의 가치가 되는 배이지. 저 배 주인이 누군고 하면 아랫골 최 부자였는데 최 부자가 죽고 그 아들놈이 나처럼 노름에 빠져서 빚이 산더미처럼 쌓였지. 논도 팔고 밭고 팔고 가진 전지를 모두 팔고 나니 먹고살 일이 막막해서 마지못해 저 배를 판다고 내놓았다네. 사백 냥에 내놓았는데 사가는 사람이 없어서 저렇게 천덕꾸러기 신세로 있다네. 지금은 이백 냥에 내놓아도 사는 사람이 없지 뭔가. 부자 삼 년 못 간다는 말이 참말인 모양이여. 자네가 잘만 흥정하면 백쉰 냥으로도 살 수 있을 걸세."

용복이 순립의 말을 듣고 배를 살펴보니 과연 재목이 튼튼하고 잘 만들어진 배였다.

대선이 아닌 것이 아쉬웠지만 그런대로 바다를 건너기에는 무리가 없어 보였다.

"좋습니다. 저걸 사지요."

"자네, 참말 화통하구먼."

"쇠뿔도 단김에 뺀다지 않습니까? 삼월 초승에 출항하니 그 전에 모든 것을 맞춰놓아야 합니다. 서두를 수밖에 없지요."

용복이 순립과 함께 최 부자네로 찾아가 배를 사들였다. 김순립은 150냥으로 사려 하고 최 부자의 아들은 200냥에 팔려고 한동안 실랑이를 벌였는데 용복이 선선하게 200냥을 지불해서 거래가 다툼 없이 마무리가 되었지만 김순립은 조금만 시간을 끌면서 흥정했다면 20냥은 건질 수 있었다고 두고두고 군소리가 많았다.

14

연안에서 영해까지는 서해를 경유해서 남해와 동해를 돌아드는 험난한 길이었다.

용복에게 신세를 진 김순립은 그해에 경상의 세곡선 운항을 포기하고 그의 아들 창기와 봉기를 데리고 영해로 가기로 결정하였다.

용복으로서는 김순립과 같이 노련한 도사공이 일을 도와주겠다고 자청하니 고마운 일이 아닐 수 없었다.

순립의 아들 창기와 봉기는 스무 살이 넘은 장정으로 아버지를 따라 사공일을 배워 제법 뱃일이 능숙하다고 순립의 자랑이 한이 없었다. 그런데 한 가지 문제가 있었다.

순립의 두 아들 중 창기는 멀리 수자리로 가고, 봉기는 부역으로 일을 나간 탓에 2월 초순쯤에나 뱃일을 나갈 수 있었다.

용복이 산 배는 적어도 네 명의 선원이 있어야 운항할 수 있었다. 가까운 곳이라면 모를까 연안에서 영해까지 수천 리 바닷길을 두 명이 항해할 수는 없는 일이었다.

노련한 선원을 사기에는 돈이 충분치 않고, 그렇다고 열흘을 마냥 기다릴 수가 없어서 용복은 순립에게 배를 맡기고 홀로 영해로 돌아오기로 작정하였다. 그동안 용복은 출항에 필요한 준비를 끝마칠 작정이었다. 배가 울릉도에 한번 들어가면 7, 8월 태풍이 오기까지 적어도 서너 달은 머물다가 와야 하기 때문에 먹을거리와 잡다한 준비가 많이 필요했다.

"성님, 저는 성님만 믿습니다. 삼월 초순까지는 축

산포구에 배를 대야 하니 잊지 마십시오."

"알겠네. 나만 믿게."

용복이 순립에게 단단히 당부하곤 연안을 출발하여 2월 보름께 영해에 도착하였다.

용복이 연안에 다녀온 기간이 한 달 남짓 걸리는 동안 영해에도 많은 변화가 있었다.

관문산 어귀에 살고 있던 박어둔 일가가 무리를 데리고 용복이 사는 마을에 들어왔고, 유봉석이 충갑의 딸 명례와 혼삿날을 잡고는 용복을 눈이 빠지게 기다리고 있었다.

유봉석과 명례의 혼인은 3월 삼짇날로 잡았는데 혼담을 주선해준 안용복 없이 혼례를 올릴 수 없다는 것이 첫 번째 이유였고, 노모가 인근의 용한 보살을 찾아가 혼인날을 택일한 것이 두 번째 이유였다.

어쨌거나 용복이 돌아오자 유봉석의 혼인준비가 서둘러졌다.

상사람의 혼례지만 혼인은 인륜지대사라 준비할 것도 많고 시일도 촉박하여서 용복의 아내가 유봉석의 집을 찾아가 옷이며 이불 만드는 것을 도와주었다. 명례는 어머니가 없어 박어둔의 아내가 이웃들과 함께 혼례복이며 잔치 음식을 마련하였다.

용복은 따로 울릉도에서 몇 달을 보내기에 충분한 식량과 출항에 필요한 물품을 구입하여 창고 한편에 쌓아놓았는데, 그렇게 시간이 살처럼 흘러가서 3월 3일이 되었다.

들판과 산이 푸른빛을 머금고 산골짜기마다 분홍빛 진달래와 노란 산수유가 터져서 가히 봄볕이 완연하였다.

이날은 유봉석의 혼삿날이라 아침부터 봉석의 집이 시끌벅적하였다.

노총각 봉석은 상투를 틀고 초립을 쓰고 깨끗한 무명 도포를 입어 제법 의젓한 태가 났다. 아침 뒤에 사처로 가는데 명례의 집이 엎어지면 코 닿을 곳이라 동네 친구들이 말을 대신하여 봉석을 무등 태워 주었다.

봉석이가 말 탄 사람처럼 무등에 타서 길을 가고 그 좌우로 코 흘리개 아이들이 따르는데 익살스런 친구가 "물렀거라. 쉬이 물렀거라. 헌신랑 나가신다. 물렀거라!" 하며 교자꾼 놀음을 하였다.

봉석이 무등을 타고 동네를 한 바퀴 빙 돌아서 명

례의 집에 도착하였다.

명례의 집도 신랑을 맞느라고 떡을 찌고 전을 지지느라 사람들로 가득하였다. 흉년이지만 고기를 잡아 사는 해안가 사람들은 내륙 사람들보다 살림살이가 넉넉했고 박어둔과 용복이 부조를 넉넉하게 내어서 손님맞이가 제법 풍성하였다.

충갑의 집 마당에는 멍석을 깔아놓았고 멍석 위에 칠소반을 올려놓았는데 칠소반 위에 수탉이 붙들려서 좌우를 둘러보고 있었다.

초례청 좌우로 사람들이 빼곡하게 둘러섰는데 구경 온 사람이 많아서 사립문 안팎으로 발 디딜 틈이 없을 정도였다.

신랑이 무등에서 내려 초례청 마당에 도착하니 안 방에 있던 신부가 팔걸이 아낙과 함께 초례청으로 내려왔다. 선머슴 같은 명례가 꽃단장을 하니 다른 사람이 되었다. 상사람의 혼례라 족두리는 하지 않고 머리를 곱게 빗어 아주까리 기름을 바르고 구리 비녀로 쪽을 졌는데 넓적한 얼굴에 흰 분을 바르고 연지 곤지를 찍었으며, 청의홍상 새 옷을 입고 수줍게 고개를 숙인 모습이 양반의 혼례 부럽지 아니하였다.

두 사람이 상 앞에 마주 섰다.

신부가 사배하고 신랑이 재배하여 교배를 마치고 청실홍실 늘인 표주박으로 술을 돌리는데 이편저편으로 세 번씩 왔다 갔다 하였다.

아무것도 모르는 신랑이 표주박의 술을 마시란다고 다 마시어서 구경꾼들이 손뼉을 치며 웃는데 아들딸을 일곱 명만 낳으라는 둥, 방아질을 너무 열심히 하다가 허리 상하기 십상이라는 둥 갖은 덕담이 이어졌다.

초례가 끝이 나고 건넌방인 신방에 봉석이 들어가고 다음에 명례를 데리고 들어가 방합례를 시키었다. 그러고는 신부를 잠깐 앉혔다가 아낙네들이 다시 안방으로 데려간 후에 충갑이 들어가서 봉석에게 큰절을 받았다.

"장모도 없고, 살붙이도 없으니 나 하나 절을 받으면 그만일세."

봉석이 일가친척에게 인사를 하지 않는 대신에 박어둔과 안용복 등 혼인에 도움을 준 사람들에게 큰절을 하였다.

"성님들 덕분에 장가가게 되었습니다. 이 은혜는

두고두고 갚겠습니다요."

"그런 걱정 말고 아들딸 놓고 잘살기나 하게!"

봉석은 용복 일행과 점심을 먹은 후에 쓸데없는 이야기로 시간을 보내는데 대개 음양에 관한 패설들 이었다. 음담패설은 박어둔이 그 중 가장 입담이 세 었는데 좌중이 그의 말 한 마디 한 마디에 배꼽을 잡 았다.

저녁 무렵이 되어서 다 함께 저녁밥을 먹고 나니 밤이 들었다. 봉석이 꽃 같은 새색시와 첫날밤을 같 이 지내는데 신방 문 밖에서는 밤중까지 엿보는 사람 이 붙어 서서 신랑신부를 희롱하였다. 대개 아이가 하나둘 있는 짓궂은 봉석의 친구들이 신방을 훔쳐보 며 신랑신부를 희롱하였다.

다음날 저녁에 봉석이 수난을 당하는데 처녀 빼앗 아간 죄값을 물으러 친구들이 주동이 되어서 들보에 매달아 발바닥을 매우 치는데 맞는 봉석이보다 첫날 밤을 지낸 신부가 애간장이 달아서 짓궂은 친구가 시 키는 대로 갖은 수발을 들었다. 그후로 영해 사람들 사이에 '늙은 생강이 맵다고 노총각 방망이가 물건' 이라는 이야기가 자자하게 돌았다.

15

다음날 정오 무렵에 뇌헌이 제자 네 명과 선비 둘을 데리고 용복을 찾아왔다.

용복의 집에 일곱 사람을 들일 수 없어서 가까운 주막집에 방을 얻어 거처하게 하고 차례로 수인사를 하였다.

뇌헌의 제자들은 덩치가 좋고 힘깨나 쓰게 생겼는데 각각의 승명이 승담, 연습連習, 영률靈律, 단책丹責이었고 선비 두 사람은 이인성李仁成과 김성길金成吉이었다.

승담은 울산에서 본 적이 있는 스님이었고 나머지 스님들도 모두 20대 초반의 비슷한 또래로 완력이 좋아 보였다.

"이인성올시다."

한 선비가 용복에게 말했다. 옆에 있던 선비가 목례를 하며,

"김성길이외다."

하고 말했다.

"안용복입니다."

용복이 두 손을 바닥에 대고 머리를 숙여 답례하였다.

두 사람 모두 행색이 남루하고 갓이 온전치 못하여 한눈에도 가난한 양반들임을 짐작할 수 있었다.

속담에 조선의 공도公道는 오직 과거뿐이라 하였으니 입신양명에 뜻을 품은 양반들이 손끝에 물 한번 묻히지 않고 과거시험에 재산을 허비하다가 몰락해 버린 경우를 용복은 수없이 봐왔다.

가까운 진보와 안동 같은 곳에도 그러한 양반들이 매우 많았다. 방 안에 틀어박혀 죽을 때까지 공맹을 읽는 것을 고고한 절개가 있는 양반이라 여기지만 서까래는 무너지고 자식들이 굶는 데도 양반타령을 할 것인가. 그 모든 것이 용복의 눈에는 아니꼽고 어처구니 없어 보였다. 대체 양반이라는, 선비라는 것들이 세상을 모르고 글만 파서 어떻게 백성을 구제할 수 있을 것인가? 용복은 세상이 이렇게 살기 어렵게 된 것이 퀴퀴한 방 안에 틀어박혀 곰팡이 낀 옛날 책만 밤낮없이 공부하는 양반들 때문이라 생각하였다.

양반이라 할지라도 장사도 해 보고 농사도 지어봐

야 백성들 어려운 사정을 알 수 있는 것이지 방구석에 앉아서 공맹을 읽는다고 무슨 득이 있을 것인가. 도사가 아닌 다음에야 방 안에 앉아 천하가 돌아가는 일을 어찌 알 수 있을 것인가.

임진·정유·병자년의 병란을 만난 것도 기실은 모두 선비들이 방구석에 틀어박혀 현실과 상관없는 케케묵은 옛 책을 보고 옛날의 가치관을 악착같이 고집한 탓이라 여겼다.

"양반님들이 험한 일을 할 수 있겠습니까?"

용복은 그들의 사정을 알면서도 의향을 물어보았다.

"목구멍이 포도청이라 못할 것도 없지요."

하고 태연하게 말하는 이는 이인성이라는 선비요,

"급제될 사람이 정해진 마당에 백날 공부하면 뭐 하겠소? 진작 공부를 때려치우지 못한 것이 후회될 따름이오."

하고 말하는 것은 김성길이었다.

이인성이 현실에 대해 담담한 반면 김성길은 불만이 많은 듯 보였다. 두 사람 모두 더 이상 갈 데가 없는 사람들이기에 이런 일을 마다하지 않고 따라 나선 것이리라.

용복이 체념한 듯한 두 사람의 말을 듣고 정색을 하며 말했다.

"어쨌거나 이 일을 하신다고 하셨으니 앞으로는 신분 같은 것은 잊으시고 제 말을 따라주셔야 합니다."

"알겠소."

이인성은 체념한 듯 대답하고 김성길은 길게 한숨을 내쉬며 고개를 끄덕끄덕하였다.

뇌헌이 용복에게 물었다.

"출항일은 언제로 잡았소?"

"배가 오기로 했는데 아직 오지 않아서 기다리는 중입니다."

"배는 어디서 오기로 했소?"

"달포 전에 황해도 연안에서 배 한 척을 샀습니다. 이월 초순에 도사공이 출발한다고 약조하였으니 곧 도착할 겁니다. 또 한 척은 평해에서 오기로 되어 있는데 제가 잘 아는 동생입니다. 배는 모두 두 척이 출항할 예정입니다."

"그럼 배가 오기까지 무작정 기다리는 수밖에 없구먼."

"죄송합니다."

"죄송하긴. 세상 일이 맘대로 되어지는 것이 있던 가? 이미 예상은 하고 있었으니 염려 말게."

뇌헌이 차분하게 대답하였다.

주막에서 뇌헌과 함께 늦은 점심밥을 먹고 집으로 돌아오는 용복의 발걸음이 무거웠다.

김순립의 아들들이 오기를 기다려 배를 타고 함께 올걸 하는 뒤늦은 후회가 들었다.

용복은 집으로 돌아오다가 박어둔의 집으로 발길을 돌렸다. 박어둔은 용복의 집과 활 한 바탕 정도의 거리에 있었다. 마을 외곽에 있는 초가집이었는데 목수가 수리를 잘하고 이엉을 다시 이어서 새 집처럼 말끔하였다.

용복이 사립문 안으로 들어가니 박어둔이 마당에서 화살촉을 이리저리 살피다가 자리에서 일어났다.

"성님이 웬일이시오?"

"그냥 왔네. 사냥 가게?"

"사냥은 무슨. 무기들도 가만히 놔두면 녹이 슬고 무뎌지니까 생각나면 한 번씩 꺼내어서 손을 좀 봐주는 거지요. 오늘 손님이 오셨다면서요? 울릉도 가는 준비는 잘되어 갑니까?"

용복이 평상 위에 걸터앉아 한숨을 내쉬었다.

"왜 그러시오? 무슨 안 좋은 일이라도 있소?"

"삼월 초순에 연안에서 배를 가지고 온다고 했는데 아직 소식이 없어서 그렇지."

"성님도, 하여간 성질 급한 것은 알아줘야겠소. 아마 며칠 후에는 올 것이니 급하시더라도 참아보시구려."

"내가 그 때문에 그러는 것이 아니네."

"그럼 다른 이유가 있소?"

"자네, 내 말 좀 들어보게."

용복은 개성에서 김순립을 만난 일부터 연안에서 노름빚을 탕감해 주고 배를 사게 된 것까지 이야기를 하였다. 이야기를 들은 박어둔이 놀란 사람처럼 입을 쩌억 벌리며 말했다.

"과부 사정 홀아비가 안다고, 내가 그 맘을 아는데 노름이란 것이 쉬이 끊어지는 것이 아니오. 성님이 고양이에게 생선을 맡기고 오셨구려. 대체 뭘 믿고 그런 놈에게 배를 맡기고 오셨습니까? 무려 백 냥이나 잃어버렸는데 그 자가 본전 생각이 나지 않겠습니까? 분명히 배를 팔아 노름판에 뛰어들었을 겁니다.

성님은 다 좋은데 사람을 너무 믿어서 큰일이오."

박어둔이 혀를 찼다.

용복은 가슴이 답답하였다. 만약 박어둔의 말처럼 김순립이 배를 팔아서 노름판에 뛰어들었다면 그의 꿈은 산산이 부서지는 것이다. 그뿐인가? 뇌헌에게 받은 돈과 함께 날아가 버린 것이니 그 책임은 어떻게 질 것인가, 생각하니 눈앞이 깜깜하고 입이 바싹바싹 말라 왔다.

박어둔이 용복의 모습을 보곤 입맛을 쩝쩝 다시며 말했다.

"성님, 이왕 이렇게 된 것 기다려 보시지요. 그놈도 사람이라면 성님과의 약속을 지키겠지요. 그놈이 두 번이나 성님에게 신세를 졌는데 그 배를 팔아 노름을 했다면 그게 사람이오? 걱정 말고 느긋하게 기다려 보시오. 참, 충갑이 맡기고 간 것이 있소."

박어둔이 방 안으로 들어가더니 부채 하나를 가지고 나왔다.

"이게 뭐냐?"

"보고도 모르시오? 부채 아니오."

용복이 부채를 받아보니 부채자루에 도장과 귀 후

비개 하나가 매달려 있었다. 한눈에도 귀한 사람이
사용하는 부채 같았다.

"또 있소."

박어둔이 다른 손으로 호패를 내밀었다. 그것은 연
전에 충갑에게 부탁한 녹각패였다. 용복이 한손에 부
채를 들고 한손에 호패를 들어 보이며 말했다.

"여기 뭐라고 써 있나?"

"통정대부라고 쓰여 있네요."

"통정대부, 통정대부라……."

호패를 보고 있으니 종3품 통정대부 벼슬을 얻기
라도 한 것처럼 기분이 좋아졌다.

"성님, 말씀하신 전립과 쾌자도 모두 준비해 좋았
습니다. 장교가 입을 전립과 관복 한 벌도 있고요. 나
머지 다섯 벌은 졸개들이 입을 관복입니다. 옷은 방
안 뒤주 안에 숨겨 놓았고, 무기는 헛간 나뭇더미 안
에 숨겨 놓았소. 팔도지도도 구해놓았수다."

"팔도지도? 어디 보자."

박어둔이 방 안으로 들어가서 넓적한 서책 한 권을
가지고 왔다. 한눈에 보기에도 제법 무겁고 두툼한
문서였다.

"보시오."

박어둔이 서책을 내려놓았다.

봉서 안에 지도가 있는 모양인데 겉봉에 글자들이 세로로 쓰여져 있었다.

"뭐라고 쓰여 있는 건가?"

박어둔이 제일 오른편의 글자를 가리키며 팔도지 도라고 하고 차례로 경기도·강원도·전라도·충청 도·평안도·함경도·황해도·경상도라고 글자를 짚 어 주었다.

"울릉도와 자산도가 강원도에 속해 있지?"

"예."

"왜놈들은 울릉도와 자산도를 죽도와 송도라고 하지?"

"예."

"그럼 강원도 밑에 왜놈들이 잘 알아볼 수 있도록 죽도와 송도가 이 안에 포함되었다고 써주게."

"예? 문장이 긴데……."

박어둔이 난처한 표정을 지었다. 글 읽는 것은 웬 만큼 하지만 문장을 만드는 것은 박어둔에게는 어려 운 일이었기 때문이다.

"자네가 알아볼 수 있게 쓰란 말이야. 어서 써 봐."

용복의 재촉에 박어둔이 아랫목에서 붓을 가져와 혀에 축이곤 강원도라는 글자 아래에 글을 썼다.

此道中竹島松島有

이 도(강원도) 안에 죽도와 송도가 있다.

"내 말대로 썼나?"

"대충 그런 뜻이오."

"잘했네. 이제 지도를 보세."

박어둔이 붓을 놓고 지도첩에서 강원도 지도를 꺼내어 펼쳤다. 용복이 동해에 그려진 섬을 가리키며 말했다.

"이게 울릉도인가?"

"예."

"원래 울릉도가 이렇게 가까운 건가?"

"성님도, 환쟁이 맘대로 그린 거죠."

"여기가 어디지?"

용복이 가까운 내륙지방을 가리켰다.

"삼척이오. 울릉도 아래쪽에 보면 울진에서 바람

을 타고 이틀만 가면 된다고 써 있네요.”

“그럼 자산도는 여기인가?”

용복이 울릉도 위쪽에 좁쌀만 하게 그려진 섬을 가리켰다.

박어둔이 유심히 보다가 말했다.

“성님, 자산도가 아니라 우산도라 쓰여 있는데요?”

“뭐? 우산도라니? 자산도가 아니고 우산도야?”

“지도에 있는 글자는 우산도인걸요? 자子자와 우于자가 비슷해서 성님이 헷갈리신 건가? 여긴 분명히 우산도라 쓰여 있소.”

“어디 보자?”

용복이 지도에 바짝 다가가니 박어둔은 용복이 볼 수 있도록 글자를 가리켰다.

“여기 말입니다.”

“이 글자 말인가?”

“예. 우산도于山島라 적혀 있잖습니까?”

“환쟁이가 잘못 쓴 것이겠지. 자네가 진서를 좀 아니 물어보세. 자네 말마따나 우산도라 하면 무슨 뜻이 되나?”

“우자가 원래 뜻이 없는 글자라서 딱히 뜻을 말씀

드리긴 어렵소. 우산을 닮았다고 그런 것 아닐까요?"

"무슨 소릴 하는 겐가? 섬들 치고 우산 닮지 않는 섬이 어디 있나? 더구나 자산도는 섬이 두 개 마주보고 있는데 우산은 무슨, 생긴 대로라면 쌍둥이 섬이라고 불러야지."

"그건 그렇네요."

박어둔이 고개를 끄덕끄덕하였다.

"자산도라 하면 어떤 뜻이 되나?"

"자산도는 아들섬이라는 말이오."

"그렇지."

용복이 제 마음대로 단정을 짓곤 지도에 그려진 울릉도와 자산도를 번갈아 가리키며 말했다.

"자네 보게. 자네가 보더라도 울릉도 옆에 붙어 있는 아들섬 같아 보이지 않는가? 보라고. 뜻도 없는 우산도보다 자산도가 훨씬 정감 있지 않은가?"

"성님 말씀을 들으니 그런 것 같은데요?"

"그런 것 같다니, 뭐야? 이 지역 사람들은 예전부터 거길 자산도라고 불렀다고. 아들섬이란 말이야. 아들섬을 왜 우산도라고 불러? 자산도라고 불러야지. 지도에 있는 글자는 자산도가 맞네. 환쟁이가 실

수한 모양일세."

"성님 말을 들으니 그런 것 같네요."

박어둔이 지도를 유심히 바라보며 중얼거렸다.

"그럼 자네가 자산도라고 약간 고쳐보게."

"예?"

"어서. 붓이 아직 덜 말랐을 때 고치라고."

박어둔이 붓을 들어 우丰라는 글자에 약간 삐침을 넣어서 자丰라는 글자로 만들었다.

"됐어. 이 정도면 되겠어."

용복은 만족한 듯 지도를 접어서 박어둔에게 건네었다.

"자네가 잘 가지고 있다가 출항할 때 가져가세."

"그러죠."

"이제 배만 들어오면 되는구나."

"그렇지요. 배만 들어오면 되는 거죠."

용복은 호패와 부채를 소매 속에 집어넣고는 마루에서 일어났다.

"가시게요?"

"집에 가 봐야지."

용복이 박어둔의 집을 나와 꼬불꼬불한 들길을 따

라 걸었다. 벌써 저녁 해가 서산에 걸려 붉은 노을을 뿌리고 있었다.

용복은 들판 아래로 내려다보이는 망망한 바다를 바라보았다. 지금은 보이지 않지만 동녘 바다 저 멀리에 울릉도와 아들섬 자산도가 있다. 이제 머지않아 용복은 그 섬으로 가게 될 것이다. 왜놈들로부터 울릉도와 아들섬을 지켜내기 위해서 말이다.

"순립이 성님이 시일 내에 와야 할 텐데……."

용복은 자신의 믿음이 틀리지 않기를 바라면서 홀로 중얼거렸다.

16

다음날 아침 평해에 사는 유일부가 포구에 도착해서 용복의 집을 찾았다. 유일부는 유봉석의 혼인날에 맞추어 도착하려 하였는데 평해 앞바다에 갑자기 고등어 떼가 나타나서 고등어를 잡느라고 늦었다고 하였다.

"봉석이야 여기 오면 볼 수 있지만 고등어는 한번 시기를 놓치면 다시 잡기 어렵잖아요. 고등어를 한 배 그득 잡아서 팔고 성님한테 오는 길에 고등어 떼를 또 만나서 횡재했수다. 성님, 지금 배 안이 온통 고등어 천집니다. 만선이오. 저걸 팔아야 하는데 성님께서 처리를 좀 해 주시구려."

"자네 올해 운수가 대통일세. 그런데 고등어 떼가 벌써 왔어?"

"예. 올해는 보름 정도 빨리 온 것 같습디다. 날이 좋아서 그런 모양입니다. 상하기 전에 성님께서 처리 좀 해 주시오."

"알겠네. 가 보세."

용복이 유일부와 함께 집을 나섰다.

이맘때에는 어부들이 고등어로 재미를 많이 봤다. 이맘때 잡히는 씨알 굵은 고등어는 어물전을 하는 용복에게 좋은 돈벌이였다. 용복은 고등어를 임동 어물전 장씨에게 넘겼고, 어물전 장씨는 고등어를 염장하여 안동, 청송 등지로 내다팔았다. 생선은 쉬 상하지만 염장하면 상하는 것을 막아 생선 구경이 어려운 내륙지방에서는 비싼 값으로 팔린다고 했다. 게다가

맛이 좋아 영덕 부자가 고등어 껍데기에 쌈 싸먹다 망했다는 옛말이 있을 정도였다.

포구에 고등어 배가 왔다는 말에 사람들이 모여들었다.

용복이 포구로 내려가니 선원들이 배에서 고등어를 내리고 있었다. 푸른빛이 싱싱하게 도는 물이 오른 고등어였다.

"시일을 놓치면 상하게 되니 빨리빨리 옮기세."

선원들과 아낙들이 고등어를 나무상자에 담는 사이에 용복은 등짐을 질 장정들을 모았다. 늦어도 사흘 안에 임동 어물전의 장가에게 고등어를 인계해야 하기 때문에 걸음이 빠르고 건장한 사람들이 필요했다.

포구에 고등어 상자 일흔 개가 쌓였다. 만선이었다. 내륙에는 흉년이 들어 흉흉했지만 바다는 그와 달랐다.

한 사람에 상자 다섯 개를 든다 치더라도 열네 사람이 필요한데 당장 갈 수 있는 사람이 용복까지 합쳐서 여섯밖에는 되지 않았다.

용복은 심부름 하는 아이를 시켜 양식을 준비해서

포구로 내려오게 이르고 박어둔과 유봉석을 불러오게 하였다. 그리고 자신은 뇌헌이 머무르고 있는 주막으로 달려갔다.

주막에 들어서니 뇌헌 일행이 보이지 않았다. 용복이 주모에게 물어보니 관어대觀魚臺에 소풍을 갔다는 것이었다.

용복이 부랴부랴 주막을 나와서 관어대를 향해 달려가다 보니 멀지 않은 곳에서 뇌헌 일행이 오고 있는 것이 보였다.

용복이 달려가서 뇌헌에게 인사를 하였다.

"관어대에 다녀오셨다면서요?"

"날씨도 좋고 주막에서 보내기가 갑갑해서 소풍을 다녀왔소. 그런데 무슨 일인데 이렇게 급하게 찾아오셨소?"

"실은 급한 일거리가 있는데 일꾼이 모자라서 찾아왔습니다."

"일꾼?"

"예. 이틀거리로 임동에 다녀올 생각인데 짐꾼이 없어서 그렇습니다."

용복이 뒤편에 느런히 서 있는 이인성과 김성길을

힐끔 보곤,

"여섯 명이 필요한데 될는지 모르겠습니다."

하고 넌지시 의견을 물으니 뇌헌이 제자들과 두 선비를 바라보더니,

"내 제자들은 모르되 양반들이 등짐을 지려 하겠소?"

하고 은근하게 되물었다.

"양반님네들이라 어렵겠지요?"

용복이 실망한 어조로 물으니 이인성이 대답하였다.

"어려울 것이 뭐요? 내가 가리다."

옆에 있던 김성길의 얼굴이 흙빛이 되었다. 돈 때문에 용복의 일에 자청하였지만 오랫동안 뼈끝에 남아 있는 양반이라는 체면의 굴레를 한번에 벗겨낼 수는 없는 것이리라 용복은 생각하였다.

잠시 이인성을 바라보던 김성길이 체념한 듯 길게 한숨을 쉬며 말했다.

"나도 가겠소."

뜻밖의 대답에 용복은 이인성과 김성길을 번갈아 보며 다시 한 번 물었다.

"정말 상놈들처럼 등짐을 지고 가실 수 있겠습니까?"

이인성이 처량한 미소를 지으며 말했다.

"돈 벌려고 여기까지 왔는데 뭔들 못하겠소? 노임은 톡톡히 주는 거요?"

"걱정 마십시오. 길 떠나기에 간편한 복장을 하고 해안가 포구로 내려오십시오."

이인성의 얼굴에 알 수 없는 서글픔이 묻어나왔다.

용복은 그것이 무슨 의미인지는 알 수 없었다. 다만 양반이 상놈으로 전락했다는 부끄러움 정도로만 여겼다. 양반이 상놈 노릇하는 것이 부끄러움이라면 상사람으로 태어나 평생을 상놈의 굴레를 쓰고 사는 사람의 심정은 어떠할까! 용복은 일고의 미안함이나 죄책감이 없었기에 아무렇지도 않게 뇌헌에게 꾸벅 인사를 하고 포구로 내려왔다.

마침 포구로 용복의 아내가 동바우를 업고 머리에 곡식 자루를 이고 내려오고 있었다. 으레 그렇듯이 등짐꾼들이 먹을 식량과 장이었다. 고등어는 시간을 다투는 일이라 짧게 쉴 동안에 밥을 해먹어야 했다. 밥은 대개 반찬 없이 장으로 때웠다.

용복이 얼른 달려가서 아내의 짐을 들어주었다.

"괜찮아요. 남들이 흉봐요."

아내가 손사래를 쳤다.

용복은 끝내 곡식자루를 들지 못하고 옆에 서서 걸었다.

"열이튿날 별신 드린답니다. 당골 송 무당이 읍성의 선주에게 날짜를 기별했다네요."

아내의 말에 용복이 답했다.

"열이튿날? 어디서 한다던가?"

"천장군 나리당에서 한답니다. 읍성 안의 김 선주 댁에서 별신 모신다고 날짜를 잡았다더라고요."

"알겠네."

용복이 아내와 함께 포구로 내려왔다.

포구에 등짐을 질 장정들이 고등어 상자를 실은 지게를 세우고 기다리고 있었다.

뇌헌의 제자 네 명이 뛰어왔고 그 뒤를 따라 이인성과 김성길이 헐레벌떡 따라왔다. 심부름 간 아이놈이 유봉석을 데리고 털레털레 걸어왔다.

"박 서방은 안 온다더냐?"

"몸이 안 좋다고 다녀오시랍니다."

군관 노릇하던 반양반이라 험한 일을 하지 않으려고 꾀를 쓴 모양이었다.

201

"할 수 없구먼. 박어둔이 몫은 내가 가지고 가지."

용복은 모인 사람들에게 말했다.

"모두 자기 짐을 챙기시오. 한 사람에 다섯 상자요. 임동까지는 백 리 길이니 지금 출발하더라도 내일 아침에는 도착해야 하오. 시간이 얼마 없으니 출발합시다."

용복이 지게 위에 곡식자루와 솥을 걸고 지게를 짊어지니 인부들이 차례로 지게를 졌다.

이인성과 김성길은 지게 지팡이를 짚고 간신히 지게를 짊어졌다. 이인성과 김성길의 얼굴이 일그러졌다. 평생 지게질을 해본 적이 없는 양반들에게는 곤욕이 아닐 수 없었다.

"봉석이부터 출발하거라."

유봉석이 지게를 지고 앞장서 나갔다. 걸음걸음이 가벼웠다. 장가를 들어서 기운이 넘치는 모양이었다. 그 뒤를 따라 외소한 등짐꾼들이 뒤를 따르는데 스님들도 발걸음이 가볍게 그 뒤를 쫓건만 이인성과 김성길은 위태위태하였다. 해안가 포구에서 읍성까지 7리를 오는데 앞선 일행과 뒤따르는 두 사람의 간격이 까마득하게 벌어졌다. 지게의 무게도 무게려니와 발바닥에 굳은살이 박힌 상사람의 발걸음을 따를 수 없었다.

읍성 밖에서 잠시 걸음을 멈추고 기다리니 두 사람이 절룩거리며 도착하였다. 발바닥에 물집이 생겼는지 연방 절룩거리고 얼굴과 웃옷이 땀에 절어 기진맥진한 모습을 보니 용복은 마음이 씁쓸하였다. 두 사람은 지게를 내려놓고 길게 한숨을 내쉬며 이마에 맺힌 땀을 닦았다.

이인성이 용복에게 말했다.

"미안하외다. 우리가 서툴러서 부담만 주는구려."

용복이 아무 말 없이 이인성과 김성길의 지게에서 고등어 상자를 내려놓았다.

"왜 이러시오?"

이인성이 용복의 옷깃을 잡았다.

"일껏 여기까지 왔는데, 이러면 안 되오."

용복이 몸을 돌려 짐꾼들에게 말했다.

"모두 한 상자씩 더 담게나."

용복이 자신의 지게에 한 상자를 더 올려놓으니 유봉석이 냉큼 와서 한 상자를 자기 지게에 올려 담았다. 짐꾼들이 지게에 한 상자씩 담으니 앉아 쉬던 네 명의 스님도 서로의 얼굴을 바라보다가 남은 상자를 하나씩 자신들의 지게에 올려 담았다.

"자, 이제 가 보십시다."

용복이 지게를 지고 일어서니 유봉석이 앞장서서 걸어갔다. 일행이 그 뒤를 따르는데 이인성과 김성길은 용복에게 면목이 없는지 풀죽은 모습으로 고개를 푹 숙이고 있었다.

용복이 두 사람을 바라보며 말했다.

"미안하외다. 사실은 제가 일부러 두 분께 일을 청한 것이니 부끄러워하지 마십쇼. 평생 이런 일을 해 보셨겠습니까? 당연한 일이지요."

용복이 잠시 말이 없다가 다시 입을 열었다.

"사람은 궂은 일도 해봐야 세상에 대한 안목도 넓어지는 법입니다. 큰일을 하실 분이라면 밑바닥 백성들이 사는 모습이 어떤가 직접 겪어 보는 것도 좋은 경험일 겁니다."

용복의 말에 이인성이 고개를 끄덕이며,

"옳은 말이오. 방구석에 앉아서 천하를 볼 수 있는 것은 아니지요."

김성길은 미안한 듯 앞서 가는 등짐꾼들을 보며 말

했다.

"부끄럽소. 이전에는 사람들이 이리 힘들게 살고 있는지 몰랐소."

"세상을 모르고 세상을 바꿀 수는 없는 일이 아니겠습니까? 나리같은 양반들이 백성들이 어렵게 사는 것을 안다면 세상은 지금보다 훨씬 나아질 텐데 말입니다. 욕보셨습니다. 이제는 돌아가 보십쇼. 내일 아침까지는 임동에 도착해야 하니 갈 길이 바쁩니다. 다녀와서 뵙겠습니다."

용복이 목례를 하곤 몸을 돌려 일행을 뒤따라갔다.

이인성과 김성길은 서로를 바라보다가 부끄러운 얼굴로 멀어져가는 용복을 말 없이 바라보았다.

17

용복 일행은 그 길로 읍성 서문을 지나 곧장 40리를 쉬지 않고 걸어 창수원蒼水院에 다다랐다.

일행은 창수원 앞에서 지게를 내리고 개울물 앞에

솥을 걸고 밥을 지어 먹었다. 그동안 봉석이 짐꾼들을 데리고 산으로 들어가 관솔을 잘라 와서 여러 개의 홰를 만들었다.

짐꾼들은 장과 젓으로 늦은 점심밥을 먹고는 쉬지도 않고 길을 나섰다. 고등어가 가는 도중에 부패하면 고생한 보람이 없어지기 때문에 서두를 수밖에 없었다. 또 그런 사정을 누구보다도 잘 아는 짐꾼들이기에 군말 없이 용복의 지휘에 걸음을 재게 놀렸다.

울티재는 울창한 숲이 이어져 있어서 대낮에도 저녁 때처럼 어두웠다. 3월이라 날이 길어져서 아직 해가 남아 있었는데 수림 속에서 물소리가 졸졸 흐르고 소쩍새 울음소리가 고즈넉하게 들려오고 있었다.

10여 명이나 되는 짐꾼들이 묵묵하게 울티재 고개를 올라가고 있을 때였다.

"이놈들, 게 섰거라."

산 위에서 한 무리가 나타났다. 10여 명 정도 되어 보이는데 손에 창과 도끼 같은 무기를 들고 있었다.

울티재에 진을 친 화적들 같았다. 세상이 흉흉하니 고개마다 도적들이 진을 쳐서 장사꾼들의 짐을 빼앗곤 하였다. 울티재 같은 험지에 도적이 깃들지 않을

리가 없었다.

　용복이 앞으로 나가 소리쳤다.

　"웬 놈이냐?"

　덩치 좋은 사내가 우렁차게 소리를 치니 도적들이 서로를 바라보았다.

　유봉석이 지게를 내려놓고 굵은 몽둥이를 들고 서니 지게꾼들도 지게를 내려놓고 준비해온 횃대를 들었다.

　"가진 것을 모두 내놓으면 살려주겠다."

　도적의 말에 용복이 코웃음을 치면서,

　"아나, 가져가 보거라."

하고 소리치니 도적들이 저희끼리 머리를 마주하고 쑥덕거리다가 고개 아래로 밀물처럼 달려 내려왔다.

　무기를 들고 달려 내려오는 도적들의 기세에 짐꾼들이 주춤하는 사이에 짐꾼들 사이에서 스님들이 번개처럼 고갯길 위로 달려나갔다.

　뇌헌의 제자들이었다. 스님들은 땅을 차고 솟구쳐서 달려오는 도적의 가슴팍을 차고 바닥에 내려앉았다. 그 모습이 한 마리의 날렵한 매 같았다.

　스님들은 홰로 쓰려고 만든 나무를 휘둘러 도적들

을 상대하였다. 무기를 든 도적들은 스님들 앞에서 오합지졸이나 다름없었다.

무기를 든 자들이 몽둥이 한 방에 픽픽 주저앉았다. 양 떼를 희롱하는 호랑이처럼 네 명의 스님이 순식간에 10여 명이 넘는 화적 떼를 쓰러트렸다. 좁은 고갯길에 도적들이 널브러져서 비명을 질렀다.

용복과 봉석의 입이 쩌억 벌어지고 짐꾼들은 환호성을 질렀다. 스님들이 위험한 무기를 한곳으로 모아 놓고 도적들을 바닥에 꿇려 놓았다.

도적들이 옹기종기 모여서 손이 발이 되도록 빌었다.

용복이 도적들에게 물었다.

"언제부터 이곳에서 도적질을 했느냐?"

"며, 며칠 되지 않았습니다요."

"며칠 되지 않았다고?"

"예. 도적질은 오늘이 처음입니다요."

노련한 화적들은 떼로 가는 짐꾼들이나 보부상은 건드리지 않았다. 짐꾼이나 보부상들은 화적들을 방비할 나름의 호신구를 가지고 있었기 때문에 혼자 가는 짐꾼들이나 수가 적은 장사치를 노리는 것이다.

용복 일행의 수가 적지 않은데 도적질을 하려 한 것으로 미루어 누가 보아도 초짜들의 소행이었다.

"도적질 하다가 관아에 끌려가면 목이 달아나는지 모른단 말이냐?"

"그럼 어쩝니까? 먹고살 길이 없으니 칼 물고 뜀 뛰기라도 해야 할 것이 아닙니까?"

그 중 하나가 도적이 된 이유를 말했다.

"삼 년 내리 흉년에 빌린 곡식의 빚은 산더미가 되었습지요. 관에서는 매일매일 독촉을 해대는데 먹고 죽을 곡식도 없으니 어쩝니까요? 야반도주했다가 산골짜기까지 굴러오게 되었습니다요. 겨울 동안에는 가져온 식량으로 그럭저럭 호구는 삼았지만 보릿고개에 견뎌낼 도리가 있나요? 칡뿌리도 캐고 소나무 줄기도 먹고 되는 대로 견뎌보려고 했지만 살 도리가 없어서 죽기 아니며 까무러치기라고 같은 처지의 사람들이 모여서 도적질을 하게 된 겁니다요. 그저 죽을 죄를 지었으니 한번만 살려줍시오."

"너희 사는 곳이 어디냐?"

"이 산 저 골에 흩어져 삽니다."

"도적질을 했으면 응당 죄값을 치러야 하지만 우

리도 시간이 없어서 너희를 관아로 끌고 가지 못한다. 너희가 온전하게 먹고살고 싶다면 일을 해서 먹고살아라."

"뭘 해서 먹고산답니까?"

"짐을 들어라. 우리는 임동까지 갈 것인데 너희가 광재원까지 짐을 실어주면 품삯은 넉넉히 쳐 줄 것이다."

"아이구, 고맙습니다요."

도적들이 용복에게 꾸벅꾸벅 절을 하였다. 용복이 수를 헤어보니 용복 일행의 수와 같았다.

용복 일행의 지게를 도적이 짊어지고 울티재를 넘어가게 되었다. 50리 길을 쉬지 않고 걸어왔던 일행은 도적들 덕에 가벼운 발걸음으로 갈 수 있었다.

울티재 고개 위에서 용복이 승담이라는 스님에게 물었다.

"스님들 덕에 우리가 덕을 보았소. 듣자하니 스님들 가운데에도 학승이 있고 무예를 배우는 무승이 있다던데 그게 정말이오?"

"학승과 무승이 따로 있겠습니까? 깨달음을 얻기 위해서 몸을 단련하는 것이지요."

"스님들이 배운 것이 어떤 무술이오?"

"불무도라고 하는데 보잘것없습니다."

"두 번만 보잘것없었다가는 조선팔도의 도적들 씨가 마르겠소."

사람들이 우후후 하고 웃었다.

용복은 마음이 든든하였다. 일당백의 스님이 넷이나 되니 만약 울릉도에서 왜인들과 접전이라도 일어난다면 큰 도움이 될 것이었다.

울티재를 내려올 무렵 서산에 해가 노루 꼬리만큼 남아 노을이 울긋불긋하고 땅거미가 거뭇거뭇하게 깔렸다. 용복 일행은 횃대에 불을 붙여서 길을 재촉하였다.

햇살이 뜨거운 대낮보다 선선한 밤이 생선이 부패하는 것을 늦춰주었기에 밤에는 낮보다 더 걸음을 서둘렀다.

일행은 광재원에서 도착하여 짐을 인계받았다. 용복이 도적들에게 품삯으로 닷 푼씩 쥐어주니 도적들은 고맙다고 이마가 땅에 닿을 듯이 절을 하였다.

"혹여 울티재에서 화적이 났다면 너희 소행으로 알 것이니 그때는 내가 가만두지 않을 것이다. 정히

먹고살기 어려우면 영해 축산포구로 나를 찾아오너라. 내 이름은 안용복이다. 고등어 짐이 많으니 먹고사는 데는 어려움이 없을 게다. 품삯은 후하게 쳐줄 것이니 걱정말고."

용복이 인심 좋게 고등어 다섯 상자를 내어주었다.

"고맙습니다요. 이 은혜 잊지 않겠습니다요."

도적들은 몇 번이고 인사를 하곤 고등어 상자를 지고 울티재로 몰려갔다.

유봉석이 말했다.

"성님, 저놈들이 품삯을 가져가면 우리 몫이 줄어드는 것 아니오?"

"걱정 마라. 내 먹을 것이 없더라도 너희 먹을 몫은 챙겨줄 것이니."

짐꾼들은 그제야 안심하였다.

용복 일행은 광재원에서 늦은 저녁밥을 해 먹고 잠시 눈을 부치고 새벽녘에 출발하여 점심 때가 못 되어서 임동 채거리 장터에 도착할 수 있었다. 일백이십 리 길이었다.

"고등어가 예순다섯 상자니 스무 마리 한 상자에 세 냥 쳐서 백아흔다섯 냥이네."

"이백 냥 주시오."

용복이 빼앗듯이 이백 냥을 챙겨서 전대에 넣었다.

"사람 참, 여전하네."

"성님도 여전하시오. 이백 냥으로 배는 남기면서 그러시오? 포 떼고 차 떼면 나는 남는 것도 없소."

"모르는 소리 말게. 나도 그렇네."

"생선이 올라왔으니 바쁘시겠소."

"자네도 마찬가지 아닌가? 잘 팔리면 앞으로도 값을 후하게 쳐 줌세."

어물전 장가는 용복에게 물건을 받아서 곧장 고등어의 배를 가르고 소금을 뿌렸다. 배를 가르는 일은 아낙들이 하였고 소금을 뿌리는 일은 어물전 장가가 도맡아 하였다.

비싼 소금으로 염장을 하기 때문에 손놀림이 빠르고 세밀하였다. 대개 영해, 영덕에서 나는 고등어는 임동장터의 어물전에서 소비를 하였으니 말하자면 중간도매상이었다.

채거리 장터의 장가는 어물전으로 큰손이어서 이곳에서 청송, 진보, 영양, 예천, 의성 등지로 생선들이 팔려나갔다. 바다와 멀리 떨어진 내륙지방에서는 바다 생선을 먹기 쉽지 않기 때문에 염장한 고등어는 비싼 가격으로 팔렸고, 안동이나 예안 같은 양반이 많은 대처에서 대부분 소비가 되었기 때문에 큰돈을 벌 수 있었다.

"밤새 왔을 텐데 좀 쉬지 그러나?"

염장을 하던 장가가 말했다.

"그렇잖아도 쉬려고 하오. 고기 몇 마리 주시구려."

용복은 장터에 있는 주막으로 가서 막걸리 한 말을 사서 짐꾼들이 쉬고 있는 어물간 뒤채로 돌아왔다.

"술이나 한잔하고 한잠 늘어지게 자세."

어물간 뒤채에서 짐꾼들은 그동안의 노고에 대한 답례로 고등어 구이에 술 한 말을 배부르게 먹고 마셨다.

18

다음날, 이른 아침에 용복 일행은 임동에서 출발하여 저녁 무렵에 영해에 도착하였다. 포구에 도착한 용복은 짐꾼들에게 5냥씩 노임을 주고 유일부에게 고등어 값으로 100냥을 주었다.

5냥이면 쌀이 한 섬이니 적은 돈이 아니어서 일꾼들은 싱글거리며 집으로 돌아갔다.

유일부는 값을 후하게 받았다고 용복과 봉석에게 술을 청했는데 봉석은 색시 보러 간다고 바람처럼 달아나서 홀로 잡힌 용복이 유일부 일행과 주막에서 거나하게 술을 마셨다.

술자리가 파하여 집으로 돌아오니 불 켜진 창에 아내의 그림자가 비치었다. 용복이 살며시 사립문을 열고 들어가서 헛기침을 하니 방문이 열리고 아내가 나타났다.

"오셨어요?"

"응. 저녁은 먹었어."

용복은 방 안으로 들어가 옷을 벗어 걸고 곤하게 자고 있는 동바우를 내려다보았다. 새근거리며 자는 모습이 너무 귀여워서 흔들어 깨우고 싶은 충동이 일었다. 가만히 동바우의 얼굴을 내려다보니 뜬금없는 생각이 머릿속에 맴돌았다.

'왜국에 가서 돌아오지 못하면 동바우는 아비 없

이 어떻게 살아가나?'

현숙한 아내와 눈에 넣어도 아프지 않을 아들, 흉
년에도 세 끼 밥술은 먹을 만큼 부유해졌다. 똥구멍
이 찢어지도록 가난하게 살아왔던 지난날에 비하면
지금은 남부러울 것이 없었다. 이대로 영해에서 어물
전을 하면서 살아간다면 동바우가 장성하여 자식을
낳을 때까지 아무런 걱정 없이 평생을 넉넉하게 살
수 있을 것이다.

왜국으로 건너간다는 것은 어쩌면 그 모든 것을 잃
어버릴 수도 있는 큰일이다. 용복은 이제사 다리 펴
고 사는데 왜국으로 가는 것이 옳은 일인지 갈등이
일었다.

울릉도와 자산도에 왜인들이 고기 잡으러 오는 것
을 다른 사람처럼 눈감으면 되는 것이다. 생각하면
용복의 일이 아니다. 그렇다고 부자가 되기 위한 것
도 아니다. 조정의 관리들도 쉬쉬하는 일을 일개 어
부가 무엇 때문에 기를 쓰고 나서려는 것인가?

'용복아, 정신 차려라.'

누군가 용복을 꾸짖는 소리가 들리는 것 같았다.

'울릉도와 자산도는 머지않아 우리 땅이 될 것인

데 이따위 서계가 다 무어야? 주제도 모르는 놈 같으니……'

어두운 감옥 안에서 키 작은 왜인 다다 요자에몽이 용복을 내려다보며 중얼거리던 목소리가 귓가에 쟁쟁하게 들리는 것 같았다. 다다 요자에몽. 가늘게 찢어진 눈에 눈매가 유난히 매서운 노인이었다. 그는 안용복과 박어둔을 실오라기 하나 남기지 않고 모두 벗긴 후에 갖고 있던 것을 하나하나 검사하였다. 용복이 바다를 건너온 이유를 물었고, 돗토리 번에서 무엇을 했는지 추궁했다. 용복은 죄수처럼 심문을 받았고 모욕을 당했다.

용복이 부당한 처우에 반항하자 차가운 감옥 안에 가두고 사흘간 먹을 것을 넣어주지 않고 굶기기도 했다.

어둡고 습한 감옥 안에서 다다 요자에몽은 기진한 용복을 내려다보았다. 증오와 질시의 눈빛, 아니 그것은 증오도 질시도 아닌 동정의 눈빛이었다. 분수를 모르고 날뛰는 자를 업신여기는 거만한 자의 눈빛이었다.

용복은 그때의 모멸감을, 치욕을 잊지 못했다. 그

것은 안용복 일생일대의 뼈아픈 수모였고 부끄러운 기억이었다. 그 치욕을 갚지 않고는 죽어도 죽는 것이 아니라고 용복은 수없이 생각하였다.

그 치욕을 갚기 위해서 얼마나 오랫동안 마음을 다잡아 왔던가! 그런데 오늘 곤하게 잠이 든 동바우의 모습을 보고 용복은 마음이 흔들린 것이다. 알 수 없는 일이었다.

'주제넘은 일…….나는 주제넘은 일을 하고 있는 것일까?'

차근차근 모든 준비를 마쳤는데, 황해도에서 산 배만 들어오면 모든 준비가 끝나는데 쓸데없이 마음이 약해지는 것은 무엇 때문일까? 아마도 가족 때문이리라.

용복은 곤하게 잠이 든 동바우의 작은 손을 잡아보았다. 보들보들하고 따스한 손마디가 용복의 마음을 울적하게 만들었다. 지금 마음이 흔들리는 것은 술을 많이 마신 탓이리라 생각했다.

방문이 열리더니 아내가 소반을 들고 들어왔다.

"물 좀 드세요."

용복이 소반에 담긴 냉수를 한 잔 들이켜고는 허리

에 찬 전대를 풀어서 아내 앞에 내밀었다.

"품값이 얼마 안 되네. 넣어두게."

"고생 많으셨어요."

아내가 묵직한 전대를 받아 벽장 안에 넣었다. 벽장 옆에 못 보던 옷 한 벌이 곱게 개켜져 있었다.

자세히 보니 박어둔에게 받은 명주로 지은 도포와 바지저고리였다. 아내가 시간 날 때마다 지은 모양이었다.

"옷이 다 되었나보구료?"

"예. 며칠 됐는데 보시긴 오늘이 처음이지요?"

용복은 부끄러웠다. 몇 푼 돈벌이에 바빠서 집안 돌아가는 사정을 죄다 아내에게 맡겨놓고 있으니 말이다.

"입어보시겠어요?"

"되었네. 나중에 입어보지."

용복이 물끄러미 아내를 바라보았다.

"제 얼굴에 뭐가 묻었나요?"

"아니, 하여간 자네가 수고 많네. 밤이 늦었는데 그만 자세."

용복은 군말 없이 아내의 손을 잡아당겼다.

19

　다음날 아침 용복의 어물전으로 뇌헌의 제자 승담이 찾아왔다.

　"뇌헌 스님이 보자 하십니다."

　용복이 뇌헌을 만나러 주막을 찾아가니 뇌헌이 봉놋방에 앉아 기다리고 있었다.

　"불러계십니까?"

　용복이 방 안으로 들어가 인사를 하고 자리에 앉았다.

　뇌헌이 담담하게 말했다.

　"안 장사, 오늘이 몇 일인가?"

　"삼월 열하루입니다."

　"삼월 열하루라……. 자네가 약속했던 삼월 초순이 지났는데 어째서 배가 아니 오는가?"

　"사정이 생긴 모양이올시다."

　"우리는 자네를 믿고 주막에서 벌써 닷새를 정처 없이 기다렸네. 장사꾼은 신용이 생명인데 어째서 자네는 나에게 믿음을 주지 않는 것인가?"

"면목 없습니다. 주막에서 지내시는 비용은 제가 모두 지불할 터이니 저를 믿고 조금만 기다려 주십시오."

"내가 그깟 비용이 아까워서 그러는 것인가? 자네 생각을 듣고 싶어서 그렇네. 자네가 배를 샀다고 했는데 어째서 배를 산 것인가? 내가 알아보니 읍성의 선주에게 그 정도 비용을 지불하지 아니하고도 충분히 배를 빌릴 수 있다 하던데 굳이 배를 산 이유가 무언가? 자네가 나 몰래 내 돈으로 다른 일을 꾸미고 있는 것인가? 나는 아무리 생각해도 자네 맘을 알 수가 없네."

용복은 뇌헌의 말에 가슴이 뜨끔하였다. 하긴 왜국으로 건너갈 생각이 없다면 굳이 배를 살 이유는 없었다.

용복이 배를 산 이유는 나중에 문제가 되었을 때 모든 책임을 자신에게 돌리기 위함이었다. 그것은 3년 전 오충추가 자신 때문에 손해를 본 것이 내내 용복을 괴롭혔기 때문이다.

용복은 차분하게 말했다.

"다른 뜻은 없습니다. 제가 생각한 일이 관아의 입장에서 보면 불법이라 책임 소재를 분명히 해서 다른

이에게 피해가 가지 않게 하기 위한 조처였습니다. 또한 우리 배가 없다면 매년 울릉도에 조업을 하러 가면서 선주에게 지불해야 할 비용이 커집니다. 그리 되면 우리 몫이 적어지기 때문에 부득불 배를 사게 된 겁니다."

"정말 그런 이유 때문인가?"

"......."

용복은 바른대로 말을 했다가는 일거에 모든 일이 물거품이 될 것 같아서 굳게 입을 다물어버렸다.

뇌헌이 화가 난 사람처럼 용복을 바라보다가 말했다.

"좋네. 어찌되었건 배가 들어오지 않는 이상 나는 자네를 믿기가 어렵네. 내일까지 말미를 줄 것이니 그때까지 배가 들어오지 않는다면 자네와 나의 동업 관계는 끝인 줄 알게. 더불어 내가 빌려준 사백 냥도 돌려주기 바라네."

용복은 청천벽력 같은 이야기를 듣고 주막에서 물러나왔다.

용복이 이리저리 융통을 하면 400냥쯤은 마련할 수 있었다. 그러나 그동안 용복이 준비해 놓았던 모든 것들은 물거품이 되고 마는 것이다. 배를 사는 일은 몇 년만 착실하게 돈을 모으면 되었지만 필담을 할 수 있는 선비들을 구하는 것은 쉬운 일이 아니었다.

박어둔도 글을 알지만 이인성과 김성길처럼 외교 문서를 작성할 수 있을 정도로 문장에 능하지 않았다. 문장에 능하지 않고서는 대마도주의 죄를 알릴 소송장을 작성할 수 없었기 때문이다.

용복은 가슴이 새까맣게 타 들어가는 것 같았다.

포구로 돌아와서 어물전 가까운 곳에 붙은 주막을 찾아들어가 탁배기 한 사발을 시켜 마시고 있으니 박어둔이 어슬렁거리며 들어왔다.

"성님, 어물전에 안 계시고 대낮부터 웬 술이시오? 낮술은 부모도 몰라본다 합디다."

박어둔이 술상 앞에 앉아서 주모에게 술잔 하나를 시켰다.

"부모도 몰라본다면서 너도 마실 테냐?"

"나한테 부모가 어디 있소? 한 잔 주시오."

용복이 박어둔의 술잔에 술을 따라 주었다. 박어둔은 주린 사람처럼 탁배기를 벌컥벌컥 들이켜곤 소매로 입가를 쓱 닦았다.

"성님이 무슨 생각을 하고 있는지 맞춰볼까요?"

"무슨 생각을 하고 있는데?"

용복이 빈 술잔에 술을 부어 주었다.

"순립인가 뭔가 하는 그놈 생각하고 있죠?"

"네가 그 길로 가야겠구나."

"성님 탓이오. 노름꾼을 믿고 배를 맡긴 성님이 잘못이오."

"그래 내 잘못이다."

용복은 길게 한숨을 내쉬고 술잔을 들어 한입에 들이켰다.

"그 망할 놈을 어떻게 한다? 내일이라도 당장 저와 가실랍니까?"

"고등어 들기가 싫어서 꾀병을 부리는 자네가 천리길을 걸어가겠단 말인가?"

"다른 사람도 아니고 성님 돈을 떼먹었는데 그럼 가만히 놔둔다요? 십중팔구 배를 팔아서 노름으로 탕진했을 것이 틀림없습니다."

"네놈 말마따나 노름으로 배를 팔았다면 어디서 돈을 구하겠냐?"

"그럼 돈을 떼이고 말겠다는 겁니까?"

"돈이야 다시 벌면 되는 것이지만……."

용복이 더 말을 못하고 땅이 꺼져라 길게 한숨을 내쉬었다.

"뇌헌이라는 땡중이 뭐라 합디까?"

"내일까지 배가 들어오지 않으면 없던 일로 하자는군."

"망할 놈 때문에 성님이 속을 썩습니다요. 대책은 있습니까?"

"어떻게든 되겠지."

"태평이시오."

"나는 그 사람을 믿네. 중간에 무슨 일이 생겼을 거야. 해로는 육로와는 다르니까 말이야."

용복은 술잔을 들고 아득한 수평선을 바라보았다.

20

한 집안에 터주와 성주를 모시듯이, 큰 고을이나

작은 마을에는 당집이 있고 당산나무가 있어서 마을의 부로들이 주관하여 제를 지내는 것이 일반적이었다.

영해는 동해안의 큰 도호부라 부사가 고을을 맡아 영양현과 청기현을 거느렸다. 이 고을에는 당집이 세 곳 있는데 마을 중앙에 있는 동제당을 상당, 해안가에서 마을을 돌아오는 옥포 어른당을 중당, 마을 가장자리에 있는 천장군 나리당을 하당이라 하였다.

상당인 동제당은 최초로 마을에 입향한 조상신이니 정월 보름에 동제당 앞에서 큰 굿판을 벌였고, 중당인 옥포 어른당은 병 치료에 효험이 있다 하여 마을에 신액이 돌면 굿으로 풀이를 하였다.

본격적인 어로활동이 시작되는 3월 즈음에는 천장군 나리를 모시는 하당에서 굿판을 벌였는데 세 굿 모두 무당이 주관하였다.

영해는 바다에 인접한 곳이라 하당에서 열리는 굿판이 제일 성대하였다. 하당의 주인인 천장군 나리는 바닷가에 떠밀려온 비석으로 이때에는 마을의 동임과 부로들이 비용을 거두어들이고 어부들도 십시일반으로 돈을 냈다.

굿이 벌어지는 첫새벽부터 각종 존위 이하 동임들이 천장군 나리당 앞에 모여서 굿 준비를 했다. 당집 안에 삼색 실과와 백설기를 갖추고 각종 제물을 진설하는데 무당이 여러 가지 색의 종이꽃으로 치장하여 당집 안에 화려한 꽃이 핀 것 같았다. 당집 지붕에는 용선이 걸렸는데 대나무 가지로 이어 만든 작은 배에 오색종이를 오려 붙인 것이었다.

아침나절이 되기 전에 당집 추녀 아래에 각종 존위 이하 동임들이 늘어앉았고, 추녀 밖에 멍석을 연이어 깐 굿자리에는 기대와 잡이와 전악들이 각기 제구를 가지고 자리 잡고 앉았다.

굿자리 뒤편에는 각 동에서 구경 온 사람들이 남녀노소 섞이어 빈틈없이 들어서 입추의 여지가 없었다.

원무당이 깨끗한 평복을 입고 굿자리에 나타나서 제상에 두 번 절을 한 후에 바가지에 물을 떠서 들고 신칼로 물을 찍어 굿판을 돌아다니며 굿단과 제장 여러 곳에 뿌렸다.

이것이 첫째 거리인 부정풀이니, 원무당이 부정풀이를 끝낸 후에 잠깐 들어간 동안 기대가 장구를 울리고 잡이가 제금을 치고 전악들은 저를 불고 피리를 불고 해금을 쳤다. 이때에 원무당이 노래를 부르며 굿판으로 들어서는데 남빛 쾌자를 갈아입고 부채를 들었다.

원무당이 제주인 김씨 선주를 데리고 당집 앞으로 들어가 술을 올리고 절을 시켰다.

제주가 굿판 가운데에 무릎을 꿇고 앉으니 원무당이 굿판을 동서남북으로 돌면서 부채를 펼쳐 춤을 추다가 잇소리를 내면서 부채를 펼치니 풍류가 뚝 그쳤다.

무당이 굿판 가운데에서 부채를 펼치고 제주에게 공수를 주었다.

"어허, 어허. 너는 내가 누구인지 아느냐? 위엄있고 영험하신 천장군 나리를 아느냐 모르느냐?"

"알고 말곱쇼."

"어허, 어허. 죄 많고 욕심 많고 미련하고 어리석은 것들이 무엇을 바라고 나를 불러? 너희가 너희 죄상을 아느냐 모르느냐?"

무당이 양반 제주 앞에서 부채를 펴며 호령을 하였다.

"미련한 인간이 무얼 알겠습니까? 그저 장군 나리 덕으로 사는 불쌍한 중생의 모든 죄를 용서해 주옵소서. 그동안 입은 덕도 많습지만 새로운 덕을 입혀 주옵시고 올해에도 가내 평안무사하게 해 주소서!"

양반 제주가 두 손을 모으고 싹싹 빌었다.

풍류가 울리자 원무당이 풍류에 맞추어 춤을 추다가 제주에게 소원이 적힌 종이를 받아 굿당 앞에서 불을 질러 날려 보내었다. 이것이 둘째 거리인 골매기굿이다.

골매기가 끝나고 셋째 거리는 청좌굿이었다. 청좌굿은 말 그대로 산천의 귀신들을 모두 불러내는 것인데 일월성신부터 조상까지 불러내는 굿판이었다.

무당이 붉은빛 갓에 호수를 꽂아 쓰고 남철릭에 도홍띠를 둘러메고 덩실덩실 춤을 추며 공수를 할 적에 좋다는 말이 나오면 제주와 동임들의 얼굴에 화색이 돌았다.

무당의 청좌굿이 끝나면 화해굿으로 산신과 용왕신, 당산신과 성주신을 합석시켜서 평온무사하게 해 달라고 축원덕담을 하였다. 이때에 마을의 아낙들도 손을 모아 빌면서 가사무난하도록 빌었다.

화해굿이 끝이 나면 한동안 쉰 후에 세존굿이 시작되었다.

세존굿은 이른바 중굿으로 원무당이 고깔을 쓰고 염주를 걸고 가사를 입고 종이로 만든 탈을 쓰고 굿판으로 나와서 소리를 하였다.

"중 내려온다, 중 내려온다. 저 중에 호사 보소. 제 중에 가사 보고, 얽구도 검은 중아. 검구도 얽은 중아. 새짐승도 못 날아가고 까막까치도 못가는 곳으로 그곳으로만 동냥간다. 담장도 열두 담장 대문도 열두 대문 담장 안에야 썩 들어서서야 꽝쇠를 과광광 치며 나무아미타불 재미 동냥왔습나이다."

원무당이 바가지를 들고 동냥 온 중처럼 돌아다니면 동임들뿐 아니라 마을 아낙들도 한두 푼씩 돈을 놓고 소원을 빌었다.

세존굿이 끝이 나면 조상굿으로 무녀가 남철릭을 입고 나와 소리를 하며 춤을 추었다. 조상굿 다음은 성주굿으로 무당이 굿판을 종횡으로 휘저으며 노래를 불렀다.

"동해 바다 노던 고기 남해 바다 노던 고기 이 골 안으로 점지하소. 가는 고기랑 손을 치고 오는 고기랑 눈을 감아

윗물 칸도채우고 곳물칸도 채우고 갖은 창고 다 채워서
자손만대 부귀하게 해 주소서……."

성주굿이 끝이 나니 정오 무렵이라 해가 중천에 떠
있었다. 구경꾼들은 동네 아낙들이 만든 먹거리로 배
가 부르도록 점심을 먹고 나무 그늘과 담장 아래에서
늘어지게 쉬었다.

한참 후에 다시금 굿판이 시작되었다. 정오굿의 첫
번째는 천황굿이라 천황신에게 한바탕 굿을 하고는
다음 거리로 넘어갔다. 이번 거리는 심청굿이니 동민
들의 눈병을 없애주고 눈을 맑게 해달라는 뜻으로 원
무당이 심청가를 불렀다.

"아고, 아부지. 아이구, 아부지. 심청이 왔사오니 어서
바삐 눈을 떠서 소녀를 보옵소서. 이것이 어쩐 일인고,
이것이 어쩐 일이냐. 만경창파 먼먼 길에 인당수 깊은 물
에 넋이 왔단 말가. 심청이란 웬 말이고, 어디 보자 내 딸
이야. 어디 보자 내 딸이야."

원무당이 애절한 목소리로 심청가를 부를 때에
아낙들은 눈시울을 붉히며 소맷자락으로 눈물을 닦

았다.

심청굿이 끝이 나면 놋동이굿이니 무당이 축원을
한 뒤에 놋대야를 입에 물어 신이 내림을 사람들에게
보였다.

놋동이굿이 끝이 나고 용왕굿이 이어지니, 용왕굿
은 동해용왕님께 풍어를 비는 굿이다. 용왕굿이 끝이
나자 손님굿이 이어진다. 마마를 곱게 앓도록 해달라
는 축원굿이다.

손님굿 다음이 제면굿이니 무당의 조성인 제면 할
머니의 넋을 청하여 대접하는 굿이었다. 무당이 떡을
들고 굿판을 돌면서 구경꾼들에게 떡을 돌렸으니 이
른바 제면떡이라, 남녀노소 할 것 없이 너도 나도 손
을 뻗어 하나씩 받아 먹다보니 순식간이 떡이 동이
났다.

이즈음에 차차 해가 기울기 시작하여 서산마루에
해가 걸리자 구경꾼이 풀리기 시작하였다. 먼 동네
사는 사람들이 하나둘 집으로 돌아가고 가까운 동네
사람들이 남아서 남은 굿을 보았다.

용복은 사람들 뒤편에서 굿을 구경하다가 박어둔
과 함께 빠져나와 해안가 주막집에서 술을 마시고 있

던 참이었다.

"성님, 보시오. 내 말이 맞지요? 술꾼 술 끊는 거 못 봤고, 오입쟁이 오입 끊는 것 못 봤소. 노름꾼이 노름을 끊을 리 없지 않소. 차라리 처녀 시집 안 간다는 말을 믿는 편이 낫지. 세상이 어떤 세상인데 그런 종자를 믿었단 말이오."

박어둔이 새끼손가락으로 탁배기를 휘휘 젓고는 한입에 들이켰다.

용복은 말 없이 탁배기를 마셨다. 목구멍으로 넘어가는 술맛이 오늘따라 쓰게만 느껴졌다.

"성님, 그 돌중이 돈을 돌려달라고 합디까?"

용복이 말 없이 고개를 끄덕였다. 떨어지는 해가 서산에 넘어가면 약속대로 뇌헌에게 받은 돈을 모두 돌려주면 되었다. 돈이야 다시 벌면 되는 것이고, 왜국에 가는 것은 나중으로 미루면 될 것이었다. 다만 끝까지 믿었던 순립의 배신에 마음이 쓰렸다.

"성님, 이제 어떡하실 겁니까?"

"뭘 어떡해? 돌려주면 되지."

"그만한 돈이 성님한테 있습니까?"

"그까짓 몇 푼 되지도 않는 돈 어디에서 못 구할까?"

술을 마시던 용복은 다시 생각했다. 이것도 운명이라고, 다시 돈을 벌어 배를 사고 왜국으로 갈 준비를 하는 동안 동바우가 자라는 모습을 가까이에서 바라보며 착한 아내와 한동안 편히 살 수 있을 것이었다. 빠른 길을 약간 돌아서 가는 것일 뿐이라고, 용복은 그것으로 마음의 위안을 삼기로 하였다. 바로 그때였다.

머리를 양갈래로 땋은 아이 하나가 곤두박질하듯 주막 안으로 뛰어 들어왔다.

"나리, 나리! 지금 포구에 나리 배가 들어왔답니다. 도사공이 나리를 찾습니다요."

"뭐? 너 지금 뭐라고 했느냐?"

"배 한 척이 포구에 닿았는데 사공이 안 장사 나리를 찾지 뭡니까? 굿판에 갔다가 여기 계시다는 말을 듣고 달려왔습니다."

용복은 자리에서 벌떡 일어나서 셈도 치르지 않고 주막 밖으로 내달렸다.

"성님, 같이 갑시다!"

박어둔이 술을 마시다 말고 달음질을 하여 쫓아왔다. 주모가 펄쩍뛰며 소리를 쳤다.

"나리, 술값은 어떡해요?"

"용복이 성님 앞으로 달아놓으시오."

용복이 박어둔의 목소리에 고개를 설레설레 저으며 자개바람을 일으켜 포구로 달려가니 과연 눈에 익은 배 한 척이 포구에 정박해 있었다.

용복은 뛸 듯이 기뻐 포구로 달려갔다. 포구에 줄을 묶고 있던 늙은 도사공이 용복을 보고 달려왔다.

"성님, 왜 이제 오셨수."

용복은 너무 반가운 마음에 도사공을 번쩍 안아들었다.

"이 사람, 왜 이러는가?"

용복이 김순립을 빙글빙글 돌리다가 바닥에 내려놓았다.

"미안하네. 내가 늦었지? 아따, 내가 자네 찾느라고 울산에서 포구마다 들러서 물으면서 오느라고 늦었네. 서해는 내 손바닥 안이고, 남해는 얼추 물길을 알지만 동해는 별로 와본 적이 없어서 그런 것이니 자네가 이해하게."

"암만요. 이해하다 뿐입니까? 잘 오셨습니다."

순립이 데려온 아들들을 용복에게 소개시켜 주었다.

창기는 순립보다 키가 주먹 하나 정도 더 크고 봉기는 순립과 닮았는데 모두 비슷하게 생겨서 한눈에도 부자지간임을 알 수 있었다.

용복이 창기와 봉기의 인사를 받고나니 박어둔이 어슬렁거리면서 다가왔다.

용복이 김순립과 두 아들을 박어둔에게 인사시켰다.

"보소, 당신 때문에 용복 성님이 얼마나 마음고생을 한 줄 아시오?"

박어둔이 대뜸 삿대질을 하며 소리를 쳤다.

"기일을 지키지 못한 것은 미안하네만 해로와 육로가 다른 걸 난들 도리가 있나?"

"아무튼 잘 오셨소. 성님 덕분에 우리 용복이 성님 살았소."

붙임성이 좋은 박어둔이 순립을 들었다 놓았다 하다가 배를 둘러본다고 한바탕 시끌벅적 너스레를 떨었다.

"성님, 이걸 이백 냥에 사셨다고요?"

"그래."

"허허, 참말 싸게 사셨네요. 이물간이나 고물간도 깨끗하고 용골도 새 것이나 진배없고 돛도 두 짝 모두 말짱한 것이 지금 팔아도 사오백 냥은 받겠습니다."

박어둔이 엄지손가락을 치켜 올리니 김순립이 용복에게,

"박 서방이 볼 줄 아는군. 보라고, 내 말이 맞지? 자네 내 덕에 돈을 많이 번 게야."
하며 헛기침을 하였다.

용복은 박어둔에게 순립과 두 아들을 데리고 주막으로 가게 하고 뇌헌을 찾아가 배가 왔다는 말을 전하였다.

"그것 다행이구먼. 그럼 언제 떠날 예정인가?"

"준비가 되는 대로 떠날 겁니다. 늦어도 모래 아침에는 떠나야지요."

"알겠네. 어제는 미안하게 되었네."

"아닙니다. 제가 스님 입장이었어도 그랬을 겁니다. 사실 말을 안 해서 그렇지 저는 애간장이 다 녹아 버리는 줄 알았습니다."

용복이 배가 늦어지게 된 자초지종을 이야기하였다.

"알겠네. 자네도 나처럼 사람을 믿었구먼. 그 믿음이 어긋나지 않아 자네나 나나 다행일세. 일이 잘되

었으니 이제 나는 아무 걱정 않고 자네만 믿음세. 앞
으로 잘해 보세나."

"예."

뇌헌이 용복을 바라보며 미소를 지었다. 아직도 굿
판이 남았는지 멀리서 쿵쾅거리는 풍악소리가 바람결
에 희미하게 들려오고 있었다.

21

다음날, 아침부터 출항준비를 서둘렀다. 울릉도에
서 몇 달은 지내야 할 터였으므로 배에 충분한 식량
을 실어놓고, 섬에서 지내기에 필요한 도구들과 고기
잡을 그물도 꼼꼼하게 챙겨 넣었다. 그날 저녁 박어
둔은 창고에서 미리 준비한 전립과 쾌자 등을 배 깊
숙한 곳에 넣어 놓았다.

모든 준비를 마치고 저녁 일찍 집으로 돌아온 용복
은 아내와 겸상하여 저녁을 먹었다.

세 식구밖에 없는 단출한 살림도 살림이었지만 용

복이 멀리 배를 타고 나갈 때는 언제나 겸상을 했다. 아내 유씨는 말 없이 식사를 마치곤 상을 물렸다. 아내가 부엌에서 설거지를 할 동안 용복은 아들 동바우를 데리고 놀았다.

동바우가 용복의 두 손을 잡고 일어섰다. 용복이 손을 놓으니 넘어지지 않고 용하게도 버티더니 몇 걸음을 걸어와 용복의 품에 안기었다.

"이보게, 동바우가 걷네그려."

용복이 놀란 목소리로 말하니 아내가 방 안으로 들어오며 웃었다.

"아직 모르셨어요? 동바우가 걸음마를 시작한 지 한참 됐어요."

"그래?"

용복이 머쓱해져 머리를 긁적거렸다. 바깥으로 도느라 아이가 걷는 줄도 모르고 있었다.

아내는 동바우를 품에 안고 한동안 고개를 숙인 채 말이 없었다.

"자네, 왜 그러는가? 내일 출항한다고 마음이 서운한가? 바다로 나가는 것이 어제 오늘 일도 아닌데 오늘따라 왜 그러는가?"

잠시 말이 없던 아내 유씨가 고개를 들어 용복에게 말했다.

"궁금한 게 있어요."

"뭔가?"

유씨는 장롱을 열더니 부채와 호패를 꺼내놓았다. 그렇잖아도 오늘 밤에 챙기려고 장롱 깊숙이 숨겨놓았던 것인데 아내가 찾아낸 모양이었다.

용복이 놀란 얼굴로 아내의 얼굴과 호패를 번갈아 바라보았다.

"이게 뭔가요?"

"호, 호패 아닌가."

"어째서 양반들이 가지고 다니는 호패에 당신 이름이 쓰여 있나요? 고기잡이 나가는데 호사스런 부채와 비단옷은 왜 필요한지. 이런 위조 호패를 무엇 때문에 당신이 만든 것인지 궁금해요."

"다, 당신은 알 것 없소."

"당신은 매번 알 것 없다고 하지만 이번에는 꼭 알아야겠어요. 배를 산 것도 그래요. 도대체 무슨 돈으로 배를 산 거죠?"

"그, 그건 주막에 머물고 계신 뇌헌 스님의 돈으로

240

산 거요."

"뇌헌 스님께서 당신에게 돈을 준 이유가 있을 거 아니에요? 큰돈을 그냥 빌려주셨을 리는 없고 도대체 무슨 일을 하려는 건지 저는 꼭 알아야겠어요."

유씨는 용복을 올려다보며 똑 부러지게 말했다. 이번에는 쉽게 넘어가지 않겠다는 기세였다. 순하기만 하던 유씨에게 이런 강단이 있었나 할 정도로 단호했다. 용복은 당황스러웠다. 그렇지 않아도 마음이 편치 않은데 유씨의 추궁을 듣게 되니 용복은 어떻게 대답을 해야 할지 갈피를 잡기 어려웠다. 있는 대로 사실을 말하려니 아내가 보내줄 것 같지 않았다. 그렇다고 거짓을 말하기에는 변명거리가 궁색하였다.

"제가 안심할 수 있게 사실대로 말해 주세요."

유씨가 애원하듯이 말했다. 동바우를 안고 있는 아내의 두 눈에서 금방이라도 눈물이 떨어질 것 같았다.

용복이 천천히 다시 생각해 보니 이대로 비밀에 부칠 수만은 없었다. 만에 하나 잘못되기라도 한다면, 그리하여 영원히 돌아오지 못하게 된다면 아내는 영문도 모른 채 바다를 원망하며 살아갈 것이다.

금방이라도 울 것 같은 아내의 얼굴을 바라보던 용

복은 마음을 굳게 먹었다. 자신을 믿고 따르는 아내에게까지 비밀로 할 수는 없었다.

"그동안 당신을 속였던 것이 내내 마음에 걸렸소. 당신에게 모두 말하리다."

용복은 아내에게 왜국에 건너갈 생각이 있음을 말하였다. 비단옷과 호패를 준비한 것도, 뇌헌에게 빌린 돈으로 배를 산 것도 모두 왜국으로 건너가기 위한 것임을 말했다.

"왜놈들이 울릉도와 자산도를 저희 땅으로 만들려고 하고 있소. 저번에는 대마도주가 중간에서 일을 방해해서 실패하였지만 이번에는 막부를 찾아가 울릉도와 자산도가 우리 땅이라는 확답을 확실히 받아올 것이오."

아내 유씨가 멍한 얼굴로 용복을 바라보았다.

동바우가 버둥거리더니 유씨의 품을 벗어나 용복의 품에 안겼다. 동바우가 용복의 수염을 신기한 듯이 바라보다가 손으로 수염을 당겼다.

"이놈, 손힘도 많이 세졌네."

용복이 껄껄 웃으며 동바우에게 얼굴을 부볐다. 동바우가 까르르 웃으며 몸을 뒤틀었다. 유씨는 눈물이

뚝뚝 떨어질 것 같은 얼굴로 바라보다가 동바우를 끌어와 품에 안았다.

"그런 일이라면 당신이 할 일이 아니지 않아요?"

"당신도 누구랑 비슷한 소리를 하는구려. 이 일은 누군가는 해야할 일이오."

"그런데 왜 하필 당신이 나선단 말이에요? 만에 하나 당신이 잘못되기라도 하면 나와 동바우는 어쩌란 말이에요."

유씨는 참았던 눈물을 방울방울 흘렸다. 닭똥 같은 눈물이 유씨의 뺨을 타고 흘러서 치맛자락에 뚝뚝 떨어졌다. 유씨가 치맛자락을 잡고 머리를 구부려 눈물을 닦았다.

용복은 아내의 눈물에 숙연해져서 아무런 대꾸도 못하고 꿀 먹은 벙어리처럼 고개를 숙이고 앉아 있었다.

아내의 울음이 잦아들 무렵 용복이 차분한 어조로 말했다.

"내 말을 들어보시오. 나는 평생을 바다에서 살아온 뱃놈이오. 바다에서 뼈가 굳어졌고 바다를 의지하며 살아왔고 앞으로도 이 동해바다에 기대어 살아갈 것이오. 이 동해 바다에서는 멀리 있는 섬이라곤 두 개밖에 없소. 울릉도와 자산도요. 그런데 왜놈들이 두 섬을 빼앗아가려고 흉계를 꾸미고 있소. 이런 사정을 삼 년 전에 조정에 알렸지만 변한 것은 아무것도 없었소."

유씨가 고개를 들어 물었다.

"나라에서도 못한 일을 당신이 할 수 있겠어요?"

"그렇다고 넋 놓고 있어야겠소?"

"당신 일도 아닌데 무엇 때문에 위험을 감수하며 가시려는 건가요? 우리 생각은 하지 않으시는 건가요?"

"이보오, 나는 울릉도와 자산도를 당신과 동바우라 생각하고 있소. 당신과 동바우를 왜놈이 빼앗아가려는 것을 알면서도 보고만 있을 것이오? 울릉도와 자산도는 대대손손 이 땅의 자손들에게 전해져야 할 우리의 땅이오. 누군가는 해야 할 일을 내가 나서는 것뿐이오. 그 일이 목숨을 내걸 정도로 위험하다 하더라도 나는 할 수밖에는 없소. 당신에게는 미안하지만 내 마음을 알아주시오."

유씨는 몸을 돌려 치맛자락으로 눈물을 닦았다. 동바우는 버둥거리다가 유씨의 몸에서 빠져나와 다시금 용복의 품으로 기어들었다.

용복은 동바우를 안은 채 길게 한숨을 내쉬었다. 조금 남아 있던 해가 떨어져서 창 밖은 거뭇거뭇한데 멀리 파도 치는 소리와 아내의 우는 소리가 적막한 방 안의 정적을 깨트리고 있었다.

22

용복이 눈을 떠보니 동바우의 새근거리는 숨소리가 들릴 뿐 아내가 보이지 않았다. 부엌에서 달그락거리는 소리가 들려왔다. 아랫목이 따뜻한 것을 보니 밥을 짓는 모양이었다.

전날 아내는 용복에게 화가 나 등을 돌리고 잠을 잤다. 용복이 미안한 마음에 몇 번 아내에게 수작을 걸어보았지만 냉랭한 냉기만 돌아올 뿐이었다.

용복은 천천히 자리에서 일어나 호롱을 당기고는 윗목에서 부싯돌을 더듬어 잡고 딱딱 쳐서 불을 붙였다. 반짝이는 빛이 심지에 떨어져 불이 붙었다. 호롱불이 빨갛게 피어오르더니 어둑어둑한 방 안이 드러났다.

이부자리 위에 동바우가 곤히 잠들어 있었다. 용복이 다가가 동바우를 한동안 내려보았다. 동바우의 얼굴에 용복과 아내의 얼굴이 섞여 있었다. 두 눈은 아내를 닮았고 코와 입술은 영락없이 자신을 닮았다. 이런 갓난쟁이를 놓고 왜국으로 건너간다는 생각을 하니 가슴이 답답하여 한숨이 절로 나왔다.

가슴이 답답할 때 담배를 피우면 도움이 된다던 박어둔의 말이 생각났다. 지금 담배가 있다면 용복은 곰방대를 물고 독한 연기를 머금고 싶었다.

용복은 동바우의 반듯한 이마를 쓰다듬었다. 첫 새벽에 출항을 하기로 되어 있으니 어쩌면 이것이 동바우와의 마지막이 될지도 몰랐다. 생각이 여기에 까지 미치자 용복은 목울대가 따끔거리고 눈시울이 뜨끈해져서 한동안 멍하니 아이만 바라보았다.

"기침하셨어요?"

방문이 열리며 아내가 상을 들고 들어왔다. 용복은 얼른 옷소매로 눈가를 닦았다.

상 위에 하얀 쌀밥과 고깃국이 올려져 있었다.

"밥이 왜 하나뿐이야?"

"저는 이따 먹을게요."

"그러지 말고 같이 들게. 나 혼자 무슨 맛으로 먹으란 말인가?"

용복의 재촉에 아내가 못 이기는 척 방문을 열고 나가더니 밥과 국을 떠가지고 왔다. 아내의 밥그릇에는 하얀 쌀밥이 아니라 감자와 보리가 뒤섞여 있었다.

"자네가 내 밥을 먹게."

용복은 빼앗듯이 아내의 밥그릇과 자기 밥그릇을 바꿨다.

"왜 그러세요?"

"어허, 잔소리 말고 들게."

용복은 말 없이 아내의 밥을 떠먹었다. 유씨는 용복의 밥을 뜨다가 말고 치맛자락을 감싸며 훌쩍거렸다.

"이 사람 보게. 아침부터 왜 이러는가? 내가 죽으러 가는 것도 아닌데 울긴 왜 울어?"

용복이 슬그머니 아내의 손을 잡았다.

"내가 반드시 살아 돌아올 것이네. 설마 내가 자네와 동바우를 놔두고 죽으러 가겠나? 약속함세. 그러니 울지 말게. 자네, 나를 못 믿는가? 내가 웃으면서 갈 수 있도록 자네도 웃어주게."

유씨는 고개를 끄덕이면서 애써 웃는 얼굴을 하였다. 사실 유씨는 이미 작정을 한 터였다. 사람들과 어울리기를 더 좋아해 집보다 항상 밖으로 나도는 남편이었다. 무뚝뚝하고 거칠어 보이지만 누구보다 자상한 남편임을 그녀는 잘 알고 있었다. 그런 남편이 집과 처자를 두고 왜국으로 가려는 결심을 했다는 것을 이제야 알게 되었다는 것이 부끄러울 따름이었다. 남편은 아주 오랫동안 그런 생각을 하고 있었을 것이었다.

유씨는 언젠가 용복이 툇마루 앞에서 먼 바다를 바라보던 때를 기억했다. 그날은 하늘이 무척이나 맑았다. 용복은 수평선 너머에 아스라이 떠 있는 섬을 가리키며 말했다.

"이보게, 저기 보이는가? 저게 울릉도일세."

남편은 어린아이처럼 밝게 웃으며 유씨가 볼 수 있도록 손가락으로 연신 수평선을 가리켰다. 수평선 너머에 섬 하나가 점을 찍은 것처럼 희미하게 보였다.

"저 섬 말이에요?"

"그래. 저기 저 섬이 울릉도일세. 저 뒤에 자산도

라는 섬 하나가 더 있네. 동해에는 둘밖에 없는 섬이
지. 아주 기가 막히게 아름다운 섬이라네. 배를 타면
당장이라도 갈 수 있을 것 같지만 실제로는 아주 멀
리에 있다네."

유씨는 신명나게 읊조리던 남편의 모습을 또렷이
기억하였다. 남편이 그렇게 행복한 웃음을 짓는 것을
유씨는 이전에 본 적이 없었다. 그런 남편이었기에
어쩌면 혼자 몸으로라도 섬을 지켜야겠다고 결심했
는지도 몰랐다. 아마 그 결심은 시간이 지날수록 더
확고해졌을 것이다.

유씨는 오랫동안 그런 결심을 하게 된 남편을 이
해하기보다 원망했던 자신이 부끄러웠다. 어부가 아
닌 조선 사람으로서 나라를 위해 큰일을 하러 가는
사람의 앞길을 막으려는 것이 도리어 미안하게 생각
되었다.

유씨는 이른 새벽에 잠을 깨어 남편이 깰까 조심
스럽게 부엌으로 가서 쌀을 씻고 고깃국을 끓였다.
마음속 원망을 모두 씻듯이 하얀 쌀을 깨끗이 씻어
마지막이 될지도 모를 남편을 위한 아침을 지었다.
그것이 말로는 다하지 못한, 남편을 위로하는 일이

었다.

아침상을 받은 용복이 유씨의 손을 잡고 말했다.

"고맙네. 내가 자네를 생각해서라도 반드시 살아 돌아올 것이야. 나를 믿어보게."

용복은 아내를 끌어당겨 품에 안았다.

"몇 달 걸릴 걸세."

"예. 저와 동바우 생각해서 무탈하게 돌아오세요."

"자네가 나를 믿어주니 그저 고맙네."

바깥에서 닭 우는 소리가 났다. 깜깜하던 창 밖이 불그스름한 것을 보니 동이 트는 모양이었다.

용복은 아내와 아침밥을 달게 먹고 짐을 챙겨서 집을 나섰다.

"춥네. 나오지 말게!"

용복은 사립문 밖에 서 있는 아내에게 손을 흔들어주곤 몸을 돌려 빠른 걸음으로 걸었다. 멀리 수평선에 동그랗고 노란 해가 보였다. 동글동글한 태양이 동바우의 얼굴과 겹쳐졌다. 서툰 걸음을 떼며 재롱을 떠는 모습이 눈에 선한데 이제는 볼 수 없으리라는 생각이 문득 들자 가슴이 먹먹하고 자꾸만 눈시울이 뜨거워졌다.

"어허, 예전에는 이러지 않았는데 내가 나이를 먹었나보네."

용복은 너털웃음을 짓다가 손등으로 눈가를 훔쳤다.

23

동해는 수평선 너머에서 떠오르는 해를 온몸으로 받아 주홍빛으로 반짝거리고 있었다. 그 모습이 마치 수만 마리 금빛 물고기가 수면 위에서 뛰어노는 것 같이 눈부시고 황홀했다.

용복이 포구로 들어가니 이른 아침 출항 채비를 마친 배가 포구에서 기다리고 있었다. 해안가 포구 앞에는 김순립이 박어둔, 유일부와 함께 화톳불을 쬐고 있었다. 이날 울릉도로 두 척의 배가 출항하기로 하였으니 용복과 유일부의 배였다. 작년까지도 용복은 유일부의 배를 타고 울릉도에 갔었다.

울릉도는 물고기와 해산물이 풍부해서 한두 달 머물면서 어로작업을 해도 일 년 동안 먹고살 수 있는 어획고를 올릴 수 있었다. 얕은 해안가에서는 일 년에 한 번 있을까 말까 한 만선의 기쁨을 울릉도에서는 흔하게 느낄 수 있었다. 그런 까닭에 삼척·울진·평해·영해·영덕·청하·영일·장기 심지어 울산에서까지 한두 척의 배가 울릉도를 찾아왔다. 그런 사정을 관할 관아에서 모르는 것이 아니었으나 법은 현실을 따라가기 어려울 정도로 멀리에 있어서 조정에서는 다만 울릉도로 가지 말라는 말만 되풀이할 따름이었다. 때문에 울릉도로 출항하는 어부들은 자연스럽게 국법을 어기게 되는 것이었다.

용복은 조정의 위정자들이 울릉도와 자산도를 먼 산 바라보듯 하는 것이 한 푼 소용없는 공맹만 읽고 벼슬한 탓이라 여겼다. 그들이 만약 용복과 같은 뱃사람 출신이었다면, 아니 자신들의 삶을 조금이라도 가까이 들여다보았다면 울릉도와 자산도를 동해안의 어부들에게 개방하고 왜인들이 드나들지 못하게 했을 것이었다.

박어둔과 김순립, 유일부가 용복에게 인사를 하였다.

용복은 일일이 인사를 받은 뒤에 유일부에게 물었다.

"사람들은 다 왔나?"

"봉석이와 스님들이 아직 안 왔소. 그놈이 늦장가를 가더니 마누라 치마폭에 휩싸여 정신을 못 차리는 모양이오."

유일부가 껄껄 웃으니 박어둔이 콧방귀를 끼며,

"그래 봐야 석 달이여. 방아질도 자꾸 하다 보면 물리는 법이니께. 안 그렇소?"

하고 순립에게 물었다.

"그거야 나도 모르지. 어찌됐건 등 긁어주는 꽃 같은 마누라가 생겼는데 먼 길 떠나고 싶겠나?"

순립이 이런 말을 하고 있을 때 멀리서 유봉석이 걸어오는 모습이 보였다.

"호랑이도 제 말하면 온다더니 말 나오기 무섭네."

유봉석이 다가오니 박어둔이 봉석을 놀렸다.

"이보게, 봉석이. 꽃 같은 새색시 생각나서 어떡하나? 이제 가면 몇 달이 걸릴 텐데 그동안 새색시 보고 싶어 어떡할 것인가?"

"허긴 고시기가 깨소금보다 더할 때인데 자네 안됐네. 한동안 깨소금 냄새는 작별일세."

유일부가 박어둔을 거들었다.

"성님들, 가뜩이나 심란한데 그런 말씀 마시오."

"심란하긴 우리도 마찬가질세. 대체 어젯밤에 뭘했기에 자네 다리가 문어다리가 되었는가? 자네가 걸어오는 모습이 위태위태하더군. 이번에 나가서 자네는 물개 거시기를 반드시 먹어야 쓰겠네."

불 앞에 서 있던 사람들이 우흐흐 하고 웃었다. 유봉석은 죽고 못 사는 새색시와 이별한 것부터 마음이 좋지 않은데 여러 사람들의 놀림을 받아서 얼굴이 붉으락푸르락해졌다.

용복이 쓸데없는 말을 끊으려고 입을 열었다.

"스님들은 아직 안 오셨나?"

"어따, 아까도 물어보시더니 성님이 갑갑증이 나시는가보우. 목탁 두드리고 나무아미타불하며 아침에 부처님께 인사하고 오느라 늦는 모양이오."

박어둔이 목탁을 두드리는 시늉을 하니 사람들이 와 하고 웃는데 그 중에 유일부가,

"저기 내려오시네. 참말 저기도 말 나오기 무섭구먼." 하고 손가락으로 가리켰다.

맞은편에서 뇌헌 일행이 포구로 걸어오고 있었다.

용복이 세어보니 모두 스물 세 명이었다. 스님 일

행을 포함하여 열 다섯 명을 용복의 배에 태우고, 나머지 여덟 명을 유일부의 배에 태우기로 하였다.

준비를 빠짐없이 했는지 확인한 후에 용복이 출항을 알렸다. 닻이 올라오고 노가 움직이자 배가 천천히 포구를 빠져나갔다.

용복의 배에 있는 다섯 개의 노가 일사분란하게 움직이니 배는 파도를 가르며 바다로 나아갔다. 배가 포구를 벗어나니 눈앞에 축산도丑山島가 나타났다.

축산도에 정박한 수군영의 배들이 보였다.

용복이 옆에 서 있는 뇌헌에게 말했다.

"스님, 배는 처음 타시지요?"

"아니, 몇 번 타보았다네. 그렇지만 내 제자들과 이 진사, 김 진사는 다 처음일 걸세."

뇌헌의 제자들과 이인성, 김성길은 갑판 위에서 바다 위 풍경을 감상하느라 정신이 없는 것 같았다.

용복이 이들을 힐끔 돌아보다가 뇌헌에게 말했다.

"먼 바다로 나가면 멀미가 심할 텐데 괜찮을까 모르겠습니다."

"겪어보면 자연 알 테니 놔두게나. 세상 일이 거저 되는 것이 있나?"

뇌헌이 빙그레 미소를 짓다가 물었다.

"울릉도에 도착하는 데 얼마나 걸리는가?"

"오늘처럼 날이 좋고 순풍을 맞으면 하루면 도착할 수 있고요, 늦더라도 내일 아침에는 도착할 수 있을 겁니다."

"잘 알겠네."

배 뒤편에서 노를 잡고 있던 도사공 순립이 돛대 위에서 펄럭이는 작은 깃발을 보고 소리쳤다.

"돛을 올려라."

순립의 아들 창기와 봉기가 각각 하나씩 맡아서 돛을 올렸다. 어부들이 소란스럽게 줄을 당기자 누런 황포 돛이 돛대 위로 올라갔다. 돛이 바람을 맞아 만삭 여편네의 배처럼 불룩하게 솟았다.

배는 바람을 맞아 쏜살같이 바다를 가르며 나아갔다. 도사공 순립이 노를 잡고 배를 몰다가 노래 한 가락을 뽑았다.

윤회윤색은 다 지나가고 황국 단풍이 다시 돌아오누나
에 지화자자 좋다
천생 만민은 필수직업이 다 각각 달라, 우리는 구타여 선인이 되여, 먹는 밥은 사자밥이요 자는 잠은 칠성판이라지, 옛날 노인 하시든 말쌈은 속언 속담으로 알어를 왔더니, 금월 금일 당도하니, 우리도 백년이 다 진토록 내가 어이 하자나

에 지화자자 좋다

이렁저렁 행선하여 가다가 좌우의 산천을 바라를 보니, 운무는 자욱하여 동서 사방을 알 수 없다누나, 영좌님아 쇠 놓아 보아라, 평양의 대동강이 어데 바로 붙었나

에 지화자자 좋다.

연파 만리 수로 창파 불리워 갈 제, 뱃전은 너울 너울 물결은 출렁, 해도 중에 당도하니, 바다에 저라 하는 건 노로구나, 쥐라고 하는 건 돌이로구나, 만났더니 뱃삼은 갈라지고, 용총 끊어져 돛대는 부러져 환고향할 제, 검은 머리 어물어물하여 죽는 자이 부지기수라, 할 수 없이 돛대 차고 만경창파에 뛰어드니, 갈매기란 놈은 요 내 등을 파고, 상어란 놈은 발을 물고 지긋지긋 찍어 당길 적에, 우리도 세상에 인생으로 생겨를 났다가, 강호의 어복중 장사를 내가 어이 하자나

에 지화자자 좋다

이렁저렁 나가다가 다행으로 고향 배를 만나, 건져주어 살아를 나서 고향으로 돌아갈 적에, 원포귀범에다 돛을 달고, 관악일성에 북을 두려두둥실 쳐올리면서, 좌우의

산천을 바라를 보니, 산도 예 보던 산이요 물이라 하여도 예 보던 물이라, 해 다 지고 저문 날에, 잡새는 깃을 찾아 무리무리 다 날아들고, 야색은 창망한데 갈 길 조차 희미 하구나, 때는 마츰 어느 때뇨, 중추 팔월 십오야에 광명 좋은 달은 두려두둥실 밝아를 있고, 황릉묘산에 두견이 울고, 창파녹림에 갈마기 울고, 원정객사에 잔나비 휘파 람 소리, 가뜩이나 심란한 중에, 새북 강남 외기러기는 옹 성으로 짝을 잃고, 한수로 떼떼떼 울면서 감돌아드는데, 다른 생각은 제 아니 나고, 동동숙 동동식하시던, 친구의 생각에 눈물나누나

에 지화자자 좋다.

멀어지는 뱃전에서 배따라기 소리가 낭랑하게 흘 러나오는데 바다는 푸르고 하늘도 바다처럼 맑고 푸 르렀다.

24

용복의 배는 순풍을 만나서 다음날 정오 무렵 울릉

도에 무사히 닿았다. 작년에 파도를 만나 중간에서 고생했던 것에 비하면 산뜻한 출발이라 할 수 있었다.

울릉도는 가운데 높은 중봉을 중심으로 동서로 60여 리, 남북으로 40여 리이며 둘레가 200여 리로 동해안에서 가장 큰 섬이었다. 이 섬에 큰 대나무가 많아 의죽도礒竹島라고 불리기도 하였는데 섬 주변으로 사자바위, 투구바위, 거북바위, 촛대바위, 북저바위, 구멍바위 등 구경할 만한 작은 섬들을 거느리고 있었다.

울릉도 근해에 다른 어부들의 배가 보이지 않는 것으로 보아 용복의 배가 제일 먼저 울릉도에 도착한 모양이었다. 일행은 섬 북쪽 모래사장에 배를 대었다.

배 멀미로 고생을 한 네 명의 스님과 이인성, 김성길은 파리하게 다 죽어가는 얼굴로 섬에 내렸다.

이인성과 김성길은 축산도를 넘어서면서 멀미를 시작했고, 승담과 연습 등 젊은 승려들은 제법 먼 바다로 나와서 멀미를 시작하였는데 아침에 먹은 것을 모두 게우고 선실 안에서 누워 하루 밤낮을 보내었다.

뱃사람들에게는 아무렇지 않지만 바다를 처음 경험하는 사람들에게는 멀미 같은 고역이 없었다. 젊은 승려들은 고만고만 견디어 냈지만 이 진사와 김 진사는 저승 문턱까지 다녀왔는지 눈이 푹 꺼지고 볼이 쏙 들어가 보는 사람조차 불쌍한 생각이 들게 했다. 어쨌든 바다에서 고생한 사람들은 뭍에 발이 닿자 죽은 님을 다시 만난 것처럼 좋아하였다. 그 중에 김 진사는,

"여보게, 이곳이 극락일세. 내가 황천에 갔다가 저승사자에게 하례하고 다시 돌아왔다네."

하고 너스레를 떨었다.

울릉도 해변에 도착한 선원들은 일사분란하게 지낼 집을 정돈했다.

해안가 모래사장 뒤로 한참을 올라가면 그곳에 사람이 살 수 있는 서너 채 정도의 가옥이 있었다. 지붕을 나무 껍질로 이은 너와집으로 투막집이라고도 불렸는데 임시 거처라 해도 한데서 지내는 것보다는 훨씬 나아 어부들은 누구랄 것 없이 해마다 고쳐서 사용하였다.

부엌 한편에 있는 쌀 항아리에는 그 전에 지냈던

어부들이 남겨놓고 갔는지 두어 되 정도의 보리가 남아 있었다. 용복 일행는 가져온 곡식으로 빈 항아리를 가득 채웠다. 부엌에 있는 물항아리에 물도 가득 채웠다. 가까운 곳에 물이 솟는 곳이 있었기 때문에 선원들은 네 개의 고리가 달린 항아리에 줄을 묶어 어깨에 지고 가서 물을 길어왔다. 또 다른 한 패는 마른 나무를 한 짐 모아 와서 땔감을 만들었다.

해안에 도착하자마자 분주히 움직인 덕에 저물녘에는 마당에 화톳불을 피우고 가져온 솥을 아궁이에 걸 수 있었다. 용복 일행은 울릉도 바닷가에서 갓 잡은 문어와 전복을 삶아서 탁배기와 함께 먹었다.

스님들은 육식을 하지 않는다기에 장국밥을 만들어 올렸다. 멀미로 고생을 하던 스님들은 육지에 발이 닿아서인지 속이 가라앉아서 밥을 깨끗이 비웠다. 이인성과 김성길은 따로 상을 차렸는데 두 사람이 앞으로는 함께 먹자고 해 다 함께 먹기로 했다.

습기를 머금은 바닷바람이 불어오고 파도소리가 웅웅거리며 들려왔다. 용복은 소피 보러 간다는 핑계로 떨어져 나와서 뇌헌의 방으로 찾아갔다.

뇌헌이 머무르는 방의 구멍이 숭숭 뚫린 창호지 사

이로 방 안에 켜둔 호롱불 불빛이 새어 나왔다.

"스님, 계십니까?"

"들어오시게."

용복이 들어가니 뇌헌이 새로 깐 멍석 위에 앉아 있었다.

"스님, 잠자리는 불편치 않으십니까?"

"황량한 섬에서 이보다 더 나은 것을 바랄 수 있겠나? 이만 해도 되었네."

"저녁식사도 보잘것없어서 죄송스럽습니다."

"우리야 원래 거친 밥과 거친 음식에 익숙해져 있는걸. 그보다 무슨 할 말이 있어 왔는가?"

"아, 아닙니다. 편히 쉬시라고요. 며칠간은 잡초도 뽑고 집도 보수해야 하니 그동안 섬 구경이나 하시라고 왔습니다."

"그런 것이야 알아서 하면 되니 걱정 말게나. 듣자하니 울릉도에 인삼이 난다던데 자네 알고 있는가?"

"예. 예전에 송상에서 삼씨를 뿌려 인삼을 재배한 적이 있었습니다만 사람이 상주해서 지키지 못하니 심심잖게 도난을 당하여 포기한 것으로 압니다. 하지만 혹 모르지요. 예전에 뿌려놓았던 인삼이 남아 있어서 재수가 좋으면 캘 수도 있을지요. 울릉도로 찾아오는 사람들 가운데에는 심마니들도 있어서 간간이 삼을 캐어 가기도 한다고 들었습니다."

"그렇다면 쉬는 동안 섬 구경이나 하면서 삼이나 찾아보는 것도 괜찮겠구먼."

"삼을 찾는 것이 쉬운 일은 아니지요. 한두어 달쯤 있으면 뇌두에서 줄기가 올라와서 붉은 열매가 열리는데 그때쯤 찾아보시는 것이 어떻습니까?"

"그것도 좋고."

"바닷길을 오셔서 힘드실 텐데 그럼 편히 쉬십시오."

용복은 뇌헌에게 인사를 하고 바깥으로 나왔다. 울릉도에 온 진짜 이유를 말해야 할 것인데 차마 입이 떨어지지 않았다.

뇌헌은 처음부터 일본으로 가지 않는다는 단서를 달았으므로 울릉도에 오자마자 사실을 토설하는 것이 이롭지 않다 생각하였다.

용복은 아직 시간이 많이 남아 있으니 때가 되면 천천히 뇌헌에게 울릉도에 온 이유를 말하리라 마음먹었다.

25

　다음날 이른 아침부터 어부들이 부산하게 움직였다. 유일부를 위시한 어부들이 이른 아침을 지어 먹고 해안가로 간 사이에 용복이 뇌헌에게 말했다.

　"무료하실 텐데 섬 구경이나 가시죠. 제가 안내하겠습니다."

　용복이 뇌헌 일행과 이인성, 김성길을 이끌고 섬 구경에 나섰다. 너와집을 나와 산속으로 올라가니 보이는 것이 온통 대나무였다.

　키 큰 대나무가 하늘을 가릴 듯이 솟아나서 대낮에도 어두컴컴하였다.

　"이 섬에 대나무가 많다고 왜놈들은 다케시마라고 부릅지요. 다케시마는 왜말로 죽도라는 뜻입니다. 엄연히 울릉도라는 이름이 있고 우리 땅이라는 기록이 있는데 다케시마라니, 그런 망할 놈들이 어디 있습니까? 그것이 말하자면 내 아들 동바우를 저희 마음대로 히데요시라는 왜이름을 붙여놓고 저희 아들이라 생떼를 쓰는 것과 뭐가 다르단 말입니까?"

용복이 대나무 사잇길로 올라가며 말을 하니 뒤따라오던 김성길이 말했다.

"그거야 왜놈들이 불학무식한 놈들이니 그런 것 아니겠소."

일행이 일제히 웃었다.

용복이 대나무 사이로 길을 내가며 말했다.

"김 진사께서 간만에 속시원한 소릴 하십니다. 그런데 왜놈들이 불학무식하기도 하지만 무엇보다도 끈기가 있습디다. 반면에 우리나라 사람들은 끈기가 별로 없고 너무 쉽게 잘 잊어버리는 것 같습니다. 조선공사 삼일이라는 속담을 보십시오. 우리나라 사람들이 그것만 고치면 왜놈들이 울릉도와 자산도를 넘볼 수 없을 텐데 말입니다."

이인성이 물었다.

"왜놈들이 울릉도와 자산도를 넘본다니 그게 무슨 말이오?"

"제가 삼 년 전에 이곳에 왔다가 박어둔과 함께 왜국으로 끌려갔다 왔습지요. 그때 제가 오키 섬에 갔다가 돗토리 번에 가서 도주를 만나서 울릉도와 자산도가 우리 땅인데 어째서 왜인들이 고기 잡으러 오느냐고 따졌습지요. 도주가 관백에게 연락을 한 후에 답장이 왔는데 앞으로는 울릉도와 자산도에 왜인들이 가지 못하게 하겠다는 것이었습니다. 제가 관백의 문서를 가지고 우리나라로 돌아올 때 대마도를 거쳐왔는데 그때 대마도주에게 가지고 있던 문서를 빼앗기고 말았습니다. 그때 대마도의 다다 요자에몽이란 자가 하는 말이 울릉도와 자산도는 머지않아 자기네 땅이 될 것이라고 했습니다. 제가 조선으로 돌아와서 조정 관리들에게 문초를 받고 한동안 갖은 고생을 하다가 작년에 여길 왔는데 어부들이 하는 말이 왜인들이 그동안에도 울릉도와 자산도를 많이 찾아왔다는 것입니다. 뇌헌 스님께 미리 말했지만 제가 여러분을 이곳까지 불러온 것은 왜인들에게 이 땅이 조선의 땅이라는 것을 명백하게 알리려는 뜻이 있기 때문입니다."

김성길이 고개를 끄덕이며 말했다.

"그런 뜻이 있었구려. 안 장사가 조정의 관리들보다 낫소. 듣는 우리가 부끄럽소."

대숲을 벗어나서 산등성이를 타고 오르니 좌우로 푸른 바다와 맑은 하늘이 시원하게 펼쳐져 있었다.

266

맑고 시원한 바람을 맞으며 산등성이를 올라가서 산정에 도착하였다. 3월 보름께라 울릉도에도 봄기운이 가득하여 섬 전체가 온통 연초록 빛으로 물이 든 것 같았다.

푸른 하늘에는 갈매기가 떼 지어 날아다니고 섬 주위로 크고 작은 바위섬들이 병풍처럼 죽 둘러쳐져 울릉도는 한가롭고 평화스러워 보였다.

용복이 동쪽 수평선에 아련히 보이는 섬을 가리켰다.

"저기가 자산도입니다. 소나무가 자란다고 해서 왜인들이 송도松島라고 부르지요."

일행은 한동안 자산도를 바라보았다.

잠시 주위를 돌아보던 이인성이 구멍바위를 가리키며 말했다.

"저기, 저기가 구멍바위 아니오?"

"맞습니다."

"구멍바위 서쪽에 불쑥 솟아 있는 바위 세 개는 뭐라 부르오?"

"셋바위라 부르지요. 하나, 둘, 셋, 바위 세 개가 솟았다고 그리 부릅니다."

이인성이 혀를 차며 말했다.

"저리 아름다운 기암을 셋바위라 부르다니 바위가
아깝소!"

"무식한 어부들이 뭘 알겠습니까? 이 참에 하나 지
어 주십쇼."

잠시 생각하던 이인성이 말했다.

"삼선암三仙岩은 어떻소?"

"그게 무슨 뜻인가요?"

"솟아난 세 개의 기암이 꼭 신선 같지 않소? 세 명
의 신선바위라는 뜻이오."

"어! 그거 좋은 이름입니다. 그렇다면 앞으로는 삼
선암이라고 부르지요. 이왕 여기까지 오셨는데 다른
산봉우리나 지명도 지어주시는 것이 어떻습니까?"

듣고 있던 뇌헌이 웃으며 말했다.

"안 장사의 말이 일리 있구려. 모든 사물은 이름이
있음으로 생명력을 갖게 되는 것이오. 길가에 흔하디
흔한 풀과 바위도 이름을 가짐으로 의미가 부여되고
생명력이 갖춰지는 법이니, 우리 땅 우리의 산천에
번듯한 이름을 부여하지 않고 어찌 우리가 이 땅의
주인이 될 수 있단 말인가?"

"스님의 말씀이 옳습니다."

용복은 산정에 있는 사람들과 머리를 맞대고 이름을 지었다.

네 사람이 차례로 돌아가면서 이름을 짓기로 하였으니 뇌헌이 먼저 일행이 서 있는 울릉도의 산정을 성인봉聖人峯이라고 지었다. 동해에서 우뚝 솟아난 자태가 성인과 같은 기품이 있다는 뜻이었다.

김성길이 동남쪽에 우뚝 솟은 산을 보고 관모를 닮았다 하여 관모봉冠帽峯이라 지으니, 용복이 성인봉으로 올라오던 산등성이가 말잔등과 비슷하게 생겼다 하여 말잔등이라고 하고 북쪽에 있는 산을 소불알을 닮았다 하여 소불알산이라고 하였다.

김성길이 상스럽다며 다른 이름으로 지으려 하는 것을 뇌헌이 도리어 그 이름이 정겹다고 하여 멀쩡한 산등성이와 산이 말잔등과 소불알산이 되었다.

다음으로 이인성이 서쪽에 있는 봉우리를 형제봉兄弟峯이라 지었고, 뇌헌은 형제봉 서북쪽에 높이 솟은 산을 미륵산彌勒山이라고 이름 하였다. 그 밖에도 네 사람은 울릉도를 돌며 수많은 지형에 이름을 붙였다.

용복 일행이 울릉도를 구경하다가 정오 무렵에 성

인봉에서 내려오니 일 나갔던 어부들이 대나무를 잘라 와서 너와집 한편에 쌓아놓고 있었다.

"저것으로 뭘 하려고 저렇게 베어 오는가? 울타리라도 만들 작정인가?"

뇌헌의 물음에 용복이 말했다.

"웬걸요? 전복 잡을 때 쓰지요."

"저 대나무로 전복을 잡는단 말인가?"

"예. 저 통대를 바닷가에 꽂아 하룻밤을 놓아두면 전복들이 대나무에 달라 붙지요. 다음날 대를 들어올리면 전복을 힘들이지 않고 잡을 수 있습지요. 울릉도의 전복들은 손바닥보다 크고 맛이 좋아서 생으로 먹어도 좋고 죽으로 해 먹어도 그만이지요. 말려서 뭍으로 가져가도 큰돈이 됩니다."

"그러고 보니 배에 작은 항아리들도 많던데 그것은 무엇에 쓰이는가?"

"문어를 잡을 때 씁니다. 항아리를 끈에 묶어서 바다에 던져놓고 하루만 기다리면 문어가 올라옵지요. 항아리를 저의 집으로 알고 들어가 있다가 잡히는 것이지요. 문어는 팔초어八稍魚라고, 경상도 양반들 제상에 올라가는 것이라 말려놓으면 값이 후합지요. 물고

기도 글월문 자가 들어간 문어를 써야 한다나요?”

“허허허, 그게 말하자면 과거 보는 선비가 문경새재로 가는 것이나 한가지로군.”

“그게 무슨 말씀이십니까?”

“한양으로 가는 길목이 한두 군데인가? 죽령도 있고 추풍령도 있잖은가. 그런데 오직 문경새재로만 가는 이유가 무언가?”

“뭡니까? 저는 모르겠는뎁쇼.”

“이 사람아, 생각해 보게. 죽령은 죽죽 떨어진다고 아니 가고, 추풍령은 추풍낙엽처럼 떨어진다고 아니 가니, 오직 글월로 경사가 있다는 문경밖에 갈 곳이 있는가?”

용복이 손뼉을 치며 웃었다.

“하하하, 그리고 보니 스님 말씀이 옳습니다. 아무튼 경상도는 제상이고 잔치에 문어를 많이 써서 돈푼깨나 됩지요.”

김성길이 끼어들었다.

“잔치라 하니 말인데 전라도에서는 홍어를 쓴다네. 삭힌 홍어를 쓰지 않고는 잔치를 논할 수 없지. 그런데 전라도에서는 무슨 이유로 홍어를 쓰는 걸까요?”

뇌헌이 웃으며 말했다.

"이 사람아, 생각해 보게. 홍어라면 붉은 고기이니 홍패紅牌 대과에 급제한 사람에게 주는 합격증서의 색깔과 비슷하지 아니한가? 장원급제하는 고기니 제사나 잔치에 쓰는 것이 당연하지. 아니 그런가?"

"하하하, 그렇군요. 그럼 문어나 홍어는 격이 높은 고기로군요."

김성길이 목을 젖혀 웃었다.

그때 낫을 든 유봉석이 어부 몇을 데리고 사립문으로 들어오며 말했다.

"성님. 옆에 빈 집을 수리했습니다요. 스님들과 양반 나리들은 이제부터 거기서 거처하면 됩니다."

"수고 많았네."

용복이 뇌헌에게 말했다.

"아무래도 함께 거처하시면 저희나 스님들이나 불편할 것 같아서 옆에 빈 집을 수리하게 하였습니다."

용복이 뇌헌 일행을 안내하였다.

뇌헌이 기거할 집도 나무 껍질을 이은 너와집이었는데 용복이 거처하는 집에서 그리 멀지 않았다. 방이 세 개에 부엌이 하나이고, 뒷간까지 갖추어서 지내기

불편하지 않을 것 같았다. 그날부터 대나무 밭을 사이로 하여 용복 일행과 뇌헌 일행이 떨어져서 지내게 되었다.

26

시간이 살처럼 흘러가서 용복이 울릉도에 들어온 지 두 달이 흘러갔다. 용복 일행은 바다에서 미역을 채취하고, 오징어·문어·전복·해삼 등 해산물을 잡아 뭍으로 가져가기 쉽게 건조시켰다.

모두 바다 일을 업으로 해 온 사람들이라 손이 빠르고 능숙해서 두 달 사이에 제법 많은 양을 저장할 수 있었다.

그동안 다른 지역의 어부들이 울릉도로 찾아와서 빈 집에 기거하며 어로생활을 하였는데 많을 때는 울릉도 앞바다에 30여 척이나 되는 배가 떠 있을 정도였다.

비가 오거나 풍랑이 일면 너와집에 들어와서 며칠

이고 시간을 보내곤 하였는데, 박어둔과 김순립이 어부들에게 투전을 가르쳤다.

고립된 섬에서 할 일 없는 어부들이 시간을 때우는 데에는 투전만 한 것이 없었다. 하지만 잡은 고기로 내기를 하다가 용복에게 들키면 불같이 화를 내 투전판을 엉망으로 만들었다. 용복은 이유야 어찌됐든 노름은 딱 질색이었다.

뇌헌은 기거하는 집을 법당처럼 꾸며서 제자들과 함께 지냈는데 이른 아침 예불부터 저녁 예불까지 정해진 시간에 불사를 올리는 일을 게을리 하지 않았다.

용복은 때때로 뇌헌처럼 도행 있는 승려가 돈벌이를 위해 투자를 한다는 것이 믿기지 않았지만, 사람의 마음이라는 것이 한 치 앞도 모르는 것이라서 모른 척하였다.

승담, 연습, 영률, 단책 네 명의 젊은 스님은 대밭에서 무예를 수련하곤 하였는데 가끔씩 바다로 와서 고기 말리는 일도 도와주곤 하였다.

이인성과 김성길은 양반 체면을 모두 벗어버린 듯 편한 옷으로 유일부의 배에 올라 어부들과 함께 고기

잡이를 하였다. 처음에 멀미로 배를 못 타던 두 사람
도 두 달 사이에 뱃일이 몸에 익어서 멀미도 하지 않
고 제법 뱃사람 태가 났다.

이날은 하늘이 맑고 햇빛이 아주 좋았다. 용복이
늦은 아침을 먹고 잠시 쉬고 있는데 유봉석이 부랴부
랴 달려왔다.

"성님, 성님! 큰일났소."

"무슨 일이야?"

"울진에서 온 어부 말이 촛대바위 인근에 왜놈 어
선들이 수십여 척 몰려왔다지 뭡니까?"

"뭐야?"

"왜선 때문에 뱃사람들이 두려워해서 부랴부랴 떠
날 준비를 한답니다. 제가 그 소릴 듣고 득달같이 달
려온 겁니다."

"드디어 올 것이 왔구나."

용복은 봉석을 뇌헌에게 보내 배로 내려오게 이르
곤 방 안에 있는 나무상자를 들고 섬을 내려갔다.

용복은 해안가에 내려가서 상자를 열었다. 상자 안
에는 준비해 둔 검은색 쾌자와 전립이 들어 있었다.

"알아서 옷을 찾아 입도록 하거라."

용복이 그 중에서 사령이 입는 전립과 전복을 입고 있을 때에 뇌헌과 네 명의 제자가 부랴부랴 달려오고 의관을 정제한 이인성과 김성길이 뛰어왔다.

"왜놈들이 왔다고?"

뇌헌이 걱정스런 얼굴로 물었다.

"예. 촛대바위 앞에 왜선들이 모여 있다고 합니다."

"괜찮겠는가?"

"염려 놓으십시오."

용복이 허리에 칼을 차고 검은 쾌자에 벙거지를 쓴 어부들을 바라보았다. 어부들은 겁에 질려 있었다.

"이래서 쓰겠나?"

용복이 겁에 질린 어부의 옷을 벗게 하여 유봉석과 유일부에게 입혀주었다.

"자네들이 입으니 그나마 낫구먼."

용복의 말에 유일부가 얼굴을 찌푸리며 말했다.

"성님, 이러다가 큰일나는 거 아니오? 왜놈들은 불총을 가지고 있는데 불총도 없이 우리가 왜놈들을 감당하겠소? 접전이라도 벌어지면 다 죽는 것 아니오?"

유봉석이 버럭 소리를 쳤다.

"성님, 지금 나 들으라고 하는 소리요? 나는 색시 본 지 얼마 안 되는 새신랑이란 말이오. 꽃 같은 새색 시가 기다리는데 재수 없는 소리 하지 마시오."

용복이 말했다.

"걱정 마라. 그 정도 대비도 없이 이 일을 꾸몄겠느 냐? 나만 믿어보거라."

용복이 배에 오르니 뒤를 따라 일행이 차례로 배에 올랐다. 노꾼들이 노를 저어 해안가를 벗어나자 곧장 돛이 올라갔다. 목표는 촛대바위 쪽이었다.

두 척의 배가 바람을 맞아 물살을 지치며 나아갔 다. 멀리 삼선암이 보였다. 배가 한참을 나아가서 관 음도와 울릉도 사이를 지났다. 멀리 동편에 죽도가 보였다. 기암절벽 위에 대나무가 일년 삼백육십오 일 동안 푸른색으로 자라나는 섬이었다.

뱃전에서 군복을 입고 있는 사람들이 주먹을 쥐락 펴락하며 다리를 동동 구르고 있었다. 어부들이 군인 복장을 하고 왜인들을 상대하려니 긴장이 되는 모양 이었다.

가슴이 떨리기는 용복도 마찬가지였다. 관복을 보 고 왜인들이 겁을 집어먹으면 다행이지만 그렇지 않으면 일전을 불사할 수밖에 없는 것이다.

용복은 잠시 눈을 감았다. 여러 가지 생각이 용복의 머리에 교차하였다. 접전이 벌어지면 사상자가 생길 것이고, 큰 문제가 벌어질 것이다. 죽은 자의 가족에겐 어떻게 할 것이며, 관아에 이 일이 알려진다면 또 어떻게 될 것인가?

동바우와 아내의 얼굴이 아른거렸고 울산에 사는 어머니와 용대 형님의 모습이 스쳐 지나갔다. 남편을 잃었다고 땅을 치며 울고 있는 명례와 봉석 어미의 모습도 눈앞에 나타났다 사라졌다.

이 모든 책임을 용복이 져야 하는 것이다. 마음속에서 지금이라도 돌아가라는 목소리와 가야 한다는 목소리가 어지럽게 다투고 있었다.

"걱정할 것 없어. 젊은 스님들이 있는데 뭐가 걱정이여? 문제없다니까."

유봉석의 목소리에 용복이 눈을 뜨고 고개를 돌렸다.

갑판 가운데 머리에 흰 천을 질끈 동여맨 스님 네 명이 긴 장봉 한 자루씩을 들고 위풍당당하게 서 있었다. 불무도를 배운 스님들을 보니 용복은 마음이 안정되었다.

울티재에서 도적 떼를 쓰러트리는 모습을 직접 보았던 터이다. 비록 도적들은 오합지졸이었지만 그들을 제압하는 젊은 스님들의 실력은 용복이 보아온 싸움꾼들 가운데 으뜸이라고 할 수 있었다.

"촛대바위가 보인다."

선두에 앉아 있던 봉기가 소리를 쳤다.

과연 촛대처럼 솟아오른 촛대바위가 눈앞에 보였다. 촛대바위 맞은편 해안에 십여 척의 왜선이 정박하고 있었다.

"안 장사, 어떡할까?"

순립이 잔뜩 굳은 얼굴로 물었다.

"뭘 어떡합니까? 가는 거지. 배를 왜선이 정박하고 있는 곳에 대세요."

돛이 하나 내려가고 촛대바위를 지나서 나머지 돛이 내려갔다. 군복을 입지 않은 어부들이 노를 저어 배가 왜선들 사이에 정박하였다.

갑판 위에서 그물을 걷던 왜인들이 용복과 군복 차림의 관원들을 놀란 얼굴로 바라보았다.

용복이 갑판 위에서 우렁차게 소릴 질렀다.

"이놈들, 대체 여기서 뭣들 하는 것이냐? 여기가

조선의 땅이라는 것을 모른단 말이냐! 남의 나라 땅에서 고기를 잡으려 하다니, 네놈들이 목이 달아나고 싶은 것이냐!"

용복이 유창한 일본말로 소리쳤다.

배 위에서 그물을 걷던 어부들 가운데 늙은 어부 하나가 머리를 굽신거리며 말했다.

"이곳이 다케시마 아닙니까?"

"네놈들이 다케시마라고 부르는 곳은 조선의 땅이다. 이 섬은 조선의 섬이고 울릉도라고 부른다."

늙은 어부가 눈치를 보더니 동료 어부들에게 무어라고 중얼거렸다. 어부들이 머리를 모아 저희끼리 이야기를 나누더니 늙은 어부가 굽실거리며 용복에게 말했다.

"죄송하게 되었습니다. 우리는 본래 마쓰시마에 사는데 우연히 이곳에 고기잡이를 오게 된 겁니다. 이제라도 알았으니 우리는 본래 있던 곳으로 돌아가겠습니다."

용복이 버럭 소리를 질렀다.

"돌아가? 어딜? 마쓰시마로?"

"예."

"너희가 잘 모르나 본데 잘 들어라. 마쓰시마도 조선의 땅이다. 그 섬을 우리는 자산도라고 부르는데 너희가 우리 허락도 받지 않고 감히 그곳에 산다고? 대체 너희 나라는 법도 없느냐? 듣기로 관백이 다케시마와 마쓰시마로 가지 말라는 명령을 내린 것으로 아는데 모르고 있는 것이냐?"

"저희는 그런 명을 들어보지 못했습니다."

"그래? 네놈 이름이 뭐냐? 나중에 확인해서 네놈 말이 틀리다면 어쩔 것이냐? 목을 내놓을 테냐?"

용복의 호령에 늙은 어부가 난처하다는 듯이 동료 어부들에게 무어라 소곤거렸다.

"저희가 잘못했습니다. 돌아갈 것이니 이름은 적지 마십시오."

늙은 어부가 용복에게 사정을 하였다.

배에 타고 있던 젊은 어부 하나가 돌아가자고 소리를 치자 다른 배에서 같은 말이 이어졌다.

젊은 선원들은 군말 없이 그물을 거둬 들이더니 배를 몰아 동쪽으로 나아갔다.

10여 척의 배가 촛대바위 옆을 지나서 삽시간에 동해로 멀어져 갔다.

"왜놈들이 간다. 왜놈들이 간다."

용복의 배에 타고 있던 어부들이 소리를 지르며 껑충껑충 뛰었다.

용복이 멀어져가는 왜선을 바라보다가 길게 숨을 내쉬며 이마에 맺힌 땀을 닦았다.

수로도 상대가 되지 않아서 접전이라도 일어나면 어떻게 될까 걱정하던 참이었는데 생각보다 싱겁게 끝나서 안도감이 몰려왔다. 뒤편에 있던 박어둔이 말했다.

"성님, 왜어를 참 잘하십니다. 그런데 뭐라고 하셨기에 그놈들이 물러갑니까? 세금도 안 내고 말입니다."

"세금 낼 돈이 없다는구나."

"하긴 세금 낼 돈이 없으니 순순히 물러갔겠지요."

박어둔이 실망한 얼굴로 혀를 끌끌 차며 멀어져 가는 왜선을 바라보았다.

용복은 왜인들이 자산도로 돌아갈 것이라 짐작하였다.

물도 없는 자산도에서 기거하고 있다 하였으니 자산도에 적지 않은 왜선들이 정박하고 있음이 분명하였다.

자산도에 왜인들이 온 것이 틀림없다면 용복은 배를 타고 일본으로 건너갈 명분을 얻게 되는 것이다. 바다를 건너 왜국으로 들어갈 준비가 필요했다.

"일단 돌아가자. 가서 할 말이 있다."

용복이 배를 돌리게 하였다.

27

해안가에 배를 댄 후 용복 일행은 봉기와 창기를 배에 남겨놓고 너와집으로 올라왔다.

너와집 너른 마당의 툇마루에 뇌헌이 앉고 그 옆에 이인성과 김성길이 앉았다. 툇마루 앞에 젊은 스님들이 서 있고 그 앞에 용복이 마당 가운데 둘러앉은 어부들을 한동안 바라보다가 유봉석을 바라보며 입을 열었다.

"봉석아, 오늘이 몇 일이지?"

"오월 열나흘이오."

"남은 곡식은 얼마나 되느냐?"

"닷새분 정도 남았소. 가져온 찬도 대부분 떨어져서 울릉도에서 캔 명이나물하고 부지깽이나물, 미역취로 때우고 있습니다요."

"돌아갈 때가 되었구나. 두 달 동안 이곳에서 고기잡이 하느라 다들 수고 많았다."

용복이 고개를 돌려 박어둔에게 말했다.

"그동안 수확물은 어떻게 되나?"

박어둔이 소매에서 작은 종이로 만든 장부를 꺼내어 펼쳤다.

"말린 미역이 예순 자루, 말린 전복 서른 자루, 말린 오징어 오백 축, 말린 문어 스물두 축, 찐 해삼 말랭이 일곱 자루, 말린 홍합 스물한 자루…… 대충 이 정도유."

"많이 했군. 그 정도면 한 사람에 못해도 백 냥 정도는 받을 수 있겠어."

어부들이 서로의 얼굴을 바라보며 싱글벙글 웃었다. 백 냥이면 적은 돈이 아니었다. 두 달 벌이로 일 년을 먹고살 수 있는 큰돈이었다.

용복이 툇마루에 앉아 있는 뇌헌을 힐끔 보곤 어부들에게 말했다.

"사실 나는 왜국으로 갈 생각이다."

좋아라 웃던 사람들의 안색이 일순간 굳어졌다.

박어둔이 귀를 후비며 말했다.

"성님, 지금 제가 잘못 들은 거쥬? 성님, 다시 한 번 말해 보시오."

"맞다. 내가 왜국으로 갈 거라고 말했다."

"이게 무슨 귀신 씨나락 까먹는 소리요? 당초에 그런 말은 없었잖소. 왜놈들에게 세금을 받는다더니 세금은 고사하고 왜국으로 가겠다니 그게 무슨 말씀이오? 왜국으로 가서 뭐하시게요?"

"관백에게 가서 따질 생각이다."

박어둔이 오만상을 찡그리다가 두 손으로 얼굴을 감싸 안았다.

"성님, 지금 장난하시오? 그게 가능하다 생각하시오? 대체 뭘 따지러 간단 말이시오? 더구나 관백을 만나겠다니 가당키나 한 말이오?"

"왜놈들이 더 이상 울릉도와 자산도로 넘어오지 못하게 따질 작정이다."

박어둔이 툇마루에 앉아 있는 이인성과 김성길을 보고 불퉁거렸다.

"오라, 그러고 보니 진서깨나 읽어대는 진사 어르신들을 데려온 것도 그 때문이었구려. 왜국에 가서 필담으로 따지시려고 말이지요. 옳아, 나도 그 때문에 데려온 거구먼."

"……."

용복은 잠시 말이 없다가 변명이라도 하듯 말했다.

"진사 어르신도, 스님들도 모르는 일이다. 모두 내가 꾸민 일이다. 이분들에게는 아무런 잘못이 없어."

박어둔이 가슴을 두드리며 말했다.

"성님, 참 답답하시오. 삼 년 전에 왜국으로 끌려가서 그 고초를 겪으시고도 모자라시오? 제발 그만합시다. 우리 일도 아닌데 생고생을 사서 할 게 무어요. 우리 편히 삽시다. 성님, 남겨둔 처자식을 생각하시오. 형수님과 알콩달콩 사실 일을 생각하시오. 성님이 뭐가 부족하다고 사지로 가신단 말이오? 이런 일은 관원들에게 맡겨두고 우리 편케 사십시다."

"너한테 강요는 않겠다. 나는 이미 결심을 굳혔고, 왜국으로 건너갈 생각이다. 나와 함께 가고 싶지 않은 사람은 빠져도 좋다."

"성님 혼자서 가시겠다는 말씀이오?"

"나 혼자서라도 가야지."

"일이 잘못되면 죽을 수도 있소. 일이 잘되더라도 돌아오면 모진 형벌이 기다리고 있을 거요. 그건 성님이 더 잘 알 것 아니오."

"내 결심은 확고하니 더 말할 것 없네."

"참말 고래심줄이시오. 좋소. 성님 좋을 대로 해 보시오. 난 못 가오. 아니, 난 아니 가오."

박어둔이 팔짱을 끼고 돌아앉았다. 어부들은 울상이 되어 용복과 박어둔의 눈치를 살폈다. 돈 벌러 왔다가 때 아닌 횡액을 맞게 되었으니 좋던 얼굴이 순식간에 흙빛이 되었다.

마당은 물을 뿌린 듯이 조용해졌다. 멀리서 파도치는 소리가 고요한 정적을 깨뜨렸다.

"나는 따라 가겠소."

이인성이 툇마루에서 일어나며 말했다.

"남아로 태어나 세상에 이름을 남기지 못할 바에야 살아 뭣할 것이며 죽어 무슨 소용이 있겠소. 짧은 생애 허무하게 살다가 죽을 바에야 천추에 이름이나 남겨볼 테요."

"좋은 소리는 혼자서 다 하시는구려. 나는 뭐하라고."

김성길이 툇마루에서 일어났다.

"나도 갈 테요."

"내 이럴 줄 알았지. 짜고 치는 판인 줄 누가 모를 줄 알고?"

박어둔이 구시렁거렸다.

"동생, 나도 끼워주게."

어부들 사이에서 김순립이 손을 들고 천천히 일어났다.

"내가 없이 자네가 바다를 건너갈 수 있겠는가? 내가 자네에게 진 빚도 있고……, 내가 자네 배를 몰겠네."

"성님, 제게 진 빚 때문이라면 다시 생각하십시오. 성님은 제게 빚진 것이 없습니다."

"아닐세. 자네가 그리 말하지만 나는 마음의 빚이 있네. 그 빚을 갚지 않고서는 죽어도 눈을 못 감어."

순립은 용복과 오래 알지는 않았지만 용복의 사람 됨을 알기에 그의 배를 모는 사공이 되기로 마음을 먹은 것이다.

"성님, 나도 가겠수."

유봉석이 손을 들고 벌떡 일어났다.

"넌 안 돼!"

용복이 손을 저었다.

"왜 안 된다는 거요?"

봉석이 가슴을 치며 따져 물으니,

"넌 집에서 기다리는 새색시가 있잖아."

하니 봉석이 콧방귀를 끼며,

"사돈 남말 한다더니, 그러는 성님은 뭐요? 동바우하고 형수는 가족이 아니오? 잔말 마시오. 나도 가오."

하고 팔짱을 끼고 의기양양하게 용복을 바라보았다.

"자네, 참말 의리가 넘치네."

김순립이 유봉석에게 엄지손가락을 들어 보이니,

"순립이 성님도 만만찮으시오. 의리가 철철 넘쳐 흐르십니다."

하고 씨익 웃으며 엄지손가락을 들어 보였다.

"이것 참. 이러면 나도 가야잖아."

유일부가 천천히 몸을 일으켰다.

"성님, 나도 갈라오."

"너까지? 네 배는 어떡하고?"

유일부가 정색을 하며 말했다.

"지금 나를 무시하는 거요? 성님 배를 몰려면 앞뒤

로 두 명의 노련한 사공이 필요하단 말이오. 순립이 성님이 앞을 맡고 내가 뒤를 맡으면 바다 건너는 것이 대수요?"

"이보게, 유 서방. 말은 바로 하게. 내가 뒤를 맡고 자네가 앞을 맡는 걸세. 엄연히 도사공은 나라고."

순립이 유일부에게 따져 물었다.

"성님, 여섯 명이면 내 배로도 족하오. 내 배로 가는 거니 내가 도사공이지."

"자네 배로 갈지 용복이 동생 배로 갈지는 모르는 일이 아닌가. 두고 보라고."

두 사람이 말다툼을 하는 사이에 기꺼이 따라가겠다고 일어선 다섯 사람을 바라보는 용복은 가슴이 뭉클하였다.

이인성, 김성길, 김순립, 유봉석, 유일부까지, 용복을 믿고 따라가겠노라는 사람이 다섯 명이나 되었다. 안용복까지 합하면 여섯 명이니 이 정도면 충분히 왜국으로 건너갈 수가 있었다.

뇌헌은 툇마루에 앉아 눈을 감고 염주를 세고 있었다.

용복은 미안한 마음이 들었다. 결과적으로 말하자

면 뇌헌을 이용한 꼴이 되어버린 것이다.

용복은 뇌헌에게 다가가 무릎을 꿇고 앉아 고개를 숙이며 말했다.

"스님, 죄송합니다. 제가 스님과의 약속을 어겼습니다. 스님을 속였습니다. 스님께 진 빚은 두고두고 갚겠습니다."

뇌헌에게는 달리 할 말이 없었다. 죄송하고 미안한 마음을 이렇게라도 보여줄 수밖에는 없었다.

뇌헌이 감았던 눈을 천천히 뜨고 용복을 내려보며 말했다.

"나도 함께 가겠네."

"예?"

용복이 놀란 두 눈을 휘둥그레 떴다.

"잘못 들었는가? 나도 가겠다고 했네."

"스님께서 함께 가실 것까지는 없습니다."

"왜? 잘못되기라도 할까봐 겁이 나는가?"

"그, 그런 것은 아니지만……."

"나와 내 제자까지 합하면 모두 열한 명이 되겠구먼. 언제 출발할 작정인가?"

"내, 내일 새벽에 출발하려고 합니다."

"그럼 그리 알겠네. 더 이야기 할 것이 없으면 나는 그만 처소로 돌아가 보겠네."

뇌헌이 툇마루에서 일어나 제자들과 함께 사립문을 나섰다. 이인성과 김성길이 다가와 용복을 일으켜 주었다.

"안 장사야말로 대장부요. 나는 탄복하였소."
하고 말하는 것은 김성길이요,

"뇌헌 스님께서도 짐작은 하시고 계셨을 겁니다."
하고 말하는 것은 이인성이었다.

두 사람은 용복의 어깨를 두드리곤 뇌헌을 따라 나갔다.

"자네, 간담이 보통 아닐세."

김순립과 유일부, 유봉석이 용복에게 다가왔다.

용복은 멍석 위에 고개를 돌리고 앉아 있는 박어둔을 바라보았다. 다른 어부들은 눈치를 보느라고 용복의 눈을 피하였다.

"자네들을 탓하지는 않네. 미안해 할 것 없으니 자네들대로 갈 준비를 하게."

어부들이 돌아갈 준비를 하는 동안 용복과 유일부가 울릉도에서 채취한 해산물을 처리하는 문제를 상의하였다. 두 척의 배 중에 하나는 집으로 돌아가야 했기 때문이다.

박어둔은 화가 났는지 뒤도 돌아보지 않고 집을 나가 어디론가 사라져 버렸다.

용복은 일이 대충 마무리되자 박어둔을 찾아 바깥으로 나갔다.

박어둔은 해안가 갯바위에 올라가서 바다를 바라보고 있었다. 파도가 갯바위를 때리자 하얀 포말이 어지럽게 튀어 올랐다. 푸른 하늘에는 갈매기들과 바다제비들이 바람을 타고 시름 없이 날아다니고 있었다.

"어둔이, 자네 나한테 화났는가?"

용복이 다가가니 박어둔이 힐끔 용복을 노려보곤,

"그걸 말이라고 하시우?"

하곤 고개를 돌렸다.

"잘 생각했네. 자네는 가지 않기를 내심 바랐네."

"그게 무슨 말씀이시오? 내가 가지 않기를 바랐다니?"

"내가 자네 마음을 다 아네. 제수씨가 애기 낳을 때가 되었지? 마누라 얘기론 이달 말이라고 하던데?

제수씨가 아이를 낳으면 자네는 네 아이의 아버지가 아닌가? 그런데 어떻게 자네를 함께 가자고 할 수 있겠나?"

"성님!"

박어둔이 침울하게 고개를 숙였다. 바닷사람에게는 의리가 있는데 어찌 박어둔이 따라가고 싶은 마음이 없을 것인가. 하지만 박어둔은 아이들과 아내 때문에 용복을 따라갈 수 없었던 것이다. 당장 자신이 잘못되기라도 한다면 네 아이와 아내는 또다시 가난의 나락으로 떨어져 버릴 것이다. 이미 한번 나락으로 떨어진 적이 있는 박어둔은 아내와 자식들에게 다시 가난과 고생을 물려줄 수 없었다. 용복은 이미 그 사정을 알고 있었다.

용복이 박어둔의 어깨를 두드리며 말했다.

"난 울산에 어머니와 성님이 계시지 않은가. 만에 하나 내가 잘못되더라도 아내와 자식 하나쯤은 건사할 수 있네. 그렇지만 자넨 나와 처지가 다르지 않은가. 내가 가더라도 자네가 집으로 돌아가니 다행일세. 내가 없는 동안 내 처와 동바우를 부탁하네. 자네 아니면 누구에게 이런 부탁 하겠나?"

"성님!"

박어둔이 닭똥 같은 눈물을 뚝뚝 떨어트렸다. 한동안 서럽게 울던 박어둔이 손등으로 눈물을 쓱 닦곤 용복의 얼굴을 올려다보았다.

"성님, 성님이 돌아오실 때까지 형수님과 동바우는 제가 책임지고 잘 돌봐드리겠습니다. 하지만 성님도 나한테 한 가지 약속을 하시오."

"무슨 약속?"

"반드시 살아오셔야 하오."

용복이 말 없이 고개를 끄덕였다.

살아 돌아올 수 있을지 알 수 없는 일이었다. 용복은 착잡한 마음에 박어둔과의 약속을 말로 하지 못하고 고개만 끄덕였다. 불확실한 미래에 대해 불확실한 약속을 할 수밖에 없었다.

28

다음날, 이른 아침밥을 지어 먹고 용복은 박어둔

일행과 헤어져 자산도로 출항하였다. 유일부의 배는 그동안 울릉도에서 수확한 해산물들을 싣고 집으로 돌아가기로 하였다.

전날 밤에 순립이 왜국으로 간다는 말을 들은 아들 봉기와 창기가 함께 가겠노라 고집을 부렸지만 순립은 혼자 가기로 하였다. 창창한 두 아들의 양양한 장래를 생각하여 순립은 끝끝내 동행하겠다는 것을 막았다.

안용복의 배로 왜국에 가는 것이 결정이 되었기에 자산도로 가는 배의 방향타는 순립이 잡았다.

이날 용복은 전립에 전복을 입었고, 스님들을 제외하고는 모두가 검은색 쾌자를 입었다. 누가 보기에도 관선이었다.

하얀 갈매기들이 바람을 가르며 유유히 날고 있었다. 먹을 것을 찾는지 갈매기들은 난간 위까지 날아왔다가 허공으로 높이 솟았다.

"돛을 올려라."

젊은 스님들과 유봉석이 황포 돛대를 올렸다. 건장한 사내들이 밧줄을 잡아당기니 커다란 돛이 쑥쑥 올라갔다. 바람을 맞은 돛이 불룩해졌다. 배는 바다 위를 미끄러지듯 빠르게 앞으로 나아갔다.

멀리 수평선 위로 자산도가 보였다. 오늘 보니 자산도가 아주 가까이에 있는 것처럼 느껴졌다. 손만 뻗으면 잡힐 것처럼 말이다.

자산도는 용복도 몇 번 와본 적이 있었다. 좌우로 불쑥 솟은 돌섬으로 해산물은 풍부하였지만 식수가 없다는 단점이 있었다.

그러고 보니 어제 왜인이 자산도에 살고 있다 했는데 실제로 자산도에는 물이 없기 때문에 사람이 살 수 없었다. 아마 살고 있다는 뜻과 머물고 있다는 뜻을 혼동한 모양이었다.

왜인과 왜어로 이야기를 나누다보면 뜻이 틀리거나 엉뚱하게 소통하는 경우가 종종 있었다. 3년 전에 왜국에 건너갔을 때 용복은 그런 일을 많이 겪었다. 그런 이유로 필담이 가능한 이인성과 김성길을 데려가야 한다고 처음부터 생각했던 것이다.

차츰 자산도가 가까워졌다. 두 개의 큰 바위섬 가운데에 두 개의 작은 바위가 솟아 있어서 마치 부모가 두 명의 자식을 데리고 있는 것처럼 보였다.

자산도의 가파른 벼랑 위에는 갈매기와 바다제비가 무리를 지어 살았고, 무성한 소나무에는 황새와 백로가 떼 지어 살고 있었다. 물개나 바다사자 같은 해수들도 이따금 바위 위에 모습을 드러내며 볕을 쬐었다. 바다는 유리처럼 투명해서 깊은 바다 속을 갑판 아래에서도 환하게 들여다볼 수 있었는데 가만히 비취빛 바다를 내려다보면 물고기가 헤엄치는 것은 물론이고 성게가 밤송이 같은 가시를 움직이며 돌아다니는 모습도, 문어가 수초 사이를 기어 다니며 사냥을 하는 모습까지 훤히 볼 수 있었다.

　　고개를 들어보니 어느덧 해가 중천에 떠 있었다. 이른 아침 동틀 무렵에 울릉도를 출발하였으니 한나절은 배를 탄 것 같았다.

　　자산도가 손에 잡힐 듯 가까워졌다. 자산도 해안 가까이에 있는 구멍바위가 보였다.

　　"저기 왜선들이 있다."

　　유봉석이 어딘가를 가리키며 소리쳤다. 용복이 바라보니 오른편 섬 아래에 왜선들이 다닥다닥 붙어 있었다. 연기가 피어오르는 것으로 봐서 섬에서 밥을 지어 먹는 모양이었다.

"순립이 성님, 왜놈들에게 갑시다."

용복이 순립에게 한마디 하곤 고개를 돌려,

"모두 단단히 준비하게."

하고 소리치곤 마음을 다 잡았다.

돛이 하나 내려갔다. 차차 속도가 느려졌지만 배는 미끄러지듯이 왜구가 정박한 해안가에 닿았다.

해안가에 왜구들이 떼를 지어 모여 있다가 용복 일행을 쳐다보았다. 해안가 바위는 온통 피투성이였다. 죽은 물범의 시체가 산처럼 쌓여 있는 것을 보니 물범을 잡아 기름을 만드는 모양이었다.

"망할 놈들, 물범 씨를 다 말리겠네."

유봉석이 구시렁거리면서 닻을 던졌다.

"나무아미타불, 관세음보살."

뇌헌이 염주를 쥐고 조용히 염불을 외니 뒤에 서 있던 승담, 연습, 영률, 단책이 손을 모으고 불호를 외웠다.

"가세!"

용복이 한마디를 하곤 배에서 훌쩍 뛰어내렸다. 용복의 뒤를 따라 긴 죽창을 쥔 스님들이 뒤를 따르고 그 뒤로 유일부와 유봉석, 김성길과 이인성이 몽둥이를 들고 내렸다.

"놈들이 조총을 들고 있습니다. 저희가 앞서겠습니다."

뒤에 있던 승담이 말했다.

"나한테 맡기게."

용복은 커다란 솥 앞에 모여 있는 왜인들을 노려보았다.

몇 명은 긴 창을 들고 있었고, 몇 명은 피 묻은 긴 칼을 가지고 있었으며, 또 몇은 조총을 들고 있었는데 짧은 상의에 사타구니만 가린 벌거숭이 차림이었다.

모두 용복 일행을 멍한 표정으로 바라보고 있었다.

왜인들을 노려보던 용복은 생각했다. 자칫 잘못하면 큰 싸움이 일어날 수도 있었다.

용복 일행이 11명인 데 반해 왜인들의 수는 족히 서른 명은 넘어 보였다. 더구나 상대방은 칼과 창, 조총까지 있었다. 불무도를 배운 날고 기는 스님들이지만 죽창과 몽둥이로 조총과 창칼을 당해낼 수는 없을 것이었다.

싸움이 시작되면 결과는 불 보듯 뻔한 것이었다.

왜국으로 가보지도 못하고 죽을 수도 있는 것이다. 되도록이면 싸움으로 번지지 않도록 왜인들의 기선을 제압하는 것이 중요하였다.

잠시 생각하던 용복은 호흡을 깊게 들이마신 후에 아랫배에 힘을 주었다. 그리곤 한 점 망설임 없이 왜인들을 향해 성큼성큼 걸어갔다. 아무 거칠 것이 없다는 표정으로 용복은 당당하게 걸었다.

용복의 기세에 눌린 왜인들이 좌우로 나뉘어 길을 비켜 주었다.

용복은 왜인들 사이로 성큼성큼 걸어 들어가 커다란 솥 앞에 멈추어 섰다. 바위 사이에 벌건 불이 치솟고 있었고, 솥에서 부글거리며 김이 올라오고 있었다.

용복이 둘러서 있는 왜인들을 천천히 둘러보다가 솥 앞에 앉아 멍하게 올려다보는 왜인을 내려다보았다. 왜인은 입을 벌리고 무슨 일인가 하는 얼굴로 용복을 올려다보고 있었다.

용복이 몸을 숙여 왜인이 장작으로 쓰려는 큰 나무 하나를 들었다. 팔뚝 굵기의 소나무였다.

"자산도의 물범을 멋대로 죽이고, 자산도의 소나

무를 멋대로 잘라서 네놈들 집안을 밝혀 줄 기름을 만든다고?"

용복이 소나무를 번쩍 들어 솥뚜껑을 내리쳤다.

솥뚜껑이 챙 소리를 내며 부서지고 솥이 흔들거렸다. 용복이 발길질로 솥을 밀어내자 솥 안에 있던 기름과 고기가 바닥으로 쏟아졌다. 멍하게 앉아 있던 왜인이 화들짝 놀라서 기듯이 저희 무리 속으로 들어갔다.

칼과 창을 든 젊은 왜인들이 무리 앞으로 나타났다. 네 명의 젊은 스님이 용복의 좌우에 둘러서고 좌우로 유봉석, 유일부, 김순립, 이인성, 김성길이 몽둥이를 들고 대치하자 조총을 든 왜인들이 총을 겨누었다.

용복이 몽둥이를 바닥에 내던지곤 유창한 왜어로 소리쳤다.

"용기 있으면 쏴라. 그 전에 똑똑히 알아두거라. 네놈들이 조선 관리를 죽인 것이 알려지면 네놈들 목도 무사하지는 못할 것이다."

늙은 왜인 하나가 무리 사이에서 나와서 소리쳤다.

"모두 무기를 내려놓아. 조선 관리의 말이 옳다. 조

선 관리를 죽이면 우리도 목이 잘린단 말이다.”

칼과 창, 조총을 든 왜인들이 늙은이의 말에 겁이 난 얼굴로 무기를 내려놓았다.

늙은이가 몸을 돌려 용복에게 다가왔다. 어제 자산도에서 봤던 늙은이였다. 용복이 늙은 왜인에게 물었다.

“너희 나라로 돌아가라고 했는데 어째서 아직도 돌아가지 않은 것인가?”

늙은이가 사정하는 투로 말했다.

“저희는 해마다 이곳에서 고기를 잡았습니다.”

“앞으론 이곳에서 고기를 잡을 수 없다.”

“저희는 이 섬을 마쓰시마로 알고 있습니다.”

“너희는 이 섬에 소나무가 많다고 마쓰시마라고 부르지만 우린 이 섬을 아들섬이라 해서 자산도라고 부른다. 울릉도와 자산도는 조선의 영토지만 육지에서 떨어진 섬이라서 그동안 소홀히 하였다. 그렇지만 지금부터는 다르다. 관군이 섬을 지키기로 했으니 너희는 다시는 이 섬에 와서는 안 된다. 듣기로 너희 나라 관백이 이 섬에 가지 말라고 명을 내렸다고 들었다. 그런데 너희는 어째서 국법을 어기고 여기로 오는 것인가?"

"저희는 그런 법을 들어보지도 못했습니다."

"그럴 리가 있나?"

"믿어주십시오. 그런 법을 들었다면 저희가 여기까지 오지도 않았을 겁니다. 저희는 다만 고기를 잡으러 왔을 뿐입니다. 마찰을 원하지 않습니다. 지금이라도 돌아갈 것이니 노기를 푸십시오."

"알아들었으면 되었다. 너희 나라로 돌아가거든 다른 사람들에게도 앞으로 이 섬에 가서는 안 된다고 전하거라."

"그리하겠습니다."

늙은 어부가 용복에게 꾸벅꾸벅 인사를 하고 저희 무리로 돌아가 조곤조곤 사정 이야기를 하였다.

왜인들은 어부의 이야기에 수긍하였는지 섬에 있는 짐과 어구들을 챙겨 저희 배에 싣고 썰물 빠지듯이 물러가 버렸다.

"십년감수했네."

유봉석이 손등으로 이마에 난 땀을 닦으며 안도의 숨을 내쉬었다.

순립이 유봉석을 보고 혀를 차며,

"젊은 놈이 간덩이가 그리 작아서 어쩌누?"

하곤 용복을 바라보며 엄지손가락을 치켜 들었다.

"참말 동생의 간담 하나는 알아준다니까."

"누군 간덩이고, 누군 간담이오? 참말 서러워서 못 살겠네."

유봉석이 두꺼운 입술을 삐죽 내밀었다.

"그 늙은이에게 무슨 말을 하신 거요?"

이인성이 용복에게 물었다.

"이 섬이 우리 땅 자산도라고 차근차근 설명을 해 주었습니다. 그런데 왜인들은 도해금지령이 내려진 것을 모르고 있었습니다."

용복의 대답에 김성길이 물었다.

"그런데 도해금지령이 확실하게 내려진 거요?"

"예. 제가 삼 년 전에 관백으로부터 왜국 어부들이 섬에 오는 것을 금지시키겠다는 문서를 받았습니다."

"그런데 왜국 어부들이 모르고 있다면 어떻게 받아들여야 하는 거요?"

이인성이 끼어들었다.

"두 가지 아니겠습니까? 왜인들이 속였거나, 법령이 어부들에게 전달되지 않았거나……."

김성길이 말했다.

"내 생각에는 왜인들이 속인 것 같소. 왜놈들은 교활해서 눈앞에서는 간이라도 빼줄 정도로 굽실거리지만 돌아서면 칼을 휘두르는 자들이니 믿을 수 없소. 만약 왜인들이 안 서방을 속이지 않았다면 대마도주가 도해금지 문서를 빼앗아 없앨 이유가 무엇이겠소."

묵묵하게 이야기를 듣고 있던 용복이 입을 열었다.

"나를 속였다면 다시 한번 따져서 받아내면 될 것이고, 법령이 알려지지 않았다면 다시 알리면 되는 것이 아니겠습니까? 어쨌거나 모든 사정은 왜국으로 건너가 봐야 알 수 있을 것 같습니다."

"가서 어떻게 하시게?"

"관백에게 송사를 해볼 작정입니다. 진사 어르신들을 모신 것도 바로 그 때문이지요. 어떻게 된 것인지 물어봐서 처음부터 끝까지 연유를 듣고 난 후에 조처할 작정입니다."

용복 일행은 자산도에서 저녁밥을 지어 먹고 왜인들이 만들어놓은 대나무로 만든 움막에서 하룻밤을 보내었다.

29

다음날, 이른 새벽에 용복은 눈을 떴다. 바깥에서 파도소리와 새 우는 소리가 어지럽게 들려왔다. 움막 거적을 제치고 바깥으로 나가보니 아직도 어두침침한 것이 동도 트지 않은 새벽이었다. 동 트기 전부터 먹이를 찾는 새들이 하늘 위를 어지럽게 날아다니고 있었다. 바람이 세지 않아서 파도는 완만하였지만 물결이 바위를 치는 소리는 우렁찼다.

용복은 고개를 들어 가파른 산정을 바라보았다. 깎아지른 듯한 절벽이 아니어서 올라갈 만해 보였다. 용복은 완만한 산의 경사면을 따라 조심스럽게 올라갔다. 비탈에 튀어나온 나무 뿌리와 바위를 잡고 걸음을 조심하여 얼마쯤 올라갔을까. 소나무가 무성하게 자란 산정이 나타났다.

흡착판을 붙인 문어처럼 구불구불하고 억센 소나무 뿌리들은 단단한 바위를 뚫고 들어가 꿋꿋하게 자라나고 있었다. 키가 큰 소나무 위에는 하얀 백로와 두루미들이 깃들어 있었다. 육지와 수천 리 떨어진

이곳에 소나무가 자라고 있다는 것이 용복은 놀랍게
만 느껴졌다.

먼 옛날, 아주 먼 옛날 육지에서 자라던 소나무가
바람을 맞았다. 이때 소나무의 작은 씨 하나가 바람
을 타고 허공으로 높이 솟구쳐 한없이 떠돌아다니다
가 마침내 이 섬의 바위 사이에 내려앉았다.

작은 씨는 한 움큼도 되지 않는 바위 사이의 흙에
서 내리는 비를 맞으며 어린 싹을 틔웠다. 그 싹은 조
금씩 자라났다. 매일매일 부는 바람과 싸우기 위해
나무는 뿌리를 점점 길게 뻗어나갔다. 갈라진 바위
사이로 조금씩 조금씩 뿌리를 뻗는 동안 세월은 점점
흘러갔다. 나무는 깊숙한 바위 아래까지 뿌리를 뻗어
바람과 비에도 끄덕 없는 나무로 자라났다.

나무는 부는 바람을 견뎌내면서 점점 자라났다. 때
론 센 비바람을 맞아 가지가 부러지고, 때론 눈의 무
게를 이기지 못해 줄기가 꺾이기도 했다. 그래도 소
나무는 계속해서 하늘을 향해 자랐다.

나무는 매일매일 바다를 보았고, 하늘과 구름을 바
라보며 자신이 어디에서 왔는지 궁금하게 생각하였다.

나무는 바람에게 물었지만 바람은 대답이 없었다. 나무는 구름에게도 물어보았다. 구름도 대답이 없었다. 나무는 갈매기에게도 물었지만 갈매기들은 먼 바다 너머로 나가 본 적이 없었고, 먹이를 구하느라 정신없이 바빠서 나무의 물음에 대답해 주지 않았다.

나무는 궁금했다.

자신이 어디서 왔으며 자신의 이름이 무엇인지. 자신의 근본이 어디인지 간절히 알고 싶었다. 어느 날, 하얀 황새 한 마리가 날아와 나무 위에 앉았다. 나무는 황새에게 물었다.

"혹시 제가 어디에서 왔는지 아나요?"

황새는 말했다.

"넌 바다 건너 육지에서 왔어. 이곳에서 서쪽으로 하루쯤 날아가면 육지가 있지. 그곳에는 커다란 산이 있고, 그 산 위에서 너처럼 푸른 가시 같은 잎을 가진 나무들이 많이 자란단다. 사람들은 너를 소나무라고 부르지. 네가 온 곳은 조선이라는 나라야. 우리는 먼 바다를 건너기 전에 너와 같은 소나무 위에 집을 짓고 살았단다. 그런데 이런 황량한 곳에서 너를 만나게 되다니 반갑구나."

나무는 비로소 자신이 소나무라는 이름을 가지고 있다는 것을 알았고, 바다 건너 조선이라는 나라에서 왔다는 것도 알았다.

소나무는 자신의 조상이 그랬던 것처럼 자신의 고향에서 날아온 황새를 품어주었다. 백로들도 찾아와 쉴 곳을 청했다. 소나무는 백로들도 기꺼이 품어주었다. 해마다 백로들과 황새들이 찾아와 고향소식을 전해 주었다.

소나무는 더 이상 외롭지 않았다. 자신이 누군지 알았기 때문이다. 서쪽 바다 저편에 아버지와 어머니가 살고 있는 고향 땅이 있음을 알고 있기 때문이다.

용복은 거친 바람과 비를 맞으며 악착같이 자라난 소나무를 쓰다듬었다.

육지에서 멀리 떨어진 이곳까지 날아와 질기디질긴 생명력으로 살아남아 생명을 품고 있는 소나무에서 알 수 없는 동질감이 느껴졌다.

동쪽 하늘이 울긋불긋해지고 있었다. 동이 틀 모양이었다. 거뭇거뭇한 하늘이 붉은빛으로 변하더니 수평선 아래에서 이글거리는 태양이 꿈틀거리며 올라왔다. 해가 뜨는 바다 저편에 용복의 목적지가 있을

것이었다. 용복은 솟아나는 태양을 바라보며 다짐하
였다.

자신의 빛 바랜 혼을 이 섬에 묻으리라고. 홀씨로
날아와 모진 고난을 감내하고 이 황량하고 외로운 땅
에 뿌리를 뻗고 의젓하게 자라난 소나무처럼, 동해
바다 끝머리에 외롭게 남겨진 이 섬을 당당하게 지켜
내리라 굳게 다짐하였다.

30

동이 트는 이른 아침에 밥을 지어먹고 용복 일행
은 동쪽 바다를 향해 출항하였다. 목적지가 어디인
지는 아무도 몰랐다. 다만 목적지가 대마도가 아니
기를 바랄 뿐이었다. 김순립은 왜선들이 무리지어
사라졌던 방향으로 배를 몰았다. 자산도에서 동남쪽
방향이었다.

바람도 좋았고 물결도 높지 않았다. 배는 이날 하
루 동안 순풍을 맞은 듯이 순조롭게 나아갔다. 그러

나 바다는 이들을 쉽게 놔주지 않았다. 그날 저녁 비가 떨어지기 시작하더니 삼줄기 같은 비가 연해 퍼부었다. 파도는 배를 삼킬 듯이 높이 솟구치고, 배는 낙엽처럼 물결을 따라 출렁거렸다.

뇌헌과 이인성, 김성길, 승담, 연습, 영률, 단책 일곱 사람은 갑판 아래 있는 선실로 몸을 피했고, 안용복과 김순립, 유일부와 유봉석 네 사람이 노를 잡고 파도와 사투를 벌였다.

큰 물결 앞에서 용복의 배는 가랑잎과 같았다. 거센 물결이 정면으로 받으면 배가 부서질 수도 있었다. 노련한 순립은 방향타를 움직여 거대한 물결에 순응하였다. 배가 높은 물결을 타고 솟구치면 내장이 출렁거릴 정도였다. 집채만 한 파도가 갑판 위로 올라와 사람들을 쓸어버릴 것만 같았다.

"난간을 꽉 잡아라!"

김순립이 고래고래 소리쳤다.

콰콰쾅!

고래등 같은 파도가 갑판 위로 떨어졌다. 하얀 물보라가 굉음을 일으킬 때에 배가 불쑥 솟았다. 그 바람에 난간을 잡고 있던 유봉석이 바다로 떨어졌다.

"성님, 성님!"

유봉석이 출렁이는 바다 위에서 헤엄을 치며 소리쳤다.

"봉석아, 정신 차리고 밧줄을 잡아라."

용복은 난간을 붙잡고 밧줄을 던졌다. 물결에 휩쓸리면서도 봉석은 밧줄을 향해 헤엄쳤다. 쑥 내려갔던 파도가 불쑥 일어나며 커다란 파도가 봉석을 집어삼켰다. 파도가 지나간 자리에 봉석의 모습이 보이지 않았다.

"봉석아, 봉석아! 어디 있나?"

용복이 난간 위에서 소리쳤다. 봉석의 노모와 새신부를 생각하니 입이 바싹바싹 말랐다.

"이 자식아, 어디 있냐고? 봉석아, 이 자식아!"

용복은 목이 터져라 소리를 질렀다. 용복의 눈앞에 땅을 치며 울고 있는 노모의 모습이 떠올랐다. 노모는 용복의 가슴을 두드리며 아들을 잡아간 바다와 자신을 원망할 것이다. 용복은 격랑처럼 출렁이는 파도를 향해 소리쳤다.

"봉석아, 봉석아!"

바로 그때 시퍼런 물속에서 봉석이 불쑥 얼굴을 내

밀며 밧줄을 움켜잡았다.

"형님, 밧줄 당겨주이소."

용복은 사력을 다해 밧줄을 잡아당겼다. 마침내 유봉석이 배 위로 끌어올려졌다. 용복은 생쥐 꼴이 된 유봉석의 덜미를 잡아 갑판 위로 당겼다.

"봉석아, 괜찮으냐?"

"형님, 제 별명이 뭡니까? 영해 물개 아닙니꺼. 이 정도로는 끄떡 없습니더. 집에서 기다리는 엄니하고 꽃 같은 색시를 놔두고 어딜 갑니꺼."

봉석이 난간을 붙잡고 씨익 웃었다.

"그래. 너 잘났다."

용복은 긴장이 일시에 풀려 너털웃음을 지었다.

거센 비와 풍랑은 다음날 아침 나절까지 계속되었다. 뱃전에서 고생하던 네 사람도 파김치가 되었지만 갑판 안에 있던 사람들도 멀미 때문에 초주검이 되고 말았다.

파도가 가라앉고 나서 갑판 위로 모인 사람들의 모습이 가관이었다. 일행은 그 모습을 보고 서로 한바탕 웃었다. 그때 유봉석이 손가락으로 동쪽을 가리키며 말했다.

"저기 육지가 보여요."

"육지가?"

일행은 너도나도 유봉석이 가리키는 방향을 바라보았다. 과연 육지가 틀림없어 보였다.

"드디어 왜국에 도착한 모양입니다."

"그런데 저기가 어디지?"

"그건 모르죠."

"그거야 부딪쳐 보면 자연히 알게 되겠지."

용복이 주먹을 불끈 쥐며 일행을 바라보니 모두 결연한 표정으로 고개를 끄덕거렸다.

배가 해안가에 닿았다. 전날 폭풍이 지나갔는지 파도가 세었다. 파도가 모래사장으로 길게 밀려갔다가 밀려왔다.

용복이 배에서 내려 해안가로 걸어가니 해안가에서 머리를 박박 민 왜인 하나가 용복을 보곤 허둥지둥 어디론가 도망쳤다.

스님들이 배에서 나와 용복에게 다가왔다. 용복이 젊은 스님들과 해안가에 서 있으니 잠시 후 도망쳤던 왜인이 바둑판 무늬의 옷을 입은 남자와 종종걸음으로 달려오고 있었다. 용복은 그 남자의 복장을 보고 왜인 관리라는 것을 알 수 있었다.

3년 전 용복이 조사를 받을 때에 왜인들이 비슷한 복장을 하고 있었다. 아마도 이곳 주민이 용복을 보고 관리에게 연락을 취한 모양이었다.

왜인 관리는 달려와 두 장쯤 정도의 간격을 두고 멈추어 섰다.

용복이 왜어로 물었다.

"우리는 조선에서 왔소. 여기는 어디요?"

관리는 용복이 왜어를 하는 것을 보고 안심한 듯 대답했다.

"여긴 오키 섬이오. 그리고 이곳은 도고 니시무라요."

용복은 3년 전에 왔었던 오키 섬이라는 것을 알 수 있었다.

"도주를 만나고 싶은데 어떻게 하면 되오?"

"어제 큰 비가 왔소. 여긴 파도가 심해서 해안가에 배를 멜 수 없으니 옮기시오. 그럼 도주님을 만나게 해 주겠소."

"어디로 옮긴단 말이오? 나는 이곳 지리를 모르오."

"사람을 보낼 테니 잠시 기다리시오."

관리는 종종걸음으로 달려갔다.

용복이 배로 돌아와서 한참을 기다리고 있을 때에 배 몇 척이 다가왔다.

배에는 사라졌던 관원이 타고 있었다. 어선 네 척이 다가와서 밧줄을 배 위로 던졌다.

"뭐하는 거요?"

용복의 물음에 머리가 벗겨진 관원이 대답했다.

"우리가 끌고 갈 테니 밧줄을 배에 묶으시오."

유일부와 유봉석이 배의 선미와 양쪽 난간에 밧줄을 꽁꽁 묶었다. 이내 네 척의 왜선이 움직였다. 어부들이 긴 노를 좌우에서 저으니 용복의 배가 따라서 움직였다.

"어디로 가는 것이오?"

용복의 물음에 관원이 대답했다.

"가요이 포구로 갑니다. 그곳은 안전합니다."

이인성이 물었다.

"뭐라는 거요?"

"안전한 포구로 간다는군요. 어제 큰 비가 왔답니다. 풍랑이 세서 이곳은 위험하다는군요."

팔짱을 끼고 왜인들을 물끄러미 바라보던 김성길이 물었다.

"그런데 왜인들은 어째서 하나같이 정수리 아래를 매끈하게 깎는지 모르겠소. 신체발부수지부모身體髮膚受之父母라 하는데 저리 머리를 깎는 것이 왜놈들 풍습이오?"

용복이 말했다.

"왜인들이 머리를 깎는 것은 모두 관례지요. 이를테면 우리가 상투를 트는 것과 비슷한 겁니다. 제가 알기로 왜인들은 아이가 태어나서 엿새가 되면 맨 꼭대기의 머리털을 바둑알만 한 크기로 깎고 뒷머리는 죄다 깎는답니다. 그리고 세 살이 되면 또 꼭대기 복판의 머리털을 깎고, 다시 열다섯 살이 되면 이번에는 귀밑털을 깎아 이마를 네모꼴로 만드는데, 이것을 반 어른이 되는 의식이라는 뜻으로 반원복半元服이라 한답니다. 다시 스무 살이 되면 정수리 뒤로 반 너머까지 머리털을 깎고 뒤통수 밑으로만 머리털을 남기는데 그것을 원복元服이라 합니다. 이것이 이른바 왜국의 관례인데 왜왕에서부터 서민까지 다 같습니다. 무사武士나 서인이 머리를 깎는 것을 월대月代라고 부르지요. 그들은 머리가 조금이라도 자라면 무례하다고 생각하기 때문에 거의 날마다 머리를 깎는다는

군요. 왜국말로는 '사키야키月代'라고 하는데 남자가 이마부터 머리 복판까지 머리털을 깎는 것으로 예전에는 관冠을 쓴 밑으로 머리털이 나오지 않게 하기 위해 이마 끝부터 위로 반달 모양으로 머리를 깎았다지요."

"허, 안 장사는 어찌 그리 왜국의 풍습도 잘 아시오?"

"제가 소싯적에 왜관 근방에 살았는데 가쿠에이角榮라는 왜국 상인 하나와 친해서 종종 왜어를 배우곤 했습지요. 왜국말과 풍습은 그때 배운 것입니다."

"그럼 다른 풍습에 대해서도 많이 알고 있겠구려."

"조금 알고 있습지요. 궁금한 것이 있으면 물어보십시오."

"왜국에서는 어떻게 혼인婚姻을 합니까?"

"왜국에도 귀족과 평민은 차이가 있지만 여자는 열세 살 이상이면 시집을 갈 수 있고 남자는 스물둘이 넘으면 갈 수 있습니다."

"남자는 나이가 들어서 가는구려."

"예. 혼인하는 예법은 우리나라와 비슷해서 먼저 중매를 놓고 다음에 글을 보낸 뒤에, 사위집에서 금

전이나 은전 같은 귀중품을 예물로 보내고 나서 여자 집에서 날을 가려 혼례를 올리지요. 그때 양쪽 집의 친척이 술잔치에 모두 모여 취하도록 마시고 그날 밤 신랑과 신부가 곡방曲房에 들어가 부부가 되지요. 여자는 혼인날을 잡으면 재계齋戒 마음과 몸을 깨끗이 하고 부정한 일을 멀리하는 것하고 신궁이나 불사에서 기도를 하는데 무당과 중이 서계를 외고 여자는 엎드려 절하며 철장鐵漿을 입에 물어 이에 물을 들이지요. 그래서 혼인을 한 여자는 대개 이가 시커멓지요."

왜인들이 배를 끌고 가는 까닭에 배에 있던 사람들은 용복의 얘기에 열중하고 있었다. 그러다 용복의 이야기가 끝나면 일제히 고개를 끄덕끄덕하였다.

이인성이 물었다.

"그렇다면 왜국의 풍습은 어떻소? 설이나 단오 같은 날이 왜국에도 있소?"

"왜국도 사람이 사는 곳인데 풍습이 없을라고요? 일본에서는 정월 초하루에는 떡을 치고, 문에는 소나무·대나무를 세우고, 붉은 떡, 흰 떡으로 오황혼천형대신吾荒魂天刑大神에게 제사를 지낸다 합니다."

듣고 있던 유일부가 끼어들었다.

"성님, 오황혼천형대신이 어떤 귀신이오?"

"그거야 나도 모르지. 어쨌거나 왜인들이 무척이나 숭상하는 귀신은 틀림없는 모양이여."

김성길이 얼굴을 찡그리며 말했다.

"유 서방 덕분에 이야기가 옆길로 샜네그려."

용복이 웃으며 말했다.

"이야기를 다시 시작합지요. 왜인들은 정월 보름에는 줄다리기 놀이를 하고, 청량전淸凉殿 뜰에서 청죽靑竹을 태우지요. 그 다음날은 남녀가 재미있게 모여 노는데 그것을 수입數入이라 부르기도 하고 도가蹈歌라고도 부르지요. 수입이라는 것은 벼슬하는 자가 정월과 칠월 전후에 하루이틀 동안 집에서 노는 것을 말하는데 왜어로 '야부이리'라고 합지요.

정월 스무날에는 팥떡을 먹고, 삼월 초사흘에는 계집아이들이 작은 인형과 작은 그릇을 만들어 음식을 공양하는데 그걸 추유雛遊라 하지요. 오월 닷새 단오에는 집집마다 기旗와 갑옷, 투구를 세우는데 그 이유는 모르겠구먼요."

김성길이 끼어들었다.

"단옷날은 양기가 충만한 날이니 전복戰複에 양의

기운을 흠뻑 받으려는 것이 아닐까요?"

이인성이 말했다.

"자네 때문에 이야기가 옆길로 새고 있네."

"미안하네. 나도 모르게 말이 튀어나왔네."

김성길의 말에 유일부가 얼른 대답했다.

"거 보십시오. 궁금하면 저도 모르게 말이 목구멍에서 튀어나온다니까요."

사람들이 모두 웃었다.

용복이 웃으며 말했다.

"칠월 칠석에는 왜국에서 걸교전乞巧奠이 열립니다. 칠석날 여인네들이 견우와 직녀에게 제사하고 바느질이 능숙하게 되기를 비는 행사지요. 팔월 추석에는 햇곡식을 베어서 임금에게 먼저 바치는데 조선에서는 추석이나 가배라 하지만 일본에서는 다노미노세츠田實節라고 합니다.

구월 열사흘 밤에는 콩껍질을 쪄서 먹는데 이날 밤의 달을 마메메이게쓰豆名月라고 하고 시월 해일亥日에는 일곱 가지 가루로 떡을 만들어 먹으면 온갖 병을 물리칠 수 있다고 하는데 이노코亥豬라고 하지요. 섣달 그믐날 밤에는 콩을 튀겨 집 안에 흘리고, '귀신은 밖으로, 복은 안으로'라고 소리를 친답니다. 이 정도가 내가 아는 왜국의 풍습이올시다."

김성길이 감탄을 하며 말했다.

"안 장사가 생긴 것과는 다르게 유식하시오. 그 머리로 글을 배웠다면 큰일 하셨겠소."

"저희 같은 천한 것이 글이라니 얼토당토 않는 말이올시다. 하기야 우리 같은 천것도 글을 배우지 않아 까막눈이지 한번 들으면 거의 잊어버리지 않습지요."

멀뚱하게 듣고 있던 유봉석이 물었다.

"성님, 왜국에서는 죄를 지으면 어떤 벌을 받는지 아시오?"

"왜 벌 받을까봐 겁이 나느냐?"

"죄 진 것이 없는데 벌은 무슨? 그냥 궁금해서 물어본 거요."

"그건 나도 잘 모른다. 육지에 닿으면 왜인들에게 물어보지."

용복이 봉석을 바라보며 웃었다.

용복이 어찌 왜국의 형벌을 모를 것인가. 왜국에서는 작은 죄를 범하면 끝이 가늘게 쪼개진 큰 대쪽으로 머리, 손, 발 할 것 없이 사정없이 때리기만 하고 아무런 형장은 없다. 하지만 큰 죄를 저지르면 심문하여 죽이는 방법이 잔인하기가 이루 말 할 수 없을 정도였다.

왜국에서는 죄수를 심문하는 데 보통 다섯 가지가 있었다.

첫째는 수형水刑이라는 것인데, 죄인을 널 위에 엎고 횟물을 배가 부를 때까지 강제로 먹인 후에 부른 배를 뒤집어 무거운 널로 등을 눌러서 신체의 아홉 구멍으로 횟물이 나오게 하는 것이다.

둘째는 해로형海老刑이라는 것인데, 양손의 엄지를 줄로 묶고 양발을 묶은 엄지손가락 안으로 구부려 들여 가운데를 둘러 묶고, 머리털을 풀어 손발을 묶은 데에다 묶고, 모진 나무를 그 사이에 꿰고 그 나무 양끝에 나무를 매어 시렁에 달고, 큰 돌을 매어 늘어뜨렸다. 그 모습이 마치 새우와 같다고 해서 해로형이라 부르는 것이다.

셋째는 목칭형木稱刑이라는 것인데, 단단한 나무나 대나무를 칼날처럼 모나게 깎아 그 양끝을 줄로 매어 시렁에 달고, 그 나무 위에 죄인의 엉덩이가 모난 데에 닿도록 걸터앉히고, 양다리를 합쳐 묶은 다음 큰 돌을 달고서 사람을 시켜 그네처럼 밀어 흔들게 하는 것이다.

넷째는 목추형木椎刑이라는 것인데, 삼각형 모양의 나무망치를 오금 뒤에 놓고 누르는 것이다.

다섯째는 찬추형鑽錐刑인데, 널빤지 위에 날카로운 못을 많이 세우고 죄인의 발바닥 가죽을 벗긴 후에 걷게 하였다. 벌이 거기서 끝이 나는 것이 아니어서 다 죽어가는 죄인의 팔다리를 송곳으로 꿰어 흔들고, 그 다음 송곳으로 손발과 손가락의 손톱을 하나로 꿰고, 그 다음은 납을 녹여 등뼈에 넣었다.

다섯 개의 형벌 가운데 찬주형은 가장 극악한 형벌이라 참수형이 오히려 약한 축에 들었다.

용복은 왜국의 형벌을 말해 주면 사람들이 주눅이 들 것 같아서 모른 척 입을 다문 것이다.

용복의 배가 가요이 포구에 닿았다. 벌써 어두컴컴한 저녁 무렵이라 용복 일행은 관리가 정해준 가까운 민가에 들어가 밥을 지어먹고 노독을 풀었다.

31

　다음날 정오 무렵에 사이고西郷에 있는 대관 집무소에서 관리들이 달려왔다. 관리는 용복 일행을 민가에 가두고 부하들을 시켜 배 구석구석을 조사하게 하였다. 관리는 따로 용복 일행을 불러 성명, 의복과 소지품을 조사하였다.

　왜인 관리가 용복의 얼굴을 유심히 바라보다가 말했다.

　"혹시 삼 년 전에 이곳에 왔던 조선인이 아니오? 그때 도라헤박어둔와 같지 오지 않았소?"

　용복이 가만히 관리의 얼굴을 살펴보니 3년 전에 자신을 조사했던 관리였다. 용복은 당황하였지만 내색하지 않고 물었다.

　"이름이 무라카미村上 아니오?"

　"맞소."

　"얼굴이 낯이 익다 했소. 삼 년 전 여름에 자산도에서 백기주 어선에 끌려왔었소. 그때는 도라헤와 같이 왔지만 이번에는 자산도에 남겨놓고 왔소."

무라카미가 고개를 끄덕이며 종이에 내용을 기록하였다.

"여긴 무엇 때문에 또 온 거요?"

"관백에게 따지러 왔소."

"따지러 왔다니?"

용복이 따로 가지고 있던 팔도지도를 내밀었다.

"이게 뭡니까?"

"보면 모르오? 조선국 팔도지도요."

용복이 강원도 지도를 펼친 후에 울릉도를 가리키며,

"여기 보이는 울릉도는 조선국 강원도 동래부에 속하는 섬이오. 이 섬을 일본에서는 다케시마竹島라고 부르오."

하더니 이번에는 자산도를 가리켰다.

"마찬가지로 조선국 자산도를 일본에서는 마쓰시마松島라고 부르오. 이 지도에 똑똑히 보이는 두 섬이 바로 울릉도와 자산도라는 말이오. 내가 삼 년 전에 막부로부터 일본 어선들이 두 섬에 가는 것을 금지하겠다는 약속을 받았는데 작년에도, 올해도 일본 어선들이 찾아오다니 이게 어떻게 된 일이오?"

"말이 너무 빨라서 알아들을 수 없소. 좀 천천히

말하시오."

붓으로 기록하던 무라카미가 난색을 표하며 사정을 하였다.

용복은 화를 누르며 천천히 다시 말했다. 무라카미가 지도를 유심히 바라보다가 용복의 얼굴을 올려다보며 물었다.

"조선에서 두 섬까지 거리가 얼마나 됩니까?"

"조선에서 울릉도까지는 삼십 리, 울릉도에서 자산도까지는 오십 리 떨어져 있소."

"삼십 리는 뭐고, 오십 리는 뭐요? 난 잘 모르겠소."

"조선에서 울릉도까지는 아침밥을 먹고 떠나면 저녁밥을 먹기 전에 도착한단 말이오."

"그렇게 가까운 섬인가요?"

"그렇소. 지도를 보면 모르겠소? 강원도 내에 당신들이 말하는 다케시마와 마쓰시마가 있소. 보시오. 여기 쓰여 있지 않소?"

용복이 겉봉을 펼쳐 강원도 아래에 쓰여 있는 글자를 가리켰다. 박어둔에게 쓰라고 한 글이었다. 무라카미는 글을 보고 알았다는 듯 고개를 끄덕거렸다.

용복이 얼굴 가득 미소를 지으며,

"그렇지. 이제 알아보네. 이번에 우리쪽 배가 울릉
도……"

지도상의 울릉도를 손가락으로 가르키며,

"그러니까 당신들이 말하는 다케시마에서 서른두
척이 조업을 하였소. 그런데 일본인들의 배가 다케시
마와 마쓰시마에 왔단 말이요. 이 두 섬은 우리 땅인
데 어째서 왔느냔 말이오. 내가 삼 년 전에 박어둔과
왔을 때 막부로부터 울릉도와 자산도를 조선 영토로
인정하고 왜인들의 출입을 금하겠다는 문서까지 받
았는데, 너희 나라가 약속을 지키지 않고 또 우리 영
토를 침입하니 무슨 도리가 이런가? 게다가 왜국 어
부들은 그 사실조차 모르고 있고. 그래서 내가 배를
타고 송사를 하러 왔다 이 말이오. 알아듣겠소?"

하고 손짓 발짓을 섞어가며 반말과 공대를 섞었다.

무라카미가 글을 받아 적다가,

"송사를 하러 왔단 말이오?"

하고 놀란 얼굴을 하였다.

"그렇소."

용복이 고개를 돌려 일행에게,

"이놈들이 이제 좀 감이 오는가 봅니다."

하고 웃었다.

용복 일행은 이틀 동안 무라카미의 조사를 받았는데 무라카미는 문장실력이 일천하여 필담이 어렵고, 왜어를 할 줄 아는 사람은 용복뿐이었다. 그래서 용복이 일행의 말을 무라카미에게 왜어로 번역하여 그럭저럭 조사가 끝이 났다.

"추후에 통보해 드릴 테니 소식이 올 때까지 기다리고 계시오."

무라카미가 돌아간 후에 일행은 숙소로 잡은 민가의 넓은 다다미방에 둘러앉았다. 민가 바깥에는 오키섬 도주가 보낸 무사들이 둘러서서 철통같이 지키고 섰다.

뇌헌은 용복의 호패와 귀후비개가 달린 부채를 유심히 내려다보다가 용복과 무라카미 사이에 오고 간 이야기들을 물었다.

용복은 있는 그대로 이야기를 해 주었다. 이야기를 듣던 뇌헌이 얼굴을 찡그렸다. 뭔가 대단히 못마땅한 눈치였다.

"스님, 왜 그러십니까?"

"안 장사는 대체 생각이 있는 사람이오?"

"그게 무슨 말씀입니까?"

뇌헌이 녹각패를 들어 보이며 말했다.

"이것이 대체 무어요?"

"아! 그것은 제가……."

용복은 끝말을 잇지 못하고 머리를 긁적였다.

"호패를 위조한 것을 탓하는 것이 아니오. 이 호패에 동지중추라고 관직명이 쓰여 있는데 그렇다면 안장사는 처음부터 왜인들을 속일 속셈이 아니었소?"

"그, 그렇습니다."

"그런데 어쩌자고 삼 년 전에 박어둔과 함께 왔었다고 말한단 말이오? 삼 년 전에는 어부였는데 삼 년 후에 어떻게 당상관이 될 수 있단 말이오? 무라카미라는 자가 조선의 사정을 잘 알기라도 한다면 단번에 그대가 거짓말을 한 것을 알게 될 것이고, 우리는 죽은 목숨이나 다름이 없소. 만약에 조선의 사정에 정통한 자가 있어 이 일이 들통이 나게 된다면 어떻게 된단 말이오!"

용복은 정신이 번쩍 들었다. 뇌헌의 말이 지극히 옳았다. 만약 조선의 사정을 잘 아는 관리가 무라카미의 보고기록을 보게 된다면 용복이 거짓말을 하게 된 것이 들통나는 것이다. 그렇게 되면 관백을 만나기도 전에 황천의 저승사자를 보게 될지도 몰랐다.

승담이 말했다.

"바깥에 무사들이 쫙 깔려 있습니다. 저희가 나가 싸우는 동안 포구의 배를 타고 돌아가시는 것이 어떻겠습니까?"

뇌헌이 말했다.

"너희는 무기도 없는데 어떻게 칼을 든 왜인들을 상대할 수 있단 말이냐?"

"그렇다고 앉아서 죽을 수는 없는 일이 아닙니까?"

"아직 들통난 것은 아니니 서두를 것은 없다."

뇌헌이 승담에게 이르고는 용복에게 고개를 돌려 말했다.

"무라카미라는 관원은 전에 만난 적이 있다 하니 어쩔 수 없지만 앞으로는 그렇게 해서는 아니 되오."

"알겠습니다."

"우리의 목적은 관백을 만나 대마도주의 죄를 알리고 왜인들의 울릉도와 자산도 도해를 막는 것이오. 이제부터는 아무 대책 없이 움직여서는 아니 되오."

"그럼 어떻게 하면 되겠습니까?"

뇌헌은 호패를 용복에게 건네며,

"지금부터 안 장사는 어부가 아니라 동지중추 안 용복이오."

하고 일행을 돌아보며,

"그러니 앞으로는 안 장사가 아니라 안 동지 나리라고 해야 하오. 알겠소?"

하고 단단히 다짐을 두었다.

이인성이 말했다.

"동지중추라면 벼슬하는 관원인데 저들이 알기 쉬운 합당한 용어가 필요하지 않겠습니까?"

"생각하는 것이 있느냐?"

"감세장이 어떨까요? 울릉도와 자산도에서 고기를 잡는 어부들에게 세금을 거두는 관직 말입니다. 안 장사, 아니 안 동지 나리는 감세장이 되고 나와 김 진사는 비장神將이라 칭하고 큰 유 서방유일부과 작은 유 서방유봉석, 김 도사공은 나졸이라 하면 어떻습니까?"

"그것 괜찮군. 그런데 나와 내 제자는 무슨 직책을 하면 좋겠나?"

"그건……."

이인성이 난처한 얼굴로 말끝을 잇지 못하는 것을 보고 용복이 끼어들었다.

"의금부에서 나왔다고 하십시오."

"의금부? 우린 스님인데 금부관원 행세를 어떻게 할 수 있나?"

"왜국에는 벼슬한 스님들이 많습니다. 문자를 잘하는 스님들이 왜왕의 사절로 온 것을 제가 자주 보았습니다. 그리하시면 왜국의 관원들이 크게 의심하지 않을 것입니다."

뇌헌이 일리가 있다고 생각하곤 말 없이 고개를 끄덕였다.

유봉석이 시큰둥한 얼굴로 물었다.

"그보다도 왜인들이 거짓말을 눈치채면 우린 어찌 되는 건가요?"

일시에 다다미방 안이 무거운 적막에 휩싸였다. 거짓이 들통나면 속이고 자시고 할 거 없이 목이 잘리는 신세가 될 것이기 때문이었다. 모두가 걱정스런 얼굴로 서로의 얼굴을 바라보았다.

"기다려 보세. 왜인들이 눈치 채지 못하길 바라는 수밖에."

뇌헌이 눈을 감고 손에 쥔 염주를 돌리며 염불을 외웠다.

32

초초한 기다림의 시간이 보름이나 흘러갔다. 조사를 마치고 돌아간 무라카미는 함흥차사였다.

용복이 집을 감시하는 왜인에게 물어보면 번번이 백기주로 사람을 보냈으니 기다리라는 대답만 돌아왔다.

때는 6월 초순이라 가만히 있어도 땀이 줄줄 흘렀다. 답답한 다다미방 안에 여러 사람이 갇혀 있으려니 죽을 맛이었다.

"홀아비 삼 년에 이가 서 말이라더니, 난데없는 홀아비 신세네그려. 이놈들이 우릴 말려 죽이려고 작정을 한 모양일세."

순립이 웃옷을 벗고 앉아 저고리에서 이를 잡으며 중얼거렸다. 순립의 옆에서 유일부와 유봉석이 함께 이를 잡고 있었다.

"이그, 요놈 보게. 살이 통통하게 올랐구먼. 주인님은 시름으로 하루하루 말라가는데 내 피를 빨아먹고 살이 올라?"

일부가 손톱으로 이를 누르니 딱 하는 소리가 났다. 봉석이 이를 잡으며 중얼거렸다.

"어따, 마누라가 보고 싶네."

젊은 스님들은 다다미방 한편에서 팔굽혀펴기를 하고 있고, 뇌헌은 가부좌를 틀고 참선에 들었으며, 이인성과 김성길은 시상이 떠오르는지 작은 붓을 물고 앉았다가 작은 종이 위에 깨알 같은 글씨로 시를 적어 넣고 있었다.

용복이 물끄러미 앉아 있다가 자리에서 벌떡 일어났다.

"모두 일어나시오."

사람들이 하던 일을 멈추고 용복을 올려다보았다.

"갑시다."

"어딜?"

김순립이 두 눈을 껌뻑거리며 물었다.

"일단 이곳을 나갑시다. 여기 있어서는 아무것도

안 될 것 같으니 우리가 직접 백기주를 찾아갑시다."

"백기주가 어딘 줄 알고 찾아가?"

"그렇다고 이곳에 갇혀만 있을 거요?"

"밖에서 지키는 무사들은 어쩌고? 저놈들이 가만 있지 않을 텐데?"

"기껏해야 죽기밖에 더 하겠소? 잔말 말고 나갑시다."

"성님."

봉석이가 용복의 허리춤을 잡고 기어들어갈 듯한 목소리로 말했다.

"성님, 저…… 얼마 전에 장가갔어요."

"이놈아, 여기 장가 안 간 사람 있으면 나와보라고 그려라!"

봉석이 턱짓으로 스님들을 가리켰다.

"에라이!"

용복이 봉석의 이마를 한번 쥐어박고는 목을 젖혀 껄껄 웃다가,

"염려 마라. 내가 아무 생각 없이 이러는 것이 아니다. 나만 따라 오너라."

하곤 대담하게 문을 박차고 바깥으로 나갔다. 그 뒤를 따라 스님들이 날렵하게 뒤를 따르고 유일부, 김

순립이 웃옷을 걸쳐 입으며 뒤를 따르고 유봉석이 이마를 비비적거리며 그 뒤를 따랐다.

"어딜 가는 게냐? 한 걸음이라도 나온다면 모두 죽여버릴 테다."

민가를 지키던 무사들이 용복의 앞을 막아섰다. 한 걸음이라도 나온다면 허리에 찬 칼을 뽑을 듯한 기세였다.

용복이 코웃음을 치며 소리쳤다.

"비켜라. 네놈들이 뭐길래 내 앞길을 막아? 죽고 싶으면 베어보시지. 너희놈들 상대할 시간 없다. 관백에게 직접 가서 따질 것이니 비켜라!"

용복이 성큼성큼 걸어가니 키 작은 무사들이 기세에 눌려서 눈치를 보다가 길을 열어주었다. 일행은 용복의 뒤를 따라 배에 올랐다. 무사들이 포구 앞으로 다가와서 닭 쫓던 개처럼 갑판 위에 오른 용복 일행을 바라보았다.

"너희 상관에게 가서 전해라. 기다리다 소식이 없어서 내가 직접 관백을 만나러 간다고."

용복은 왜인 무사들에게 이렇게 이르곤 닻을 올리고 출항 명령을 내렸다.

닻 두 개가 올라오고 노가 움직이자 포구에 정박해 있던 용복의 배가 천천히 바다를 향해 움직였다.

"성님, 정말 신통하네요. 저는 칼부림이 나는 줄 알았지요."

유봉석이 두 눈을 동그랗게 뜨고 말했다.

"이놈아, 그러게 나만 믿으라고 하지 않더냐? 저희 놈들이 간이 붓지 않고서야 조선 관원을 어쩌겠느냐? 관원을 죽이면 저희는 살아남을까?"

용복이 껄껄거리며 웃었다.

"안 동지 나리, 이제 어디로 가지?"

방향타를 잡고 있던 순립이 어정쩡한 높임말로 물었다.

"동쪽으로 갑시다."

순립이 방향을 잡자 배가 동쪽으로 미끄러지듯이 나아갔다. 배는 오키 섬을 벗어나서 동으로 보이는 육지를 향해 나아갔다.

"안 동지 나리, 이번에는 그럴듯하게 가보는 것이 어떻습니까?"

이인성이 용복에게 말을 높였다.

"그럴듯하게 가다니요?"

"그동안 나와 김 진사가 생각한 것이 있소. 잠시만 기다려보시오."

이인성이 갑판 안으로 들어가 흰 천과 가위를 가지고 왔다. 김성길은 갑판 위에서 먹을 갈고 있었다. 이인성이 흰 천을 재단하여 갑판 위에 펼쳐 놓고,

"김 진사가 나보다 필법이 나으니 직접 쓰시오."

하고 붓을 건네주었다.

김성길이 붓을 들어 흰 천 위에 글자를 써 나갔다.

朝鬱兩島 監稅將 臣 安同知 騎
조선국 울릉도·자산도 감세장인 안 동지가 타다.

한 면을 다 쓰고 마르기를 기다려 김성길이 먹물을 축여 또 반대편에 글을 썼다.

朝鮮國 安同知 乘舟 조선국 안 동지가 배에 타다.

김성길이 용복에게 글자의 의미를 읽어주니 용복의 입이 쩍 벌어졌다. 이 휘장을 돛대에 달면 왜인들도 한눈에 알아볼 수 있을 것이었다.

승담이 재빨리 휘장의 웃단을 잘라 돛대 위에 걸어 놓았다. 휘장이 바람에 날려 문장이 환하게 보였다.

배가 육지 가까이 다가갔다. 육지 저편 강가 좌우에 논밭이 펼쳐져 있었는데 벼가 제법 누런빛을 띠고 있었다. 한두 달 후에는 추수를 할 수 있을 것 같았다.

묵묵하게 뱃전에서 이 광경을 바라보던 이인성이 김성길에게 붓을 빼앗아 남은 휘장 위에 글 하나를 썼다.

起船尾見盛稻
又歸古鄕思農時

승담이 그것을 돛대 아래에 세로로 걸어놓았다.

"저것이 무슨 뜻이오?"

용복의 물음에 이인성이 힘 없는 어조로 대답했다.

"배 난간에 서서 벼 자란 것을 바라보니 고향에서 농사 지을 이맘때가 생각나서 돌아가고 싶은 맘이 간절히 든다는 뜻이오."

일행은 숙연하여 한동안 말이 없었다.

3월 중순에 집을 떠나서 어느덧 석 달이 지나가고

있었다. 어찌 고향 생각이 아니 날 것인가. 일행의 눈앞에 남겨진 아내와 자식, 아버지와 어머니의 모습이 환영처럼 나타났다가 사라졌다.

가족이란 먼 곳으로 떠나 있는 이에게 얼마나 사무치게 그리운 존재인가. 날마다 떠나간 사람을 생각하며 울고 있는 것은 아닌지, 병이라도 난 것은 아닌지 무수한 생각이 일행의 머릿속을 훑고 지나갔다.

배는 일행의 마음과는 반대방향으로 움직이는데 무정한 바닷바람이 일행의 속도 모르고 무심히 휘장을 펄럭이고 있었다.

33

배가 해안가에 다다랐을 때 커다란 왜선 한 척과 작은 배 대여섯 척이 다가왔다. 큰 배 위에 관원의 모습이 보였다.

관원이 손을 흔들며 무어라고 소리쳤다. 배를 붙이라는 말 같아서 용복이 돛을 내리게 하였다.

왜선이 천천히 다가와 두 배가 난간을 마주하고 붙게 되었다. 왜인들이 긴 판자를 들어 왜선과 용복의 배에 걸쳤다.

바둑무늬 옷을 입은 관원과 몇 명의 무사들이 배 위로 건너왔다.

"조선국에서 오신 분이시오?"

관리가 용복에게 물었다.

"그렇소."

"저는 돗토리 번청 선박 담당으로 있는 야마자키山崎라고 합니다."

"나는 조선국 양도감세관으로 있는 안 동지라고 하오. 보름 전쯤에 오키 섬에 정박해서 소식을 기다리고 있다가 연락이 없어서 직접 찾아오는 길이오."

야마자키가 머리를 갸웃거리며 말했다.

"저희는 기다리고 있으라는 보고장을 받아서 지금까지 기다리던 중입니다."

"대체 무슨 소릴 하는 거요? 우릴 기다리고 있었다니. 우린 기다리다 지쳐서 이곳으로 오는 길이오."

"아무튼 저희는 여러분을 기다리고 있었습니다."

용복이 고개를 설레설레 흔들며,

"하여간 생떼를 쓰는 데는 일가견이 있단 말이야. 그나저나 대체 여긴 어디오?"

하고 물으니 야마자키가 말했다.

"이곳은 후나이소船磯 앞바다입니다."

"그걸 물어보는 것이 아니라 우리는 백기주로 가는 길인데 저기가 백기주가 맞냔 말이오?"

"백기주가 어딥니까? 저기는 돗토리 번입니다."

"이건 소귀에 경 읽기구먼."

용복이 중얼거렸다. 용복은 야마자키가 동문서답을 하는 것을 보고 더 물어봐야 부질없다고 생각했다.

"됐으니 앞장서시오."

"예. 그럼 저를 따라 오십시오."

관리는 배로 돌아가더니 갑판 위에서 작은 배를 탄 어부들에게 시끄럽게 소리쳤다. 어부들은 굽실거리더니 밧줄을 들어 용복의 배에 던졌다. 이런 일은 오키 섬에서도 한 번 경험한 바가 있었다.

밧줄을 묶으니 작은 배들이 용복의 배를 끌고 앞으로 나아갔다. 한참을 가다보니 완만한 포구가 나타났다. 돌산이 파도를 막아서 자연적으로 포구가 된 곳이었다. 배가 포구에 정박한 후 용복은 관리에게 이곳이 어디인지 물어보았다.

"아오야靑谷라고 합니다. 머물 곳을 찾아드릴 테니 잠시만 배에서 머물러 주십시오."

야마자키는 도망치듯이 물러갔다. 용복이 배를 정박시킨 포구에는 칼을 찬 무사들이 엄중히 감시를 하고 있었고, 포구 위에 몇 척의 배가 떠서 용복의 배를 지키는 듯하였다.

돗토리 번청으로 돌아간 야마자키는 돗토리 번 수석 아라오 오오카즈荒尾大和에게 달려갔다.

번청에서 서성이며 기다리던 오오카즈가 야마자키에게 물었다.

"어떻게 되었느냐? 조선 배를 찾았느냐?"

"예. 제가 보고를 듣고 찾아갔을 때는 조선 배가 이미 나가오바나를 돌아 후나이소 앞바다까지 와 있었습니다. 제가 민간 어부들을 데리고 가서 조선 배를 견인하여 아오야에 정박시켰습니다."

"감시병은 충분히 붙였겠지?"

"예."

아라오 오오카즈는 회색 수염을 꼬며 생각에 잠겼다. 보름 전에 오키 섬의 대관으로부터 조선배가 왔다는 연락이 있었는데, 그 서신 가운데에 이런 내용이 있었다.

5월 20일 조선 배 한 척이 이곳에 왔으므로 그 연유를 물었더니 금후 그 나라의 배 32척이 도해할 것인데, 그 중 1척이 오키 번에 소송을 하러 갈 것이라고 하니 기다리고 있으라고 합니다.

이 서신은 오키 섬의 무라카미가 용복의 말을 잘못 해석하여 써 보낸 것이었다.

서신을 받아본 오오카즈는 가까이에 조선 배 31척이 있으며 그 중 한 척이 오키 번에 송사하러 간다고 해석하였다.

이는 복잡한 문제였다. 적어도 400명 이상의 조선인이 떼로 몰려올 수 있다는 의미였다. 더구나 이들이 다케시마 문제로 소송을 하러 온다면, 더구나 상대가 조선국의 관리라면, 나라와 나라의 외교분쟁으로 비화될 수도 있기 때문이었다.

일이 커지기 전에 아라오 오오카즈는 이 문제에 관해서 신중에 신중을 기할 수밖에 없었다. 때문에 오오카즈는 조선 관리가 제 풀에 떨어지길 바라는 마음에서 오키 섬에 회신을 보내지 않았던 것이다.

이제 소송을 하러 왔다는 조선 배가 오키 섬을 떠나 아오야에 입항하였으니 돗토리 번에서는 따로 조선 관리가 찾아온 이유를 철저하게 알아내야 했다.

오오카즈는 조선인의 말을 알아듣기 어려웠다는 무라카미의 서신을 다시 한 번 읽어보고 적합한 인물을 생각해 보았다.

상대가 조선의 관리라면 왜어는 모르겠지만 한어에는 능통할 것이었다. 필담을 할 만한 사람을 생각하던 오오카즈는 유학자 츠지 콘노스케辻權允를 떠올렸다.

츠지 콘노스케는 우에노의 명망 높은 유학자 하야시가에게 사사한 인물로 돗토리 번에서는 명성이 자자한 사람이었다.

오오카즈는 번신 히라이平井와 츠지 콘노스케를 아오야로 보냈다.

히라이는 배에 머물고 있는 일행 가운데 통역이 가능한 두 사람을 아오야에서 얼마 떨어지지 않은 전념사專念寺로 불러들였다. 조사를 하기 위해서였다.

왜국 관리들이 찾는다는 말을 듣고 안용복 일행은

전념사로 갔다.

절 바깥에서 히라이와 콘노스케가 용복 일행을 맞이하였다. 일행은 인사를 나누고 법당 안으로 들어가 책상을 마주하고 앉았다.

번신인 히라이가 앉고 그 옆에서 붓을 든 콘노스케가 받아 적을 준비를 하였다.

용복은 히라이의 맞은편에 앉고 이인성이 붓을 들고 그 옆에 앉았다. 나머지 일행은 법당의 반대편 객사로 들어갔다.

"오키 섬에서 조사를 했는데 또 하는 거요?"

용복의 물음에 히라이가 대답했다.

"오키 섬과 돗토리 번은 구역이 달라서 따로 절차가 필요합니다."

"관원들이란……. 하긴 여기도 사람 사는 곳이라 할 수 없군."

용복은 관문산의 화적을 잡는 일로 울산과 경주관아가 책임을 미루던 옛일을 생각하곤 코웃음을 쳤다.

"그게 무슨 말입니까?"

"그런 말이 있소. 궁금한 것이 있으면 물어보시오. 대답해 드리겠소."

용복과 히라이가 이야기를 주고받는데 오키 섬에서와 마찬가지로 뜻을 이해하지 못할 때가 많았다.

안용복은 자신을 감세장이라고 하였는데 히라이가 이해하지 못해 이인성이 종이에 글자를 써 보여 주었지만 이번에는 콘노스케가 그 뜻을 해석하지 못했다.

일본에서는 장군將軍을 쇼군이라 하여 최고 권력을 지닌 막부의 우두머리를 지칭하는 말이었지만 조선에서는 최고 권력자에게 붙이는 말이 아니었다. 또한 일본에서는 세금을 감독하는 것을 감세監稅라 아니하고 감정봉행勘定奉行이라 하는데 감세장이라 하니 무엇을 말하는지 알지 못하였다.

용복이 진땀을 뻘뻘 흘리는 이인성에게,

"대체 뭐라는 겁니까?"

하니 이인성이 낭패한 얼굴로,

"무슨 뜻인지 잘 모르는 것 같습니다."

하였다. 그러자 용복이 인상을 구기며 중얼거렸다.

"이자들은 진서를 똥구멍으로 배운 모양이오."

이인성이 고개를 돌려 웃었다.

콘노스케와 몇 마디를 나누던 히라이가 말했다.

"미안하오만 무슨 뜻인지 모르겠소. 우리가 알기

쉽도록 써 주셨으면 좋겠소."

이인성이 종이 위에 '감세장이란 조선에서 종3품 당상관이오' 하고 글을 썼다. 콘노스케가 글을 보고 고개를 끄덕끄덕하더니 기록하는 종이 위에 글을 써 넣었다.

3품 당상신三品堂上臣 안동지安同知

이인성이 어이없는 얼굴로 용복을 바라보았다. 콘노스케가 제 맘대로 일본식 벼슬처럼 기록한 것이다.

이인성이 용복에게 경위를 말하였다.

용복은 기가 막혀서 히라이에게 이인성이 종이에 쓴 대로 기록하면 될 거라고 말했다.

콘노스케가 히라이의 말을 듣고 저대로 기록하면 아무도 알아볼 사람이 없다고 고집하여 한동안 실랑이가 계속되더니 마침내 콘노스케의 방식대로 기록되었다. 일본에서 벌어질 소송이니 일본의 대관이 알아볼 수 있도록 기록하는 게 옳다는 것이었다.

이인성과 김성길은 비장裨將으로 썼는데 콘노스케의 조사서에는 진사군관進士軍官 이비장·김비장으로

표기되었으며, 뇌헌은 의금부의 스님 장수라고 이야
기가 되었지만 금오승장석씨_{金烏僧將釋氏} 헌판사_{憲判事}로
기록되었다. 김순립·유봉석·유일부는 김사공·유격
율·유한부가 되어 수행나졸로 기록되고, 승담·연
습·영률·단책은 담법님·습화님·율화님·책화님으
로 석씨수행 스님이라 적혔다.

이것은 본래 일본과 조선의 한문이 조금씩 다른 것
에 기인하였다.

나라는 표기만 해도 조선식 의미는 오_吾가 되지만
일본식 표기는 모_某가 되었다. 모_某는 조선식으로 아
무개라 하여 불특정한 다른 사람을 지칭하지만 일본
에서는 '나'가 되는 것이다. 이러한 작은 차이가 점점
커지다 보니 서로 뜻이 통하지 않는 것이었다. 그럼
에도 불구하고 히라이와 콘노스케는 세세한 것을 집
요하게 물어보았고 용복은 답답한 마음에 가슴을 치
며 분통을 터트리기까지 하였다.

점심 때가 되자 조사를 잠시 멈추어서 용복과 이인
성은 일행이 기다리는 객사로 돌아왔다.

젊은 스님이 식사를 가지고 와서 탁자 위에 공손히
올려놓았다.

작은 나무 공기에 세 홉이 될까 말까 한 밥이 들었고 물고기와 채소를 넣어 끓인 국이 나왔다.

김성길이 밥 옆에 기다란 나무젓가락만 달랑 놓여 있는 것을 보고,

"이곳에는 숟가락이 없는가?"

하고 물으니 용복이 껄껄 웃으며 말했다.

"없수다. 왜국에서는 숟가락을 사용하지 않아요. 먹을 때는 오직 젓가락만 사용하지요."

국맛을 본 유일부의 얼굴이 심드렁하였다.

"국맛이 왜 이래?"

"그러게요. 싱거워 빠진 게 술 빠진 밥상 같잖아."

유봉석이 거들었다.

"각시 빠진 신방이 아니고?"

순립이 놀리듯 물으니 사람들이 모두 웃는데 유봉석은 콧방귀를 끼었다.

용복이 웃으며 말했다.

"왜국 사람들은 기름지고 매운 음식이나 젓갈 같은 짠맛이 나는 것은 먹지 못하고, 달고 신 것을 좋아하지."

유일부가 구시렁거리며 말했다.

"그저 기운 떨어지는 삼복에는 개가 최곤데. 성님, 이렇게 먹다간 기운 빠져 죽겠소. 우리 개나 한 마리 잡아먹읍시다."

"그런 소리 말어. 왜국에서 개를 잡아먹으면 목이 날아가는 것도 모르나?"

"예?"

일행은 일제히 용복을 바라보았다.

순립이 못 믿겠다는 얼굴로 말했다.

"개를 먹는다고 목이 잘린다니? 그런 법이 어디 있단 말인가?"

"관백의 법이랍니다."

"아무리 법이라도 너무합니다. 그깟 개 한 마리 잡아먹는 것 가지고 목을 치다니 그건 정말 너무하우."

유봉석이 한 마디 거들었다.

"어허, 여기 왜국에 정말로 있는 법이라니까. 목이 달아나고 싶으면 자네들이 한번 잡아보게."

"제길, 우리나라에 그런 법이 있다면 삼복더위에 목이 잘려 죽는 사람이 수도 없겠소."

용복은 유봉석의 말을 듣고 껄껄 웃었다.

5대 쇼군 도쿠가와 쓰나요시德川綱吉는 아들이 요절

한 후에 다시 아들을 두지 못하였다. 이 문제로 고심하고 있을 즈음 쓰나요시의 신임이 두터운 승려 류코隆光가 쓰나요시의 어머니에게 장군이 후사를 두지 못하는 것은 전생에 살생을 많이 한 업이니 살생을 삼가는 것이 좋겠다는 진언을 하였다.

한술 더 떠서 쓰나요시가 개띠 해에 태어났으니 개를 아끼고 사랑하라는 말을 듣고 쓰나요시가 즉시 살생금지령을 공포한 것이다. 먹기 위해 물고기와 새를 기르는 것까지 금지되었으며, 얼굴에 앉은 모기를 죽였다 하여 벌을 받는 일도 있었다. 개는 견공犬公이라 부르게 하고 5만 마리의 개를 흰 쌀밥에 마른 고기를 먹이며 호사를 누리게 하였는데 개를 죽인 자는 사형에 처한다고 하였다. 호사가들 사이에서는 나라꼴이 개판이 되었다고 불평을 하는 이들이 셀 수 없이 많았고 심지어 쓰나요시를 일컬어 이누고부犬公方이라고 부르는 자도 있었다.

"내가 왜놈들을 겁내지 않은 것은 이누고부가 있기 때문이란 말이야."

용복이 껄껄 웃으며 하는 말에 순립이,

"이제 보니 자네 간담이 개간담일세."

하니 사람들이 박장대소를 하며 웃었다.

점심을 먹은 후에 용복은 이인성과 함께 조사를 받으러 객사를 나서는데 상을 치우러 온 젊은 스님 하나가 용복에게 말을 걸었다.

"혹시 삼 년 전에 조선에서 오신 분이 아닙니까?"

용복이 젊은 중의 아래위를 번갈아 보았다. 어디선가 본 적이 있는 듯도 하고 아닌 듯도 하였다.

"누구요?"

"전 헤에스케兵助라고 하는데 삼 년 전에 오키 섬에 살았습니다."

아마 오키 섬에서 용복을 본 모양이었다.

"일 없소."

용복은 시치미를 떼곤 법당으로 걸어가 버렸다.

"아닌가? 맞는 것 같은데……"

헤에스케라는 중은 머리를 갸웃거리다가 상을 가지러 객사로 들어가 버렸다.

용복이 헤에스케가 객사로 들어가는 것을 보며 안도의 한숨을 쉬고 이인성에게 말했다.

"어휴, 여기에 아는 사람이 있을 줄은 몰랐소."

"그러게 말입니다. 앞으로는 더욱 조심해야겠습니다."

두 사람이 법당 안으로 들어가니 히라이와 콘노스케의 모습이 보이지 않았다.

용복이 법당 안에서 우두커니 서서 기다리고 있을 때에 절간의 탑 앞에서 히라이와 콘노스케가 헤에스케라는 젊은 중과 이야기를 나누는 모습을 발견할 수 있었다. 헤에스케는 손가락으로 법당을 가리키며 이야기를 하고 있었는데 용복에 대해 이야기하는 듯하였다.

이인성이 놀란 표정으로 용복에게 말했다.

"이거 큰일났소. 안 동지가 어부라는 것이 드러나면 큰일이 아니오?"

"제길, 나도 일이 이렇게 될 줄은 몰랐소."

"이제 어떡하면 좋겠소?"

"왜놈들이 배를 지키고 있어서 도망칠 수도 없소. 가는 데까지 가 봅시다. 마음 단단히 자시오."

용복은 태연하게 앉아서 히라이와 콘노스케를 기다렸다.

두 사람이 법당 안으로 들어와 자리에 앉았다.

히라이가 용복과 이인성을 번갈아 바라보더니 입을 열었다.

"내가 이상한 이야기를 들었소. 헤에스케라는 중이 안 동지를 삼 년 전에 왔던 안 병사라 하고 객사에 있는 자 중에 하나를 도라헤라고 하는데 어떻게 된 것이오?"

"안 병사는 뭐요?"

"그 자가 안 병사라고 합디다."

"난 안 동지요. 그리고 객사에 도라헤라는 자는 없소. 그동안 조사받은 것은 뭣 하는데 쓰고 저런 엉터리 중놈 말을 믿는 것이오!"

용복은 모르쇠를 하였다.

히라이가 멀뚱멀뚱 기록을 적은 종이를 내려다보니 과연 그 말이 맞았다. 안 병사와 도라헤라는 사람은 어디에도 없었다.

"아마도 그자가 잘못 본 모양이오."

히라이는 조사를 계속하였다.

34

8일 정도 조사를 받고 난 후에 용복 일행은 포구에

서 떨어진 가로라는 마을의 동선사東禪寺에 머물게 되었다.

뇌헌은 제자들과 함께 동선사의 아침저녁 예불에 참가하였다. 원래 불교는 조선에서 건너온 것일 뿐 아니라 조선 승려 사명당이 왜란 이후에 왜국에 찾아와서 생불이라는 소릴 들었기 때문에 동선사의 중들은 뇌헌을 부처 모시듯 하였다.

조선의 승려가 동선사에 와 있다는 소문이 퍼지자 동리의 사람들도 동선사로 찾아와서 기도를 올리고 뇌헌에게 반야심경을 적은 종이를 받아갔다.

왜국에서는 불경이 아주 귀해서 보물처럼 여겼는데 뇌헌에게 경서를 받을 수 있으니 너도나도 종이를 구해서 찾아왔다.

왜인들에게는 종이 또한 귀한 것이었지만 불경이 쓰여진 경서가 더 중한 것이라 며칠 만에 찾아온 사람들의 종이가 제법 두텁게 쌓였다.

글을 아는 이인성과 김성길, 그리고 네 명의 젊은 스님이 불경을 필사하여 찾아온 사람들에게 나누어 주었는데 그래도 종이가 많이 남아 이인성은 그것을 책으로 만들어 시나 문장을 적곤 하였다.

358

하루는 이인성이 법당 벽에 그려진 지옥도地獄道를 한동안 바라보다가 뇌헌에게 물었다.

"스님, 정말로 지옥地獄이란 것이 있을까요?"

"마음에 지옥이 있다면 있는 것이고, 마음에 지옥이 없다 말하면 없는 것이지."

"법당의 벽화에는 여러 가지 지옥이 그려져 있으니 지옥이 있다고 생각해도 되겠지요?"

"그렇다고 할 수 있겠지."

"지옥의 종류가 얼마나 되는가요?"

"지옥地獄의 종류는 경전마다 다른데 보통 팔대 지옥이 가장 많이 알려져 있네. 첫째는 등활지옥等活地獄, 둘째는 흑승지옥黑繩地獄, 셋째는 중합지옥衆合地獄, 넷째는 호규지옥號叫地獄, 다섯째 대규지옥大叫地獄, 여섯째 염열지옥炎熱地獄, 일곱째 대열지옥大列地獄, 여덟째 무간지옥無間地獄이네. 이 지옥은 어느 곳이나 네 면에 문이 하나씩 있고, 그 문으로 들어가면 문마다 네 종류의 소지옥小地獄이 또 있으니 각 지옥마다 개수를 셈해 보면 열여섯 개의 소지옥이 있어 합하면 모두 백이십팔 개가 되는 거야."

"그럼 백이십팔 개의 지옥이 있다는 말이군요."

뇌헌이 고개를 끄덕이며 말했다.

"불가에서는 사람이 죽으면 반드시 염라대왕 앞에 가서 재판을 받게 되는데 죄의 경중에 따라서 백이십팔 개의 지옥 중 합당한 지옥에 떨어지게 되는 것이지."

"염라대왕이 무슨 수로 사람의 지나온 죄를 살필 수 있겠습니까?"

"염라대왕 앞에는 업경대業鏡臺라는 이상한 거울이 있어서 과거에 그가 저질렀던 모든 죄들이 낱낱이 들어나게 되는 것이지. 거짓말을 하거나 남을 비방하거나 욕설을 해서 구업口業을 많이 지으면 죽어서 발설지옥拔舌地獄으로 가게 되는데 발설지옥은 지옥의 형장이 죄 지은 자를 묶어놓고 날카로운 집게로 죄인의 입에서 혀를 뽑아내는 곳이지. 형장은 뽑은 혀를 몽둥이로 짓이겨 크게 부풀게 한 다음, 밭을 갈 듯이 쟁기로 혀를 갈아엎거나 수많은 바늘과 칼로 난도질을 해버리지만 혀를 뽑힌 죄인의 혀는 다시 생겨나고 지옥의 형장은 다시 혀를 뽑는 일을 계속하게 되는 것이네.

그 밖에도 죄인을 장대에 꿰어 펄펄 끓는 쇳물에 집어넣는 화탕지옥火湯地獄이 있고, 온 산에 뾰족뾰족

하고 날카로운 칼날이 빈틈없이 꽂혀 있는 능선을 맨발로 올라가야 하는 도산지옥刀山地獄이 있지. 또 죄인의 몸에 쇠못을 박는 정철지옥釘鐵地獄이 있고, 톱으로 죄인의 몸을 자르는 거해지옥鉅解地獄이 있으며, 굶주린 뱀들이 우글거리는 구덩이에 떠밀려 고통을 당하는 독사지옥毒蛇地獄이 있어.

　팔대 지옥 가운데 가장 크고 무서운 지옥이 있는데 그것을 무간지옥無間地獄이라 하지. 이 지옥은 부모를 죽였거나 부처 몸에 상처를 입혔거나 혹은 승가의 화합을 깨뜨렸거나 아라한阿羅漢을 죽인 중죄인들이 가는 곳이네. 그곳에는 필바라침必波羅鍼이라는 무서운 바람이 부는데 이 바람이 불면 온갖 것의 몸을 건조시키고 피까지 말라버리게 하지. 그곳의 불꽃에 살이 익어 터지고 온몸이 불타는데 이 사이에 염라대왕의 무서운 꾸지람이 이어지는 것이니 지옥에서도 가장 무서운 지옥이라고 할 수 있네."

　"지옥에 가지 않으려면 어떻게 해야 하나요?"

　"해탈하여 윤회의 사슬에서 벗어나면 되는 것이지."

　"어떻게 해탈할 수 있나요?"

　"성불하면 되지."

"어떻게 하면 성불할 수 있나요?"

"깨우치면 되지."

"어떻게 깨우치나요?"

"그것을 내가 알면 벌써 성불했겠지."

뇌헌이 미소를 지었다.

이인성은 앞날이 보이지 않는 미래를 생각하였다. 진사시까지 합격하고도 대과에서는 매번 떨어질 수밖에 없는 불평등한 현실을 생각하였다. 붕당이나 음서가 아니고선 대과에 급제하기가 하늘의 별을 따는 것이나 마찬가지였다.

하늘의 별을 따기 위해 반평생을 노력하였지만 그에게 남겨진 것은 가난과 빚뿐이었다. 쌀독에 곡식은 사라지고 아내의 얼굴에는 풀기가 없었다. 아이는 힘없는 얼굴로 배고프다고 울부짖었다.

이인성은 자신이 양반이라는 것이 괴로웠다. 글공부로 입신해야 하는 운명이 원망스러웠다. 그의 삶은 백이십팔 개 지옥의 밑바닥에 있었다. 조상을 볼 낯이 없었고, 자식을 볼 기운도 없었다. 차라리 중이 되는 것이 나을지도 몰랐다. 번뇌를 잊고 해탈하여 윤회의 사슬을 끊어버릴 수 있다면 모든 고통에서 해방

될 수 있을 것이니 말이다.

유학자가 불교를 믿게 되면 사문난적이라 하여 배척을 받았다. 그것은 입신양명을 바라는 유학자들에게는 사형선고나 다름없는 것이었다. 그런 까닭에 공맹을 공부하는 유학자는 불교와 석가를 입에 담는 것을 금기로 여겼다.

이인성은 그동안 불교에 대해 문외한 편이었지만 뇌헌과 지내는 동안 서서히 마음이 움직이기 시작했다. 이인성은 뇌헌에게 불경에 대해 물어보았고 뇌헌은 그의 물음에 답해 주었다. 뇌헌은 이인성의 오촌 숙부로 어려서 사서자집과 경서를 공부했을 뿐 아니라 불경에 대해서도 폭넓게 아는 것이 많아서 이인성의 물음에 막힘 없이 대답해 주었다.

유학이 백성들의 현실을 구제하기 위한 것이라면 불학은 백성들의 마음을 구제하는 학문이라는 것, 유학이 인의예지와 치국을 종지로 삼는다면 불학은 자비심과 깨달음을 종지로 삼는다는 것 등 여러 가지 가르침을 이인성에게 전해 주었다.

이인성은 뇌헌의 가르침에 영감을 얻어서 연주문귀連珠門歸라는 글을 만들었다. 연주문귀란 곧 불교에

귀의한다는 뜻이다. 훗날 이인성은 이 글로 인해 화를 당하게 되지만 이때에는 자신의 감회를 문집으로 만들기로 마음먹었다.

하루는 이인성이 동선사의 앞뜰에서 저녁 달을 바라보고 있었다. 이때는 바람이 서늘하게 불고 귀뚜라미가 구슬피 울어 가을 날씨 같았다.

멀리 소쩍새가 구슬피 우는 소리를 듣고 차가운 달빛을 바라보다가 문득 시상이 떠올라 이인성은 방 안으로 들어가 붓을 들어 시 한 수를 지었다.

秋來見月多歸思
가을이 다가오니 고향으로 돌아갈 마음 간절하구나.

이인성이 다음 구를 생각하고 있을 때에 용복이 다가와 문집을 빼앗더니 말했다.

"태평하게 시나 쓰지 마시고, 소송장 하나 써 주시오."

"소송장?"

"관백에게 소송장을 보낼 생각인데 이 진사께서 글을 잘 쓰시니 궁리해서 하나 써 주시오. 내가 곰곰

이 생각해 보니 이대로 있어서는 안 되겠소. 남아가 칼을 뽑았으면 썩은 무라도 잘라야 할 것이 아니오. 소송장에 들어갈 내용은 내가 불러 드릴 터이니 이 진사께서 멋들어지게 만들어 주시오."

용복이 이인성에게 소송장에에 들어갈 내용을 이야기해 주었다.

이인성은 용복의 이야기를 듣고 하루 밤낮을 고심하여 소송문을 완성하였다. 이를 김성길이 보고 두 사람이 논의하여 여러 차례 퇴고한 끝에 이러한 내용의 소송문이 만들어졌다.

일본국 관백 전하.
조선국 통정대부 겸 울릉·자산 양도감세장 안용복 삼가 아뢰옵니다.
제왕이 나라를 다스리는 데는 그 방도가 한 가지가 아니나 그 근본은 백성을 편안하게 하는 데 있는 것입니다. 백성들을 편안하게 하는 방도에는 그에 대한 정사가 한 가지가 아니나, 그 요체는 해가 되는 것을 없애는 데 있을 뿐입니다.
옛날에 황제黃帝 헌원씨軒轅氏가 말을 기르는 자에게 천하를 다스리는 방도를 묻자, 말을 기르는 자가 해가 되는 것을 없애라고 하였습니다.

말을 기르면서 해가 되는 것을 없애지 아니 하면 말이 어떻게 번식할 수 있겠습니까. 마찬가지로 백성을 편안케 하고자 하면서 백성들에게 해가 되는 것을 없애지 아니 하면 백성들이 어떻게 편안할 수 있겠습니까.

본관이 조선의 명에 따라 울릉·자산도를 순무하던 중 왜국의 어선 여러 척이 조선 땅 울릉도와 자산도에 침범하여 여전히 불법어로를 자행하고 있었습니다.

본관은 재작년에 지엄하신 관백 전하께서 울릉도와 자산도의 출입을 금지하게 하셨다는 것을 전해 들었습니다. 그러나 일본국 어민들의 도해가 그치지 않는 것을 보면 관백 전하의 덕음이 아래로 미치지 아니 한 것이 틀림없습니다. 이는 필시 그 가운데에 관백 전하의 덕음을 가로막고 조선과 일본을 이간케 하는 대마도주와 같은 간신 무리가 있기 때문입니다.

본관이 먼 바다를 건너온 것은 옳은 것을 바로잡고 해악을 없애 양국의 교의를 굳건히 하고자 할 따름이오니 본관이 알고 있는 대마도주의 악행을 몇 가지 열거할까 합니다.

계미년1693 조선의 어부 두 사람이 일본에 끌려왔을 때에, 대마도주는 관백 전하의 명령을 위조하여 몇 번이나 조선과 울릉도를 다투어 왔습니다.

본래 조선의 울릉도와 자산도는 조선의 영토라는 것이

명확하게 드러나 있는데 사실을 거짓으로 꾸미고 거짓을 진실처럼 호도하여 트집잡고 억지를 써서 양국의 관계를 험악하게 만들었으니 이것이 관백 전하의 뜻이었습니까?

당시 조선인 어부는 관백 전하로부터 울릉도와 자산도가 조선의 영토이며 왜인 어부들을 도해하지 않도록 하겠다는 문서를 받았는데 대마도주는 사사로이 그 문서를 빼앗고 중간에서 위조하였고 두세 번 차왜差倭를 보내 조정과 불편한 관계를 만들었습니다.

또한 계미년 조선 어부들의 귀국 때에 송환비용을 받는다면서 조선 어부가 받은 은화 2000냥을 빼앗아 놓고는 다시 조선 조정에 대하여 비용을 2000금이나 들여 조선에 보내주었다고 거짓말을 하였습니다.

본관은 이 이야기를 들었을 때 대마도주가 관백 전하의 충성스러운 신하인지 실로 의심스러웠습니다.

대마도주의 죄상이 어찌 그뿐이겠습니까? 대마도주는 조선과 일본의 사이에서 무역을 독점하며 양국 간의 관계에 큰 죄를 짓고 있습니다.

도주는 부산 왜관에서 장사하는 대마 상인들과 조선 상인들의 가운데에서 그들의 이윤을 몰수하여 자신의 배를 불리기에 혈안이 되어 있습니다.

대마도주가 구리와 납 등을 조선에 수출하고 그 대가로 받아가는 쌀이 일 년에 1만6000섬이온데, 일본에서는

6000석을 떼먹고 1만 섬이라고 보고하고 있다는 것을 들었습니다.

또한 조선의 인삼을 수입하여 독점판매하는데 일본에 가져가서 10배의 가격을 붙여 폭리를 취하고 있다고 들었습니다.

대마도가 조선과 일본의 해로 가운데에 위치하여 오랫동안 양국의 무역을 독점한 지가 오래되었으니 충忠을 속이고 의義를 저버린 비리의 가짓수를 어찌 짧은 글로써 다 할 수 있겠습니까?

위에 열거한 몇 가지 사실은 본관이 보고 들은 것을 보탬 없이 기록한 것이니 충성스런 신하를 시켜 사실을 확인해 보시면 대마도주의 죄악이 명확하게 밝혀질 것입니다.

이에 본관은 한 가지 대안을 관백 전하께 주청하는 바입니다.

조선과 일본 양국의 무역로로 울릉도를 경유하는 해로를 개설하는 것입니다. 그동안 대마도는 조선과 일본 양국의 독점적인 무역로였으며 그로 인하여 수많은 폐단이 생겨났습니다.

대마도주가 관백 전하의 명을 어기고 사사로이 조선과의 외교에 나서는 무례를 범하고 독점무역을 통해 득실을 취함은 이를 방증하는 것이니 청컨대 울릉도를 통한 무역로를 개설한다면 조선과 일본 양국 상인들의 이익과

국익에도 크나큰 도움이 될 것입니다.

삼가 바라옵건대 명철하신 관백 전하께서 조선과 일본 양국의 관계가 돈독하게 되기 위해 무엇이 해가 되고 득이 되는지 판단하시기 바랍니다.

본관은 의분을 참지 못하여 먼 바다를 건너 죽음을 무릅쓰고 엎드려 아뢰옵니다.

조선국 울릉·자산 양도감세장 안용복 올림

"참말 문장이오. 이 정도면 제 아무리 교활한 대마도주라도 꼼짝하지 못할 것이오. 참말 이 진사 나리, 김 진사 나리, 고맙습니다."

용복은 펄쩍 뛸 정도로 기뻐하며 소장을 보물처럼 여겼다.

35

용복 일행이 동선사에서 기거한 지 9일째 되는 날 아침에 번청에서 가마 2대와 말 9필을 보내왔다.

돗토리 번 수석 아라오 오오카즈가 일행을 모시고

오라는 분부를 내렸다고 번신 히라이가 말했다.

한도 없을 것 같은 기다림에 지쳐 있던 사람들은 뜻밖의 대접에 오히려 어리둥절했다. 그러자 용복이 남철릭에 전립을 쓰면서 웃었다.

"내 이럴 줄 알았지. 내가 어저께 히라이에게 에도에 있는 관백에게 전해 달라고 소송장을 보냈거든. 이렇게 기다리고 있어서는 끝이 없을 것 같아서 보냈는데 바로 응답이 오는구먼."

일행은 옷을 차려입고 히라이를 따라 동선사를 나왔다. 안용복과 뇌헌은 가마에 오르고 나머지 일행은 말에 올랐다. 키 작은 가마꾼들이 가마를 메고 앞장서고 그 뒤로 마부잡이들이 말을 끌고 가는데 앞뒤로 호위하는 무사들이 호령을 하면서 나아갔다.

이들은 점심 무렵 커다란 돌성 앞에 다다랐다. 돗토리성이었다. 용복 일행은 돗토리성 앞에 있는 공회소公會所에 머물렀는데 숙식과 대접이 전에 없이 융숭하였다.

점심 후에 늙은 관리 하나가 공회소로 들어왔다. 돗토리 번의 수석 아라오 오오카즈였다.

오오카즈는 전날 용복이 보낸 소송장을 유학자 콘

노스케를 불러 해석하도록 했다.

콘노스케는 용복이 보내온 소송장을 해석하면서 그 문장의 유려함에 놀라며 이는 조선의 벼슬아치가 틀림없다고 단언하였다.

오오카즈는 히라이를 통해서 전념사의 헤에스케의 말을 전해 듣고 안 동지라는 자가 3년 전 끌려왔던 어부라는 의심을 품고 있던 참이라 진위 여부를 가리기 위해 시간을 끌고 있었는데 훌륭한 소송장과 콘노스케의 말을 듣고 나서 마음을 바꾼 것이다.

오오카즈는 소송장을 보고 사안의 심각성을 확인하였다. 그리하여 이 문제를 대마도주에게 알리는 동시에 안용복 일행을 불러 그 의중을 파악할 속셈이었다.

오오카즈는 남철릭에 전립을 쓴 용복이 3년 전에 왔던 어부와 닮았다고 생각했지만 얼굴이 닮았거니 생각하며 공손하게 말했다.

"늦게 모시게 되어 죄송합니다. 저희 번주께서 에도에 가 계셔서 차일피일 시간을 미루며 돌아오시길 기다렸는데 어제 당장 돌아오지 못한다고 연락이 와서 이렇게 제가 여러분들을 모시게 되었습니다."

오오카즈는 거짓 변명으로 무마한 후에 용복에게

말했다.

　"히라이를 통해 들었습니다만 에도에 계신 쇼군께 상소하러 가신다고요?"

　"그렇소. 소송장에 있는 것처럼 왜국에서 다케시마와 마쓰시마라고 부르는 곳은 우리의 영토 울릉도와 자산도요. 본관이 양도감세장으로 두 섬을 찾아왔는데 아직도 왜인들이 이 섬에 드나들고 있으니 이게 어떻게 된 것이오? 내가 알기로 쇼군께서 두 섬의 출입을 금지한다는 법령을 내린 것으로 아는데 내가 잘못 알고 있는 것이오?"

　"그럴 리가 있습니까? 우리 돗토리 번에서는 삼 년 전부터 그 섬의 도해를 금지하였습니다. 그 섬에서 우리 번의 백성들을 만났다는 것을 믿을 수 없습니다. 증거가 있다면 조처하겠으니 증거를 보여주십시오."

　오오카즈가 이렇게 말하는데야 용복 또한 증거가 없으니 더 따질 수도 없는 노릇이었다.

　"그렇다면 그 왜인들은 대마도 사람들이 분명한 것 같소. 본관이 에도에 올라가서 관백 전하를 뵙고 말씀 드릴 것이니 도움을 주셨으면 좋겠소."

　"안 동지께서 작성한 상소를 에도에 올렸으니 연

락이 오면 그때 도움을 드리겠습니다. 잘 아시겠지만 관의 일이란 절차가 까다로워서 마음대로 되는 것이 아니올시다. 에도에서 연락이 올 때까지만이라도 기다려 주십시오."

용복 일행은 오오카즈의 공손한 대답을 듣고 일이 다 되었다고 희희낙락하였다. 그러나 세상 일이란 것이 맘처럼 되는 것이 아님을 용복 일행은 이틀 후에 알게 되었다.

이틀 후 용복 일행은 공회소에게 쫓겨나서 다시 배에 구금되었다.

에도에 있던 쇼군의 로주인 오오쿠보 다다모토大久保忠朝의 지시가 돗토리 번에 내려왔기 때문이었다.

로주인 오오쿠보 다다모토는 18년 동안 로주으로 봉직하였는데 오오쿠보 가문은 가장 오랫동안 도쿠가와 가문을 섬겨 명망이 높았다. 그는 돗토리 번의 소식을 듣고 평소 잘 알고 지내던 전임 대마도주였던 소오 요시자네宗義眞를 불러들였다.

소오 요시자네는 왜란 후 침체된 대마도를 중계무역으로 활기 있게 만드는 한편 토지제도를 개혁하고 성곽과 부두, 선착장과 운하를 확장하여 대마도의 전

성기를 구가한 인물이었다. 그는 35년간 대마도 번주로서 역할을 하다가 1692년 장자인 소오 요시츠구宗義倫에게 번주 자리를 물려주고 이름을 덴류인天龍院으로 바꿔 에도의 절에 머물고 있었다.

그는 장자인 소오 요시츠구가 2년 후 갑작스런 병으로 사망하자 10살 된 둘째 아들인 소오 요시미치宗義方를 대신하여 섭정을 하고 있었다.

급한 전갈이 있다는 말에 덴류인이 다다모토의 집을 찾아가니 기다리고 있던 다다모토가 돗토리 번에 일어난 일을 말해 주었다.

"지금 돗토리 번에 조선의 관군이 와 있다는데 다케시마와 마쓰시마 두 섬의 문제로 소송을 하러 왔다는군. 무슨 일인지 알겠는가?"

덴류인이 돗토리 번에서 받은 문서를 읽어보았다.

"이것은 영토문제라기보다 무역에 관한 일로 찾아온 듯합니다. 조선인과의 외교와 무역은 초대 구보오 사마도쿠가와 이에야스가 정한 법이 있으니 저희 번에서 처리하겠습니다. 로주께서 서신을 보내어 조선인들을 상륙시키는 것을 막아주신다면 저희 대마 번의 가신과 통역을 보내어 해결하도록 하겠습니다."

"알겠네. 나도 조선과의 외교로 시끄러워지는 것은 싫으니 자네 뜻대로 처리해 주겠네."

다다모토는 즉시 명을 내려 조선인들을 상륙시키지 말고 임시거처를 마련해 주라고 지시했다.

명을 내린 지 하루도 되지 않아서 돗토리 번에서 소송장 한 장이 날아들었다.

다다모토가 다시금 덴류인을 불러들여 소송장을 확인시켰다.

덴류인은 조선과의 외교 업무를 맡아보는 유학에 능통한 대마 번의 수석 가로 스야마 쇼에몽陶山庄右衛門과 다다 요자에몽을 불러 소송장을 해석하였다.

덴류인은 용복이 올린 소장의 내용을 듣고 등줄기가 서늘하였다.

"이것은 보통 문제가 아니다. 지금 대마도는 왜관 무역에 의해 존재한다고 해도 과언이 아니다. 조선과의 독점무역이 깨어진다면 우린 살아날 길이 없어지는 것이다. 그런데 이제 울릉도와 돗토리로 통하는 해로가 일본과의 새로운 무역통로가 된다면 대마도가 큰 타격을 입게 될 것은 자명한 일, 이미 울릉도를 통해 요나고 어민들이 드나들고 있고, 조선의 어민들이 드나든다면 울릉도를 통한 무역이 성행할 수 있는 조건이 마련될 것이 아니고 무엇인가? 이는 절대 있을 수 없는 일이며 있어서도 아니 되는 일이다. 우리가 살아남기 위해서는 안 동지의 소장이 막부에 전해지는 것을 막아야 한다."

그가 보낸 소장은 막부가 간신배와 같은 대마 번의 소오씨를 제거하는 길만이 조선과 일본의 평화로운 관계를 유지하는 길이라는 것이었다.

대마도에서는 왜란 이전부터 문서와 도장을 위조하여 양국 사이에서 기득권을 취해온 지 오래였다. 비밀리에 전해오던 그러한 사실은 1635년 대마도주인 소오宗와 그의 가신 야나가와柳川가 내분을 겪는 과정에서 폭로된 적이 있었다.

소오 요시나리가 왜란 이후 세 차례에 걸쳐 조선통신사 초빙 교섭을 하면서 열한 통에 이르는 국서와 도장을 위조하였다는 것이다. 대마 번은 막부 인감과 조선 왕조 인감을 가짜로 만들어 필요시에는 문서를 개조하고 가짜 인감을 찍어 자신에게 유리하게 이용했다는 것이다.

이 사건으로 말미암아 소오가는 큰 위기를 맞이하

였지만 뜻밖에도 야나가와 요시노부가 막부의 처벌을 받음으로써 일단락되었었다. 그 후에 막부는 교토의 승려를 대마도의 이테이앙以酊庵이라는 절에 교대로 파견하여 조선과 주고받는 외교문서의 작성과 감독을 맡기게 되었다.

국서 위조사건 후에 대마도는 한때 위기를 겪었으나 소요 요시자네에 의해서 지금의 번영기에 이르렀다. 그런데 이제 조선인의 소장으로 인하여 대마도가 다시 위험에 처하게 된 것이다.

막부가 조선인의 소장 내용을 알게 된다면 작년에 대마도주가 된 11살의 소오 요시미치는 물론 자신도 위험에 처하게 될 수 있었다. 어쩌면 할복을 할 수도 있었다. 그것은 대마도의 몰락을 의미하는 것이었다.

스야마 쇼에몽 역시 한문으로 쓰여진 소장을 근심 어린 눈으로 바라보다가 입을 열었다.

"주군의 말씀처럼 이 소장이 막부에 전해진다면 대마도는 끝장입니다. 우리 손으로 건너와서 다행이지만 이런 일이 다시 반복되지 않으리라 장담할 수 없습니다."

"그럼 어떻게 하면 좋겠나?"

"방법은 하나밖에 없습니다. 로주에게는 뇌물로 입을 막고 우리의 뜻을 관철시키는 것입니다."

"뇌물이라면?"

"인삼이지요. 조선의 인삼이라면 로주의 입을 막을 수 있을 것입니다. 다행히 주군과 친하시니 어렵지 않으리라 생각합니다. 그동안 저는 돗토리 번으로 가서 담당자를 만나보겠습니다. 가서 정황을 말하고 조선인에게는 응당의 대가를 지불하여 보내는 수밖에는 도리가 없을 것 같습니다."

듣고 있던 다다 요자에몽이 말했다.

"무슨 소리! 내가 보기에 삼품 당상신 안 동지라는 자는 삼 년 전 돗토리 번에 왔던 안용복이라는 어부가 틀림없습니다. 그자에게 속아서는 아니 됩니다."

덴류인이 요자에몽에게 물었다.

"그래서 자네에게는 어떤 계책이 있는가?"

"스야마의 말처럼 로주에게는 인삼을 보내 입을 막고, 안용복 일행은 죽여 버리는 것이 좋을 듯합니다. 그깟 어부 놈 하나 죽인다고 무슨 일이야 일어나겠습니까?"

스야마 쇼에몽이 소장을 들고 말했다.

"그렇게 간단한 일이 아니오. 이 소장을 보시오. 무식한 어부가 이런 소장을 쓸 수 있다고 생각하시오? 이런 진서의 글은 그대와 나, 에도의 유식한 승려 몇 이외에는 쓰기 어려운 문장이오. 이런 소장을 썼다는 것은 안용복 일행 가운데에 문장에 능한 벼슬아치가 있다는 말이오. 만에 하나 성급하게 그들을 제거했다가 조선 조정으로부터 문제가 제기된다면 그때는 무슨 핑계를 댄단 말이오? 요자에몽의 계책 때문에 도주와 주군께서 동반 할복이라도 하게 되면 대마도는 어떻게 된단 말이오?"

요자에몽이 끄응, 하고 앓는 소리를 하였다. 생각해 보니 스야마의 말에도 일리가 있었다. 소리만 지를 줄 아는 무식한 안용복이 이런 고급 문장을 사용하여 글을 쓰지는 못할 것이 분명했다. 필시 조선의 관원을 대동하고 왔음이 틀림없었다. 이런 판국에 살인이라는 것은 있을 수 없는 일이었다. 당장은 덮을 수 있다 하더라고 훗날 사실이 밝혀진다면 살인을 금하는 법을 정한 쇼군이 가만있지 않을 것이었다. 모든 책임은 도주와 덴류인이 지게 될 것이니 이중삼중으로 골치 아픈 일이었다.

말 없이 팔짱을 끼고 있던 덴류인이 말했다.

"쇼에몽의 말이 옳다. 조선인들의 소송을 취하시키지 않으면 일은 더욱 커지게 될 것이고 내 아들과 나는 어떻게든 죄과를 치러야 할 것이다. 이는 한시가 급한 일이니 시일을 끌어서는 아니 된다. 지금 이 자리에서 결정을 내리지.

스야마 쇼에몽은 지금 즉시 돗토리 번으로 가서 문제를 조속히 해결하도록 하시오. 로주 오오쿠보에게는 내가 직접 찾아뵙고, 조선인들은 돌아갈 수 있도록 조속히 처리할 것이니 요자에몽은 인삼을 가지고 여러 로주들께 인사를 드리도록 하시오. 소송에 관한 일이 밖으로 불거지지 않도록 성의를 보이라는 것이오. 이것은 대마도의 존망이 달린 일이오. 특히 스야마 쇼에몽은 상대방을 자극하여 긁어 부스럼 만드는 일은 자제하기 바라오. 뒷일은 차후에 생각하더라도 지금은 그들을 안심시켜 일이 커지는 것을 막아야 할 것이오."

"예. 명심하겠습니다."

가신들은 덴류인의 명을 받고 뿔뿔이 흩어졌다.

36

오오쿠보의 명이 돗토리 번에 내려오자 아라오는 공회소에 머물던 용복 일행을 배로 돌려보내고 코잔湖山 하구의 아오시마에 거처를 만들었다. 용복의 배는 하구 안으로 견인하여 계류시키고 섬 바깥으로 나오지 못하도록 경계를 강화하였다.

용복 일행은 갑자기 달라진 대우에 대해서 갈피를 잡을 수 없었다.

시간이 살처럼 흘러가서 푸릇푸릇한 잎사귀들이 붉은빛으로 물이 들었다. 5월 말에 왜국에 들어왔는데 벌써 석 달이 덧없이 지나가 버리자 사람들도 점차 지치기 시작했다.

김순립과 유일부는 온종일 멍하니 하구를 바라보곤 했고, 유봉석은 자주 짜증을 부렸다. 이인성은 끊임없이 시상이 떠오르는지 입을 꼭 다물고 시만 적었고, 김성길은 뒷짐을 지고 갑판을 서성이며 단가를 자주 불렀다.

청산리 벽계수야 수이감을 자랑마라
일도창해하면 다시오기 어려우니
명월이 만공산하니 쉬어간들 어떠리.

길고 긴 목청이 구렁이 담 넘어가듯 이어질 때에 김성길은 시름마저 잊어버린 사람 같아 보였다.

뇌헌의 네 제자는 섬에서도 여전히 무술을 연마하였고, 뇌헌은 늘 그렇듯이 정좌하여 참선으로 시간을 보내었다. 하루 종일 앉아 있으면 좀이 쑤실 만도 하련만 뇌헌은 마치 돌부처 같았다. 용복은 저렇게 불법이 높은 스님이 돈을 벌려고 자신에게 찾아와 400냥이라는 거금을 선뜻 건네주었다는 사실이 간혹 믿어지지 않았다.

용복은 일행의 모습을 바라보며 마음이 무거웠다. 그들도 모두 집과 가족이 있는 사람들이었다. 용복 자신도 아침저녁으로 동바우와 아내 얼굴이 떠오르고 집 생각이 간절한데, 먼 이국에 가족을 남기고 온 사람들의 마음을 어찌 모를 것인가.

일행이 용복에게 내색은 아니 하였지만, 용복은 아무 일 없는 것처럼 행동하는 일행을 보며 바위를 얹은 것처럼 마음이 무거웠다. 그러나 여기까지 온 이상 이대로 물러날 수는 없는 일이기에 번신 히라이가 찾아오면 소송장이 어떻게 되었는지 소식을 재촉하여 물었다.

용복이 거머리처럼 진득하게 물어보는 까닭에 번신 히라이는 곧 소식이 올 것이라며 매번 같은 대답을 하고는 도망치듯 물러가기 일쑤였다. 히라이로서도 고래 싸움에 새우가 된 격이었으니 안용복의 눈치를 볼 수밖에 없었다.

이날은 하늘이 더없이 맑고 화창한 날이었다. 정오 무렵에 돗토리 번에서 번신 히라이와 유학자 콘노스케가 찾아왔다.

"그동안 안녕하셨습니까?"

"댁 같으면 안녕했겠소? 사람을 이런 섬에다 가둬 놓고 안녕하셨냐니? 누구 놀리는 거요? 전에 보낸 소송장은 어떻게 된 거요? 보낸 지 한 달이 지나가는데 화답이 없으니 대체 어떻게 된 일이오."

"이렇게 화를 내시면 곤란합니다. 그렇지 않아도 제가 좋은 소식을 하나 가지고 왔습니다. 그 소식 들으시고 화를 푸십시오."

"무슨 소식이오? 소송장에 화답이 왔단 말이오?"

"어제 막부에서 여러분의 귀국을 허락하셨습니다. 내일 아침부터 수로 공사를 할 것이니 수로가 뚫리면 귀국하셔도 좋습니다."

"이게 무슨 개 풀 뜯어먹는 소리요? 소송장의 화답이 우리 귀국을 허락했다는 말이오? 누굴 바보로 아는 거요? 우리가 갖은 고생을 해가며 여기까지 온 것이 아무 소득없이 귀국하려고 시간을 허비한 줄 아시오?"

용복이 왕방울 같은 눈을 부릅뜨고 히라이에게 삿대질을 하였다.

"그것이 아닙니다. 제 이야기를 들어보십시오."

히라이가 두 손을 저으며 말했다.

"금년 정월에 쇼군께서 일본의 모든 곳에 명을 내려서 다시는 다케시마에 가서는 안 된다고 분부하셨습니다. 대마도에서는 그 명령을 조선 조정에 곧 통보할 것이고, 우리 돗토리 번에서도 우리 백성들에게 다케시마와 마쓰시마에 가지 말라고 분부를 내릴 것입니다."

"내가 한 번 속지 두 번 속을 줄 아시오? 당신들은

믿는다 하더라도 대마도 놈들은 믿을 수 없소."

"그럼 대마도에서 온 가노 어른과 이야기를 해 보시겠습니까?"

"대마도에서 사람이 와 있소?"

"예."

"어서 데려와 보시오."

잠시 후 히라이가 스야마 쇼에몽을 데리고 찾아왔다.

스야마 쇼에몽은 나무상자를 든 부하 하나와 함께 배 위로 올라왔다. 히라이와 콘노스케를 바깥에서 잠시 기다리게 하곤 용복에게 공손하게 인사를 하며 말했다.

"누군가 했더니 삼 년 전에 대마도로 찾아왔었던 안상이구려. 반갑소이다. 나를 기억하겠소?"

용복이 얼굴을 유심히 살펴보니 다다 요자에몽과 함께 자신을 심문했던 사람이었다. 요자에몽처럼 격하지 않고 부드러운 인상으로 조용조용 말을 하던 사람이라서 곧 기억이 났다.

"낯이 익소만 이름은 모르겠소."

"나는 스야마 쇼에몽이라고 합니다. 안상께서 뭔가 우리 대마도와 오해가 깊으신 것 같은데 오해를 푸시라고 이렇게 찾아왔습니다."

"오해? 내가 당신들과 오해를 풀 일이 무어요?"

용복은 이맛살을 찌푸렸다.

스야마 쇼에몽이 손을 비비며 은근하게 말했다.

"자세한 말씀을 드리겠습니다. 안상께서 대마도가 쌀을 속인다고 하였는데 그것은 실상과 다릅니다. 조선에서 쌀이 건너올 때에 바다를 건너게 되는데 비라도 맞게 되면 쌀이 썩어버립니다. 그 손실은 저희가 책임져야 하기 때문에 가격이 오르게 되는 겁니다. 또한 조선과 일본은 무게와 규격이 다르기 때문에 차이가 나는 것입니다."

"그럼 인삼은 어떻게 된 거요?"

"장사라는 것이 무엇입니까? 물건을 판매하여 이익을 취하는 것이 장사가 아닙니까? 장사를 하는 사람은 인건비와 운반비에 드는 손실까지 생각하지 않을 수가 없습니다. 생삼이 먼 바다를 건너서 올 때에는 그만큼의 손실은 당연한 것입니다. 배를 사용하는 선세도 지불해야 하고 선원들의 삯도 지불해야 합니다. 가격이 자연히 높아질 수밖에 없습니다. 대마도는 중계무역으로 살아가고 있습니다만 때때로 손해를 보는 것도 생기기 때문에 그럴 때에는 오직 인삼에 의지할 수밖에 없습니다. 폭리를 취한 것이 죄라면 죄지만 삼 년 동안 기근이 든 대마도가 생존하기 위해서는 그럴 수밖에 없었다는 것을 이해해 주십시오."

용복은 약간 마음이 풀리는 것 같았다. 자신 역시 장사를 하고 있었으며, 3년간 내리 흉년이 들어 조선 팔도가 기근으로 고생한 것을 생각하면 쇼에몽의 이야기가 그럴듯하게 느껴졌다.

"좋소. 그럼 삼 년 전 울릉도와 자산도가 조선의 영토이며 왜인들을 두 섬에 출입시키지 않겠다는 관백의 문서를 빼앗은 것은 무슨 이유요? 다다 요자에몽은 나에게 울릉도와 자산도가 왜인 땅이 될 것이라고 했는데 그것은 또 무슨 해괴망측한 소리요? 난 이 문제에 관해서만은 양보할 수 없소."

스야마가 옆에 있던 부하에게 눈짓을 하니 부하가 들고 있던 나무상자를 용복의 앞에 내밀었다.

"약소하지만 받아주십시오."

스야마가 나무상자를 열자 그 안에는 번쩍이는 금화와 은화가 가득 들어 있었다.

"이게 뭐요? 지금 돈으로 나를 매수하려 하는 것이오?"

"오해하지 마십시오. 이것은 삼 년 전 요자에몽이 빼앗은 은화 이 천 냥을 돌려드리는 겁니다. 그동안의 이자를 쳐서 계산한 것이니 오해하지 마십시오."

"필요 없소. 돈 때문에 여기까지 온 것이 아니오. 나는 그 문제에 관해서 담판을 지으러 왔으니 할 말 없으면 물러가시오. 나는 관백 전하의 소장에 대한 답장을 받고서 물러갈 것이오."

스야마가 용복을 올려다보았다.

"저희가 안상에게 큰 죄를 지었습니다. 다다 요자에몽은 그 일로 좌천되어 일본으로 돌아갔으며 앞으로 그러한 일은 일어나지 않을 것입니다. 또한 두 섬은 조선의 영토이며 이후로 일본 어선들이 건너가지 못한다는 쇼군의 명령이 내려졌으니 두 섬에 일본인들이 찾아가는 일은 더 이상 없을 것입니다. 뒤에 혹시 다시 침범하여 오는 일본인들이 있거나 저희 대마도에서 함부로 침범하는 일이 있다면 엄중문책할 것이니 제발 용서해 주십시오."

"나는 관백의 문서를 받고 난 후에 돌아갈 것이오. 그리고 보니 내가 보낸 소송장이 그대들에게 전달된 모양이구려."

스야마의 얼굴빛이 창백해졌다. 쇼군에게 갈 문서를 이번에도 중간에서 가로챘으니 이 사건이 알려진다면 대마도의 미래는 더 이상 기대할 수 없었다.

용복이 약점을 잡은 듯 기세등등하게 말했다.

"외교문서를 위조하는 것은 그대들의 특기라는 것을 잘 알고 있소. 아마도 소송장이 그대들의 손에 들어간 것 같은데 그렇다고 내가 소송장을 보내지 못할 것 같소? 하늘을 손바닥으로 가린다고 해가 가려질 것 같은가?"

스야마가 납작 엎드려 용복의 가랑이를 잡고 늘어졌다.

"안상, 제발 살려주시오. 그대를 홀대한 전 도주는 이미 죽었소. 작년에 도주의 동생께서 도주가 되었는데 올해 열한 살입니다. 만약 안상께서 이 일을 걸고 넘어간다면 어린 도주께서는 할복으로 책임을 물어야 합니다. 안상께서도 자식이 있을 것 아닙니까? 어린 도주께서 무슨 죄가 있다고 배를 가르고 죽는단 말이오. 하라는 대로 다 할 것이니 제발 소송장을 보내는 것만은 거둬주시오."

스야마의 우는 모습을 보니 용복도 마음이 움직였

다. 아니, 어쩌면 교활한 대마도인에게 다시 속고 있는지도 몰랐다. 그러나 이때에 용복은 어린 동바우를 생각하였다. 대마도의 일은 잘못된 것이지만 자식을 키우는 아버지의 입장으로 생각하면 죄 없는 어린 도주를 죽일 수는 없는 일이었다. 동바우를 생각하니 동정심과 연민이 가슴 가득 몰려들었다. 하지만 여기서 무너져 버린다면 지금까지 고생해서 온 보람이 없어지는 것이기에 마음을 다잡았다.

"좋소. 그렇다면 한 가지만 묻겠소. 관백께서 울릉도와 자산도를 조선의 영토로 인정하고 어부들의 출입을 금지한 것이 사실이오?"

"예. 금년 정월에 쇼군의 명령이 내려왔습니다. 두 섬은 이미 조선의 영토에 속하였습니다."

"그렇다면 얼른 조선에 이 사실을 통고해야 할 것이 아니오?"

"예. 저희 대마 번에서는 지체 없이 조선 조정에 이 사실을 통고하겠습니다. 또한 대마 번의 어부들에게도 법령을 내려 그 섬에 가지 못하도록 하겠습니다."

"확실히 믿을 수 있겠소?"

"어느 앞이라고 거짓을 고하겠습니까? 모두 사실

이니 제발 어린 도주님을 생각해서라도 고소장을 철회해 주십시오."

상대가 이렇게까지 말하자 용복도 더 이상 고집을 부릴 수 없었다.

울릉도와 자산도가 조선의 영토라는 확인을 받았고, 이 말이 사실이라면 추후에 왜인들이 다시는 건너오지 못할 것이다. 더구나 지체 없이 조선 조정으로 통고를 해 주겠다고 확약까지 받았으니 이것으로 용복의 목적은 달성된 것이었다.

"좋소. 그렇다면 그대를 믿고 고소장을 철회하도록 하겠소."

"고맙습니다. 태산 같은 은혜를 입었습니다."

스야마가 넙죽넙죽 고개를 숙이며 감사를 표했다.

용복은 상자에 든 은전을 물끄러미 바라보다가 스야마에게 말했다.

"가져온 은전은 가져가시오. 정 나를 주어야겠다면 대마도의 표민옥에 맡겨 두었다가 조선 어부들이 표류해 오거든 사용해 주시오."

"그, 그리하도록 하겠습니다."

"다시 말해 두지만 조선에 돌아가서 그대가 말한

바가 지켜지지 않는다면 나는 내년에도 다시 찾아올 것이오. 내년이 안 된다면 후년에, 후년이 안 된다면 그 후년에 찾아올 것이오. 그때는 더 이상 관용을 베풀지 않을 것이니 명심하시오.”

“알겠습니다. 안상의 말씀 명심하겠습니다.”

스야마가 이마에 맺힌 땀을 닦으며 뒷걸음질쳐서 물러갔다.

37

스야마가 돌아간 후 뇌헌과 이인성, 김성길이 용복에게 왜인들이 찾아온 이유를 물었다.

용복은 일행을 모아놓고 대마도의 가신이 찾아와서 죄를 빌고 다시는 두 섬을 침범하지 않겠다는 다짐을 받았다고 말해 주었다.

“나라에서도 못한 큰일을 하였구려. 목적한 일은 이루었으니 그만하면 몇 달 타국에서 고생한 보람이 있소.”

하고 미소를 짓는 것은 뇌헌이요,

"안 동지께서 큰일하셨소."

하는 것은 이인성이요,

"허허, 우리나라 관리들은 죄다 접시 물에 코를 박고 죽어야 하겠소. 안 동지께서 장한 일을 하셨소."

하고 웃는 것은 김성길이었다.

"이것은 저 혼자 한 일이 아니올시다. 여러분이 도와주지 않으셨다면 불가능한 일이었을 겁니다."

용복이 공을 일행에게 돌리니,

"그럼 이제는 집에 갈 수 있는 거유?"

하고 봉석이 물었다.

"좋겠네. 새색시 타령을 하더니 이제는 봉석이 홀아비 신세 면했네. 좋겠다, 좋겠어!"

봉석의 물음에 유일부가 기회를 놓치지 않고 놀렸다.

"이제는 한시름 놓았구먼. 그건 그렇고, 대마도 놈들이 주는 돈을 받지 않은 것은 좀 아쉽네."

김순립 역시 그 돈을 내내 아쉽게 생각하였다.

이날 저녁 히라이가 쌀로 만든 밥과 호사스러운 반찬에 술까지 가지고 와서 대접하였다. 용복 일행은 밤늦게까지 술을 마시며 일을 마치고 무사히 집으로 돌아가게 된 것을 기뻐하였다.

다음날 약속대로 돗토리 번에서 사람이 나와서 수로를 파기 시작했다. 새까맣게 몰려든 사람들이 코잔 하구의 모래를 파서 수로를 내기 시작한 지 이틀 만에 물길이 열렸다.

작은 배들이 끈으로 용복의 배를 끌고 아오야 포구까지 내려왔다. 히라이와 콘노스케는 포구에서 용복 일행이 먹을 양식과 물 등을 준비해서 기다리고 있었다.

모든 준비가 끝이 난 후에 배가 닻을 올려 출항하자 히라이와 콘노스케가 배를 타고 따라와서 용복 일행을 전송해 주었다.

"그동안 정이 들어서 그런지 시원섭섭합니다."

히라이가 아쉬움을 표하였다.

"그럼 내년에 다시 올까요?"

용복이 짓궂게 물으니,

"아, 아닙니다. 그렇게 되면 제가 힘들어집니다."
하고 히라이가 손사래를 쳤다.

콘노스케는 그동안 이인성과 김성길에게 학문을 배운 까닭에 연신 다시 보지 못할 것을 안타깝게 생각하였다.

배웅하는 사람들을 뒤로하고 용복의 배는 아오야

포구를 빠져 나왔다.

"자, 이제 돌아갑시다."

용복이 크게 소리를 치며 노를 잡고 힘차게 저었다. 다섯 개의 노가 물결을 지치니 배가 물결을 헤치고 서쪽 바다로 미끄러지듯이 나아갔다.

염주를 쥐고 갑판에 서 있던 뇌헌이 포구에서 멀어지는 사람들을 바라보며 말했다.

"사람 사는 일이란 이렇듯 욕심을 빼고 나면 친근함만 남는 것인데 무슨 이유로 분수를 지키지 않고 욕심을 부리는 것인지……."

배가 근해로 나아가자 가까운 배 주위로 고래들이 다가와 하얀 포말을 내뿜으며 바다 위로 솟구쳤다가 떨어졌다.

고래는 바위처럼 거무스름한 머리를 불쑥 내밀어 허연 물기둥을 뿜어내더니 연잎같이 큰 꼬리로 수면을 철썩 치고는 다시 가라앉았다. 그 주위로 몇 마리의 고래가 다시 허연 물기둥을 내뿜으며 유유히 배를 따라 헤엄을 쳤다.

"저놈들이 함께 가자는 모양이구먼."

방향타를 잡고 있던 순립이 말했다.

"그런 모양이오."

용복이 미소를 지으며 순립을 바라보다가 갑판에 서 있는 뇌헌과 이인성, 김성길을 보고 노를 잡은 승담, 연습, 영률, 단책, 유봉석을 차례로 바라보았다.

유봉석은 집에 두고 온 새색시를 만날 수 있게 된 것이 힘이 나는 모양이었다.

"뭣들 하는 거야? 집에서 추석 쇠려면 어서 노를 저어야지."

김순립이 소리를 치자 노꾼들이 열심히 노를 저었다. 배가 치는 물결을 가르며 앞으로 나아갔다.

용복은 노를 젓다말고 고개를 돌렸다. 아오야 포구가 시야에서 점점 멀어져 갔다. 용복은 아주 오랫동안 앓던 이가 빠진 것 같은 후련함을 느꼈다. 설마 성공하리라고는 생각지 못했던 일을 해냈다는 것이 지금도 믿기지 않았다. 동해바다 너머에서 노심초사 기다리고 있을 아내와 눈에 넣어도 아프지 않을 동바우를 머지않아 만날 것이라고 생각하니 온몸에 기운이 불끈불끈 솟고 노를 쥔 손에 절로 힘이 들어갔다.

용복은 노를 젓다가 맞은편에서 노를 젓고 있는 승담에게 조용히 물었다.

"승담 스님, 내가 물어볼 말이 있소."

"뭡니까?"

"송광사에서는 뭘 만들어 팝니까?"

"예? 무슨 말씀인가요?"

"장사하는 품목이 뭐냔 말입니까?"

"우린 장사 같은 것 안 합니다. 절 앞에 있는 너른 논과 밭을 갈아먹으면 되는데 중이 장사를 하다니요?"

"그렇지? 장사도 하지 않는 스님이 그런 큰돈이 어디 있을라고?"

용복은 작년 겨울 오충추의 집에서 뇌헌을 본 것을 떠올리곤 갑판 위에 서 있는 뇌헌을 바라보며 미소를 지었다.

모든 것이 오충추가 꾸민 일이었던 것이다. 뇌헌을 내세운 것은 혹여 문제가 생겼을 때에 자신을 내세우지 않으려는 뜻이 담겨 있었던 것이다. 용복은 그동안 송방 행수 오충추를 오해한 것을 부끄럽게 생각했다. 집으로 돌아가면 오충추를 찾아가서 고맙다고 인사나 하고 와야겠다고 생각했다.

"여보게, 유 서방. 자네가 제일 편네그려. 그렇게 있지 말고 소리 한번 하게."

방향타를 잡고 있는 순립의 말에 선두에 서 있던 유일부가,

　　"좋지. 집에도 가고 기분도 좋은데 간만에 목청 한 번 틔워 볼까?"
하곤 목청 높여 소리를 하였다.

　　금년 신수 불행하야 망한 배는 망했거니와
　　봉죽을 받은 배 떠들어옵니다
　　봉죽을 받았단다 봉죽을 받았단다
　　오만칠천 냥 대봉죽을 받았다누나
　　지화자자 좋다
　　이에 어그야 더그야
　　지화자자 좋다.

　　돈을 얼마나 실었음나 돈을 얼마나 실었음나
　　오만칠천 냥 여덟 갑절을 실었다누나
　　지화자자 좋다
　　이에 어그야 더그야
　　지화자자 좋다.

　　뱃주인네 아주마니 인심이 좋아서
　　비녀 가락지 다 팔아서 술 담배 받았다누나

지화자자 좋다
이에 어그야 더그야
지화자자 좋다.

순풍이 분다 아하
돛 달아라 아하
어그야 듸야 어허 어허 어허야

간다 간다 아하
배 떠나간다 아하
어그야 듸야 어허 어허 어허야
달은 밝고 아하
명랑한데 아하
어그야 듸야 어허 어허 어허야

고향 생각 아하,
절로 난다 아하,
어그야 듸야 어허 어허 어허야

〈끝〉

참고문헌 __

『독도』, 김병렬, 해양수산부, 1997.

『동해안별신굿』, 이균옥·박이정, 1988.

『성호사설』, 이익, 민족문화추진회, 1977.

「숙종실록」, 『조선왕조실록』, 민족문화추진회, 1969.

『신증동국여지승람』, 민족문화추진회, 1969.

『안용복 사건에 대한 검증』, 박병섭, 한국해양수산개발원, 2007.

『울릉도·독도 사수실록』, 방기혁·정영미, 비봉출판사, 2007.

『이야기 일본사』, 김희영, 청아출판사, 1996.

『청산하지 못한 한일관계사』, 김문길, 부산외국어대학교출판부, 2005.

『청장관전서』, 이덕무, 민족문화추진회, 1981.

『해유록』, 신유한, 보리출판사, 2004.